KB155586

오늘은
의사가 아니라
환자입니다

밤이 가장 어두울 때

내 손을 잡아 준

헬레에게

*

내게 용기와 희망을

가르쳐 준

나의 환자들에게

일러두기

1. 이 책은 Wolfram Gössling의 *Am Leben Bleiben: Ein Onkologe bekämpft seinen Krebs*(Rowohlt Verlag GmbH, 2023)을 완역한 것입니다.
2. 본문 하단의 각주는 전부 옮긴이 주입니다.
3. 강조(진한 글씨)는 원문에 따른 것입니다.
4. 모든 환자의 이름과 신상 정보는 환자 보호를 위해 사실과 다르게 기술했습니다.

오늘은
의사가 아니라
환자입니다

볼프람 괴슬링 지음 · 이은주 옮김

하버드 의과대학의 세계 최고 암 전문의가
희귀암을 두 번이나 극복하고 들려주는 진짜 솔직한 이야기이 책은 예정보다 훨씬 더 늦게 완성되었습니다. 얼굴에 생기는 매우 공격적인 형태의 암인 혈관 육종 진단을 받고 치료를 마칠 때까지 5년을 기다린 후에야 비로소 집필을 시작할 수 있었습니다. 긍정적이고 낙관적인 이야기를 하고 싶었기 때문입니다. 승리의 기쁨에 관한 이야기, 즉 죽음에 대한 삶의 승리, 절망에 대한 희망의 승리, 고통에 대한 치유의 승리에 관한 이야기를 전하고 싶었습니다. 그리고 다른 암 환자들에게 도움이 될 만한 이야기를 전하고 싶었습니다.

혈관 육종은 모세 혈관 조직에서 발생하는 암입니다. 이 암은 매우 드물어서 이 암에 관해 알려진 바가 거의 없습니다. 2013년 저의 발병 당시에는 장기 생존 가능성이 극히 낮아서, 일단 진단이 내려지면 사실상 사형 선고를 받은 것이나 다름없었습니다. 하지만 저는 그런 인식을 받아들일 수 없었습니다. 저는 결혼해서 아내가 있었고, 네 아이의 아버지로서 삶의 한복판에서 매우 바쁘게 지내고 있었으니까요. 저는 고향은 독일 빌레펠트이지만 미국에서 수년 동안 살았고, 보스턴에 있는 하버드의과대학 교수이자 주치의로 일하고 있습니다. 종양 전문의이자 소화기 내과 전문의인 저는 주로 만성 간 질환과 간암 환자를 치료합니다. 저는 미국에서 가장 오래되고 저명한 병원 중 하나인 보스턴의 매사추세츠종합병원에서 소화기 내과를 이끌고 있습니다. 제 연구실에서는 간이 손상된 후 회복되는 요인이나, 만성 염증이 생겼다가 아물어 흉터가 생긴 간에 암이 생기는 이유를 주로 연구하고 있습니다. 그 밖에 하버드의대에서 매사추세츠공과대학과 협력하여, 미래의 건강을 연구하는 과학 중심의 의사와 엔지니어를 양성하는 혁신적인 교육 프로그램을 이끌고 있습니다. 저는 눈코 뜰 새 없이 바빴고, 과학자이자 의사로서 해결해야 할 과제에 관해 호기심이 가득했습니다. 제 앞에는 매우 흥미진진한 시간이 기다리고 있다고 확신했습니다.

암이 제 문을 두드렸을 때, 저는 암을 맞이할 준비가 전혀 되어 있지 않았습니다. 제 나이가 겨우 마흔다섯 살이었으니까요! 저보다 훨씬 더 젊은 나이에 암에 걸린 환자들을 치료해 본 적도 있고 그중 사망한 환자도 있었지만, 제가 환자가 될 수 있다는 생각은 단 한 번도 해 본 적이 없었습니다. 그 당시 제 건강에서 가장 큰 문제라면 돋보기가 필요해진 것 정도라 생각했지요.

그래서 저는 질병과 싸움을 시작했고 살아남았습니다. 저는 병에서 벗어났습니다. 이러한 성공 스토리는 다른 사람들에게도 용기를 줄 것입니다. 2019년에 글을 쓰기 시작했고, 2020년에는 책을 출판할 출판사를 찾아 출간 작업을 신속하게 진행하고 있었습니다.

그런데 재앙이 닥쳤습니다. 암이 재발한 것입니다. 암이 처음 발병한 부위와 정반대인 왼쪽 눈 밑에 또 생겼습니다. 극도로 공격적인 치료 일정이 또다시 눈앞에 다가왔습니다. 완치될지는 확실치 않았습니다. 어쨌든 글을 계속 쓰는 건 생각조차 할 수 없었습니다. 주어진 상황에서 제힘만으로는 충분하지 않다는 게 너무나 분명해 보였습니다. 게다가 먼저 썼던 내용이 시대에 뒤떨어진 것이 될 수도 있었지요.

아내와, 저를 치료해 준 의사들의 엄청난 노력과 헌신적인 도움으로, 저는 성형외과 수술을 포함한 두 번째 치료도 잘 견뎌 냈습니다. 첫 발병과 재발 사이, 몇 년 동안 이루어진 의학 발전의 혜택도 받았습니다. 그러니까 암과의 싸움에서 암이 재발하더라도 그것이 반드시 종말을 의미하는 것은 아님을 책을 써서 보여 줄 충분한 이유가 있었습니다. 그래서 인내, 의심과 절망, 고통과 상실, 한계와 제한에 관한 내용뿐만 아니라 성숙, 성장, 이득에 관한 내용도 담은 책을 내게 되었습니다.

그런데 두 번의 암 발병은 서로 유사하면서도 다른데 책을 어떻게 써야 할까요? 시간순으로 쓰려던 원래 계획이 이제 더는 통하지 않게 되었고, 두 번째 병력을 포함하기 위해 기존 원고를 단순히 늘릴 수도 없었습니다. 비슷한 부분, 순서만 바뀐 부분, 반복되는 부분이 너무 많았고, 때때로 쓰는 것이 헛수고일 때도 있었습니다. 처음 경험하는 순간에는 굉장히 중요했던 것이 두 번째 경험할 때는 별로 중요하지 않게 되기도 했고 그 반대의 경우도 있었습니다.

그래서 저는 이 두 번의 경험을 두 가지 입장에서 썼습니다. 한편으로는 도움을 구하고 찾는 환자의 관점에서, 다른 한편으로는 의사의 관점에서 이야기할 것입니다. 제 이야기를 통해 암 환자와 그 가족들이 병을 더 잘 이해하고, 가능한 한 병을 이겨 낼 용기를 얻을 수 있기를 바랍니다. 의료계 동료들에게도 환자들이 어떤 이유로든 스스로 해결하지 못하는 상황과 필요가 있음을 전달하고 싶습니다.

암을 치료하는 의사에서 암 환자로 변신하는 과정은 고통스럽고 힘들었지만, 여러모로 풍요로운 경험이기도 했습니다. 병이 저를 더 유능한 의사로 만들었는지는 판단할 수 없지만, 아프기 전과 다른 의사가 된 것은 확실합니다. 환자들이 겪는 고통을 몸소 경험해 봤기 때문입니다. 충만한 삶에서 떨어져 나가, 죽을 수도 있는 질병에 위협받는다는 것이 어떤 것인지 공감할 수 있기 때문입니다.

저는 남편이자 아버지일 뿐만 아니라 누군가의 동료이자 친구이며 음악가이기도 합니다. 건강을 위해 규칙적으로 조깅을 하고 자전거도 타고, 열정적으로 캠핑도 하고 하이킹도 합니다. 자연과 새를 즐겨 관찰하며 세상이 주는 모든 것에 여전히 감탄할 수 있습니다. 가장 암울했던 순간에는 과연 모든 일이 잘 풀릴지 의심했지만, 다시 회복되어 일과 취미를 추구할 수 있다는 것이 저도 놀라울 뿐입니다. 그래서 이 책은 첫 번째 버전보다 훨씬 더 낙관적이고 미래 지향적이며, 훨씬 더 희망적이 되었습니다. 그것이 제가 살아남았다는 사실을 증명해 줍니다.

차례

벼랑 끝에서

저는 2013년 2월 4일 월요일 아침에 하버드의대에서 학생들을 대상으로 강의하던 도중에 처음으로 암 진단을 받았습니다. 그날이 지금도 선명하게 기억납니다. 영하 6도로 추웠지만 하늘은 맑은 2월 아침이었고, 흥미로운 한 주가 시작되던 날이었습니다. 당시 저는 학생 30명 앞에서 '임상 의학 입문' 과목을 가르치고 있었습니다. 환자와 대화하고, 환자의 증상과 불만 사항을 파악하고, 병력을 조사하고 분석하는 방법을 배우려고 온 학생들이었지요. 이 과목은 3개월 동안 진행되며, 다양한 분야의 여러 강사가 참여하는 융합 과학적 수업입니다. 저는 첫날 입문 세션을 진행하며 병력 작성 방법의 개요를 설명하고 있었습니다.

대략 10분 정도 수업이 진행되었을 때, 병원 호출기가 울렸습니다. 이 호출기는 환자에게 문제가 생긴 응급 상황에서 언제든 제가 연락을 받을 수 있도록 15년째 벨트에 차고 다니던 것입니다. 호출기를 항상 휴대하고 다녔기 때문에 한밤중에 잠에서 깨는 일도 잦았고, 가족과의 식사나 동료와의 대화도 중단되기 일쑤였습니다. 호출기가 울리면 저는 어쩔 수 없이 호출기를 보게 됩니다. 그래서 강의를 중단하지 않은 채 호출기를 슬쩍 봤습니다.

그런데 이번에는 제 환자에 관한 메시지가 아니었습니다. 저에 관한 것이었습니다. 제가 환자였습니다. "피부과 전문의에게 전화 요망. 긴급 사안." 가슴이 철렁 내려앉았습니다. 그로부터 일주일 전에 피부과 의사가 제 오른쪽 눈 바로 아래 뺨에 있는 검붉은 결절에서 생체 검사를 위해 조직 샘플을 채취했었습니다. 당시 저는 조직 검사를 가볍게 여겼습니다. 병원에서 소화기 내과 병동 업무가 너무 바쁘다 보니 심지어 예약을 놓칠 뻔했지요.

그 '여드름'은 몇 달 동안 저를 괴롭혔습니다. 사춘기가 지나면 끝났어야 하는데 말이지요. 저한테는 그것이 걱정거리가 아니라 그저 성가신 것이었습니다. 지난 두 달 동안 피부과 진료를 여러 번 받았는데, 처음에는 항생제를 처방받고 그다음엔 코르티손 주사를 맞았습니다. 하지만 여드름은 작아지기는커녕 더 커졌습니다. 마침내 일주일 전 진료에서 의사가 "아무래도 생체 검사를 해야겠습니다. 그래야 종양의 진행 가능성을 배제할 수가 있거든요."라고 말했습니다.

종양의 진행. 의사들 사이에서 이는 암과 동의어입니다. 그건 새로운 조직이 형성되고 있다는 뜻입니다.

그런데 방금 그에 관한 소식이 온 겁니다. 호출기를 한 번 더 확인하자 떨리기 시작했습니다. 학생들에게 양해를 구하고 강의실을 나갔습니다. 호출기가 울리면 어떤 회의나 강의든 무조건 중단하게 되어 있습니다. 식사나 잠, 기타 사생활의 다른 모든 것을 즉각 중단하는 것처럼 말입니다.

저는 전문의 수련을 마친 뒤 근무하고 있던 병원 복도에 섰습니다. 마음을 다잡고 의사 가운 주머니에서 휴대폰을 꺼냈습니다. 여느 때와 다름없이 바쁜 월요일 아침이었습니다. 사람들이 서둘러 지나가고 있었습니다. 환자들과 의사들, 간호사들이 각자 목적지를 향해 복도를 부지런히 걸어가고 있었습니다. 저는 거기 홀로 서서 휴대폰을 들고 떨리고 불안한 마음으로 의사에게 전화를 걸었습니다. 그가 말했습니다. "생검 결과가 나왔습니다. 나쁜 소식입니다. 혈관육종이에요. 하지만 도울 수 있는 전문가를 충분히 찾을 수 있을 겁니다." 의사가 말을 마치고는 흐느끼기 시작했습니다.

암이라고? 여러 생각이 머릿속을 스쳤습니다. 제 직업은 암을 치료하는 것이지 제가 직접 암에 걸리는 것은 아니니까요!

방금 중단하고 나온 강의의 주제 중 하나가 환자와 대화하는 방법, 환자에게 다가가는 방법, 그리고 나쁜 소식은 동감하고 공감하며 전달해야 한다는 것이었습니다. 이를 다룬 유용한 책과 기사가 많이 나와 있습니다. 가능한 한 차분한 환경을 선택해서, 환자를 바라보며, 필요한 경우 환자를 토닥이며, 전폭적인 지원을 약속할 것을 권장합니다. 하지만 어떻게 대처하든 나쁜 소식은 궁극적으로 나쁜 소식일 뿐입니다. 숨기거나 피할 방법은 없습니다. 지금이 바로 그런 상황입니다. 분주한 병원 복도에서 전화로 저 자신의 암을 진단받게 될 줄은 상상도 못 했습니다.

저는 전화기를 손에 들고 제 담당 의사가 흐느껴 우는 소리를 들었으며, 그 순간 이해는커녕 예상치도 못했던 진단에 직면했습니다.

학생들! 학생들은 여전히 강의실에 앉아 수업이 재개되기를 기다리고 있었습니다.

'학생들은 수업을 요구할 권리가 있어. 그렇지만 과연 내가 들어가서 수업을 계속할 수 있을까? '환자에게 어떻게 말해야 하나요?' 라고 학생들이 질문하면 대답할 수 있을까? 이제 난 어떻게 해야 하지?' 저는 무척 당황스러웠습니다.

그래도 그 순간 유일하게 의미 있어 보였던 일을 했습니다. 저는 강의실로 돌아가 강의를 마쳤습니다. 준비한 슬라이드를 클릭하며 학생들에게 좋은 경청자가 되는 법, 환자와 눈을 마주치는 법, 증상뿐 아니라 환자의 직업, 가족, 취미, 선호하는 것 등 삶의 다양한 측면에 대해 열린 마음으로 질문해야 한다는 이야기를 했습니다. 환자를 꿈과 걱정과 야망이 있는 사람으로서, 무엇보다 미래가 있는 사람으로서 대하며 환자를 제대로 이해하는 것이 목표이기 때문입니다.

그 시간이 제 인생 최고의 수업은 확실히 아니었습니다. 그렇지만 슬라이드를 하나씩 차근차근 넘기며 어떻게든 해 나갔습니다. 당시에는 알지 못했지만, 이렇게 대처해 나가는 방식이 제가 암과 싸워 나가는 과정의 전형이었습니다. 한 단계씩 차근차근, 하루 또 하루, 한 가지 치료가 끝나면 또 한 가지 치료를 이어 나갔으니까요.

우리는 우리의 삶과 먼 미래가 어떻게 펼쳐질지 모릅니다. 우리를 괴롭히는 질병을 어떻게 통제해야 할지도 모릅니다. 우리가 볼 수 있는 것은 바로 앞에 놓여 있는 것, 즉 도전을 감당하기 위해 해내야 하는 다음 단계입니다. 제 학생들은 그날 아침에 아픈 사람과의 대화를 어떻게 이끌어야 하는지를 배웠습니다. 그리고 석 달 후 실전에서 그것을 활용하기 시작했습니다. 그들은 환자의 침대 앞에 앉아 병력을 듣고 진찰한 후 진단과 치료 계획에 앞서 논리 정연한 평가를 내렸습니다. 그런 다음 공부를 계속하여 몇 년 후 졸업해 의사가 되었습니다. 그들은 한 단계 한 단계 차근차근 시험을 통과해 나갔습니다. 그중 다수가 오늘날 제 동료가 되었고 저는 그들이 무척이나 자랑스럽습니다. 당시에 환자의 진찰과 환자와의 의사소통에 관한 강의를 하면서 학생들이 모르는 사이, 저 자신도 새로운 것을 배웠습니다. 저는 환자가 된다는 것과 삶이 갑자기 벼랑 끝에 선 듯 위기에 처했을 때 그것이 무엇을 의미하는지에 관해 배우기 시작했습니다.

처음 진단을 받았을 때 저는 이미 종양학 전문의로 10년 넘게 일하고 있었습니다. 미국 최고의 암 센터 중 하나인 다나파버암연구소(Dana-Farber Cancer Institute)에서 수련을 받았고, 그곳에서 매주 간암 환자를 위한 임상 외래 클리닉을 운영했습니다. 이 센터에서 저는 세계적인 전문가들에게 둘러싸여 있었고 항상 그들에게서 가능한 한 많은 것을 배우려고 노력했습니다. 하지만 그 순간까지 혈관 육종 진단을 받은 환자는 한 번도 본 적이 없었습니다.

피부과 의사가 흐느껴 울기 시작했을 때 불길한 예감이 확 밀려왔습니다. 암 진단을 받을 때 환자들이 느끼는 감정을 이제야 느꼈습니다. 난생처음 듣는 라틴어나 그리스어 단어가 제시되었을 때, 상황의 심각성이나 근본적인 진단의 의미는 막상 그 첫 단어에 들어 있지 않더라도 가슴이 철렁하기 마련입니다. 저는 도움이 필요했습니다. 이 소식을 저에게 번역해 주고 설명해 줄 수 있는 사람이 필요했습니다. 유능한 동료가 필요했고 친구가 필요했습니다.

앤디 와그너(Andy Wagner)와 저는 함께 전문의 수련을 마쳤고, 둘 다 종양 전문의가 되었으며, 전문의 수련 후 1년 동안 함께 인턴 200여 명의 수련을 책임지는 '치프 레지던트'로 지냈기 때문에 서로 끈끈한 유대감이 있었습니다. 아이들이 어렸을 때는 바로 옆집에 살았지요. 함께 나들이도 가고, 공동 작업도 하고, 암 연구 기금도 모금했습니다. 우리는 매우 좋은 친구 사이입니다. 게다가 앤디는 육종 분야에서 국제적으로 인정받는 탁월한 전문가이기도 합니다.

앤디가 전화를 받자마자 저는 곧바로 말했습니다. "앤디, 내가 혈관 육종 진단을 받았어. 내 목숨을 구해 줘야 해, 앤디." "오, 볼프람." 그는 더 이상 말을 잇지 못했습니다. 그건 대답이라기보다 탄식에 가까웠습니다. 만약 제가 이미 어느 정도 예감하고 있지 않았다면 그 진단이 얼마나 심각한 것인지, 회복 가능성이 얼마나 희박한지 그 순간에 깨달았을 것입니다. 제 앞에는 몹시 험난한 길이 기다리고 있었습니다. 제 생존은 확실하지 않았습니다. 앤디의 연민 어린

어조와 단 두 마디에 이 모든 것이 담겨 있었습니다. 앤디의 슬픈 목소리에서 앞으로 닥칠 모든 일이 들리는 듯했고, 제가 앤디를 너무 슬프게 만든 것 같았습니다. 공포가 뼛속까지 파고들었습니다.

앤디는 "내가 구해 줄게."라는 약속을 하지 않았습니다. 그보다는 그날 오전에 바로 당장 자신의 전문가 동료 중 한 명과 예약을 잡겠다는 다짐만 했습니다. 자기는 제 친구라 저와 감정적으로 너무 가까워서, 몹시 당혹스럽기 때문에 저를 직접 치료할 수 없다고 말했습니다. 하지만 그의 신속한 도움은 큰 위안이 되었습니다. 실제로 피부과 의사의 전화를 받은 지 겨우 네 시간 만에 예약을 잡았지요.

심각한 진단은 불확실한 시기에 더욱 답답하게 느껴집니다. 무슨 일이 일어나고 있는지 모를 때, 앞으로 어떤 길이 펼쳐질지 몰라 두려움에 떨고 있을 때 특히 답답합니다. 이게 바로 우리 환자들이 종종 경험할 수밖에 없는 일입니다. 의심되는 증상이나 조사해 봐야 할 비정상적인 변화가 있지만, 예약을 잡기까지 몇 주 또는 몇 달이 걸릴 수 있고, 예약을 잡고 나서도 몇 가지 검사를 하고 또 일정 기간이 지나야 마침내 결과가 나옵니다. 그런데 그것조차 명확하지 않습니다. 아직 해 볼 만한 치료 계획조차 없는 경우도 많습니다. 그건 긴 시간 동안 불확실한 상태로 계속 추가 검사를 받고 진료 의뢰서를 보내고 전문의에게 예약을 잡고 진료 일정을 기다려야 한다는 뜻일 때도 많습니다.

당시 제가 근무하던 암 연구소에서는 새로운 환자가 일주일 이

내에 진찰받을 수 있게 하는 것이 원칙이었습니다. 요즘은 환자가 원하면 당일 내원도 가능합니다. 이 서비스는 엄청난 인원과 물자가 소모되지만, 지극히 중요해서 모든 노력을 기울일 가치가 있습니다. 심각한 진단을 받고도 구체적인 치료 계획도 없이, 질문하고 답을 받을 기회조차 없이 나쁜 소식을 기다리게 되면, 이것은 심각한 진단 자체만큼이나 나쁜 영향을 미쳐 통제력을 상실하게 됩니다.

물론 제 이야기는 일반적인 이야기가 아닙니다. 저는 '일반적이지 않은' 대우를 받았습니다. 저는 시골에 살고 있지도 않았고, 제 질환의 전문의는 없지만 다행히 종합 병원에서 치료를 받을 수 있었습니다. 아니, 저는 그 정도가 아니라 숙련된 전문가인 세계 최고의 의사들을 직접 만날 수 있었습니다. 진료 예약을 잡으려고 여러 병원이나 클리닉을 전전할 필요가 없었던 겁니다. 저 자신이 지금 치료를 받고 있는 기관의 일원이었으니까요. 저는 외부인이 아니라 중심에 있었습니다. 그건 어마어마한 차이였습니다.

제가 얼마나 특권을 누리고 있는지 깨닫고 나니, 많은 과정과 절차가 환자에게 불편함과 스트레스를 준다는 사실도 깨달았습니다. 물론 그중 몇 가지는 이미 알고 있긴 했지만, 직접 경험해 보면 완전히 다른 느낌입니다. 기다림, 소통의 부재, 치료 계획이 없어서 생기는 불확실성과 걱정, 즉 당장 집중할 수 있는 미래가 없다는 것, 이런 것들로 인해 환자들은 극심한 스트레스를 받고 있으므로 이를 개선하는 것이 시급합니다.

환자가 된다는 것

어쩌면 죽을지도 모른다는 사실을 파트너인 아내에게 어떻게 말할까요? 세계 정상급 암 센터의 종양학 전문의인 저조차도 전혀 몰랐던 매우 공격적인 암에 걸렸다고 어떻게 말할까요?

제가 아내 헬레에게 가장 먼저 전화하지 않고 친구 앤디에게 먼저 말하기로 한 이유는 아내가 마른하늘에 날벼락처럼 느닷없이 암 진단에 직면하는 것을 상상할 수 없었기 때문입니다. 저는 아내에게 검사 결과 이상의 것을 전하고 싶었고, 적어도 바로 당일에 전문의와의 진료 일정을 잡았다거나, 회의나 그 밖의 어떤 일정이 이어질 거라고 말하고 싶었습니다. 그렇다고 해서 상황이 달라지지는 않겠지만 그래도 구체적인 내용을 전할 수 있으니까요.

그 당시에 우리 부부는 독일에서 이주해 와서 16년째 미국에서 살고 있었습니다. 아내는 변호사와 검사로, 저는 의사, 연구자, 교수로 둘 다 도전적이고 다양한 직업 생활을 누리고 있었습니다. 다른 가정처럼 우리 부부도 네 자녀와 함께 숙제, 스포츠 행사, 미술 워크숍, 축구 경기, 야구 연습, 음악 수업, 학예회 등 일상의 많은 일을 해내려고 노력했습니다. 절대 끝이 없어 보이는 즐거운 혼돈의 연속이었고 때로는 힘들고 지칠 때도 있었지만 전반적으로 행복했습니다. 공을 떨어뜨려도 언제든 다시 주워 오면 되었고, 우리의 삶은 계속될 거라는 확신이 있었기 때문입니다. 이 삶이 얼마나 깨지기 쉬운지 우리는 미처 의식하지 못했습니다. 하지만 이제 우리는 그걸 배우기 시작했지요.

진단을 받던 날 아침에 헬레와 저는 식사를 하며 헬레가 직장에서 늦게까지 일하는 날이니까 제가 아이들을 데리러 가고 저녁 준비를 한 다음 재우기로 의논했었습니다. 당시 헬레는 보스턴지방검찰청 항소부에서 근무하고 있었습니다. 아내는 주로 중범죄를 포함한 강력 범죄를 다루었는데, 사건은 1심 재판이 끝나면 자동으로 항소심으로 넘어왔습니다. 다음 날 오전에 아내가 우리 주 대법원에서 매우 중요한 사건을 변론하기로 되어 있었는데, 어려운 일이었지만 아내에게는 좋은 기회이기도 했습니다. 그래서 꼼꼼하게 준비해야 했고 시간이 필요했습니다.

우리는 집안일과 육아의 규칙을 종종 이런 식으로 정했지만, 늦게 귀가하는 사람은 대개 저였습니다. 물론 아내도 조직 검사에 대해 알고 있었지만, 저와 마찬가지로 별로 걱정하지는 않았습니다. 그래서 저는 아내의 사무실로 전화를 걸어 뜸 들이지 않고 바로 본론으로 들어갔습니다. "헬레, 나쁜 소식이야. 내가 암에 걸렸어. 오늘

정오에 병원에 첫 진료 예약이 있어. 당신이 꼭 와야 해." 아내가 심호흡하는 소리가 들렸습니다. 아내는 아무것도 묻지 않고 "당연히 가야지."라고만 말했습니다. 우리 둘 다 위기 상황에서는 감정을 가능한 한 절제하려고 하는 사람들입니다. 감정을 드러내고 싶지 않아서가 아니라 긴급한 일을 먼저 처리하고 싶기 때문입니다. 우리가 능동적으로 대처하고 직면한 문제에 대한 해결책을 찾을 수 있다면, 우리 둘 다 빨리 안정감을 얻을 것입니다. 두려움, 걱정, 절망, 어쩌면 그 순간에도 이미 이런 감정이 있긴 했겠지만, 헬레와 저는 이러한 감정에 자리를 내주어 휘둘리고 싶지 않았습니다. 물론 사람마다 다르게 반응한다는 것을 알고 있습니다. 여기에 옳고 그름은 없습니다.

헬레는 매우 중요한 사건을 다른 사람에게 넘겨주어야 했습니다. 그것은 제가 투병하는 동안 아내가 치르게 될 많은 희생 중 하나일 뿐이었습니다. 환자가 된다는 것, 특히 암 환자가 된다는 것은 풀타임 직업을 갖는 것과 같습니다. 그런 암 환자를 돌보는 일은 감정적으로나 실질적으로나 매우 힘들 수 있습니다. 그 후 6개월 동안 아내는 저의 간병인이자 지지자이자 경청자이자 수호자가 되어 주었습니다. 또 네 자녀의 엄마로서 아이들이 필요로 하는 정서적 지지는 말할 것도 없고, 옷을 입히고 요리를 해 주고, 차로 데려다주거나 데려오고, 저녁마다 꼬박꼬박 책 읽어 주는 일까지 모든 것을 기꺼이 감당해야 했습니다.

모든 암 환자 가족에게 진단과 치료 과정은 정서적, 조직적, 재정적으로 엄청난 부담을 줍니다. 특히 배우자가 있는 젊은 환자의 경우에는 자녀와 커리어가 중요한 매우 바쁜 일상에 이러한 부담이 더해지는 것입니다.

암 전문의의 관심은 대부분 질병과 환자, 질병의 희망적인 경과에 집중되어 있습니다. 현미경이나 MRI 스캔을 통해 발견할 수 있는 것에 집중합니다. 그러나 최근 연구에서는 암 및 기타 만성 질환이 환자의 배우자, 자녀, 가족과 친구에게 어떤 영향을 미치는지에 점점 더 많이 주목하고 있습니다. 사실 이것은 놀라운 일이 아닙니다. 하지만 우리는 코로나19 팬데믹 기간에 비로소 이 사실을 제대로 인식하게 되었습니다. 감염자 수와 사망자 수를 세고 나서야 이것이 파트너십과 가족과 공동체와 사회 전체에 영향을 미치는 질병임을 뒤늦게 깨달았습니다.

강의를 끝내고 진료 예약 시간까지 아직 두 시간이 남아 있었습니다. 그때까지 혼자 시간을 보낼 수 있을 만큼 기운이 나지 않았습니다. 그래서 제 연구실과 같은 건물에 있는 친구이자 동료인 데이비드 코언(David Cohen)의 사무실로 갔습니다. 데이비드와는 1993년 미국에서 처음 연구 생활을 시작할 때부터 알고 지낸 사이였습니다. 그와 저의 연구 팀에서는 간과 관련된 비슷한 문제를 다루고 있었고 또 그는 제가 방금 강의했던 교육 프로그램의 책임자이기도 했습니다. 제가 이 과정을 더 이상 가르칠 수 없다고 그에게 즉시 말하는 것은 저로서는 지극히 당연한 일이었습니다. 데이비드도 저만큼이나 충격을 받았습니다. 하지만 그는 재빨리 마음을 가다듬고 몇 가지 간결한 질문을 하며 경청했습니다. 저를 격려해 주었고 제 속에서 퍼져 나가고 있는 냉랭한 기운에 저와 함께 맞서 싸워 주었습니다.

그 이후로 저는 환자들이 그런 나쁜 소식을 접했을 때 어떤 상황에 처하게 될지 계속 생각하게 되었습니다. 환자에게 의미 있는 사람, 사건을 파악하고 처리하는 데 도움을 줄 수 있는 사람, 곁에 있어 주고 지지해 줄 사람이 주위에 있는지, 친구나 상사에게 자신의 건강 상태에 관해 의논할 기회가 있는지와 그 시기 등을 생각해 봅니다. 저에게는 진료 예약, 검사, 영상 촬영과 같은 실질적인 일이 환자로서 비교적 쉬운 부분입니다. 그 덕분에 현실의 작은 부분에 집중할 수 있습니다. 정신없이 바쁘게 지내다 보면, 쉬자마자 밀려오는 큰 걱정과 의문에서 벗어날 수 있게 됩니다.

적

저는 혈관 육종에 관해 아는 것이 거의 없었기 때문에 동료들에게 물어보고 또 직접 연구를 찾아보기 시작했습니다. 우리 암 센터에는 다양한 유형의 암과 각각의 수많은 증상 중 특정 분야를 전문으로 하는 전문가들이 포진하고 있습니다. 종양 전문의들에게 들은 내용과 제가 직접 조사한 내용을 통해 혈관 육종에 관해 알게 된 것은 끔찍하다 못해 솔직히 무시무시했고, 정말 세상이 무너져 내리는 듯한 시나리오였습니다.

육종은 근육, 뼈, 연골 또는 지방과 같은 결합 조직이나 지지 조직에서 발생하는 암입니다. 그 자체로 극히 드문 암이죠. 모든 육종을 합쳐도 미국에서는 연간 1만 4000명 미만, 독일에서는 5000명 미만의 환자가 육종 진단을 받습니다. 대장암과 직장암은 그보다 10배, 폐암은 18배, 유방암은 20배 더 많이 걸립니다. 전체적으로 보면 육종은 성인에게 발생하는 모든 암의 1%에 불과합니다.

이렇게 얼마 안 되는 육종 중에서도 혈관 육종은 1%에 불과한 가장 드문 암입니다. 다시 말해 혈관 육종은 성인에게 발생하는 전체 암의 1% 중 1%를 차지합니다. 암 환자 1만 명 중 1명에게만 발생하는 암에 걸리면, 더 흔한 유형의 암에 걸렸을 때보다 훨씬 더, 알려지지 않은 변칙적이고 예기치 못한 상황에 직면하게 됩니다.

육종은 '고독한' 암입니다. 오랫동안 로비도, 로비스트도, 환자 단체도 없었고, 예방, 진단 및 치료에 대한 여러 치료 센터의 통제된 연구도 존재하지 않았기 때문에 그렇게 불립니다. 그래서 육종의 경우 다른 암의 경험에서 많은 것을 참고할 수밖에 없습니다. 환자의 생존율에 관한 데이터도 수십 년 된 연구를 토대로 작성한 거라서 신빙성도 없고, 그것을 통해 현재 상황에 대해 뭔가 분명히 알 수도 없습니다.

혈관 육종의 특별한 점은 혈관을 감싸고 있는 세포에서 발생한다는 것입니다. 혈관은 신체 어디에나 존재하기 때문에 이 암은 간의 혈관뿐만 아니라 피부의 혈관 등 어디에서나 발생할 수 있습니다. 이는 또한 암세포가 처음부터 혈관 안에 있거나 혈관 가까이에 있다는 뜻이기도 합니다. 그래서 쉽게 퍼져 다른 장기가 암에 걸릴 수 있습니다. 말하자면 이미 확산, 즉 전이의 문턱에 있다는 뜻입니다. 어차피 '좋은' 암이란 없지만, 혈관 육종은 인간이 상상할 수 있는 가장 나쁜 암 중 하나입니다.

제 연구실과 암 센터 사이의 거리는 수백 미터로 가까운 편입니다. 보통 일주일에 여러 번 걸어서 왔다 갔다 했는데, 맑은 날에는 즐겁게 다녔지만 비가 오거나 폭풍우가 치면 다소 번거롭기도 했습니다. 그 외에는 그다지 큰 의미를 두지 않았고, 그저 연구원이자 의사로서 두 일터를 오가는 길이라고 여겼습니다. 하지만 그날은 평소와 달랐습니다. 환자를 치료하러 간 것이 아니라 저 자신이 환자가 되기 위해 건너간 것이니까요. 익숙한 똑같은 구간인데 갑자기 몹시 멀고 가기 힘들어 보였습니다. 양쪽 건물 모습, 롱우드가의 끊임없는 차량 행렬, 서둘러 지나가는 사람들, 이 모든 것이 희미한 배경처럼 느껴졌습니다.

몇 년 동안 제 임상 연구의 본거지였던 치료 센터에, 평소처럼 목적의식을 갖고 환자들에게 초점을 맞추고 환자들을 생각하는 의사로서가 아니라, 몹시 겁먹고 불안한 상태로 주저하며 들어섰습니다. 접수처에서 어떤 여직원이 제 이름과 몇 가지 정보가 적힌 검푸른색 플라스틱 카드를 건네주었습니다. 저의 새 환자 카드였습니다. 이제 저는 암 환자로 표시되어 있었습니다. 한마디로 암 환자로 낙인이 찍힌 겁니다. 의사인 제 앞에 앉아 있던 암 환자들과 다를 바 없는 상황이었습니다. 그들의 여정은 검사실에 들어가기 훨씬 전부터 이미 시작되었던 겁니다. 많은 환자가 이미 다른 곳에서 진단을 받고 제게 왔기 때문에, 제가 제시한 소견은 2차 혹은 3차 소견이었을 겁니다. 그들 모두에게는 암 환자가 되어 걱정과 희망, 두려움과 호기심을 동시에 품고 진료 신청서에 서명한 어느 날, 어느 특정한 순간이 있었겠지요. 이제 저도 그중 한 명이 되었습니다.

저는 첫 진료에서 치료를 담당하게 될 종양 전문의 제임스 버트 린스키(James Butrynski)를 만났습니다. 그사이 헬레가 도착했고 제 친구 앤디와 데이비드도 함께 있어 줬습니다. 제임스는 제 또래로, 매우 친절하고 다가가기 쉬우며 직설적이었습니다. 그는 상세한 치료 계획을 세우기 전에 전이 가능성을 배제해야 한다고 설명해 주었습니다. 시간 요인이 중요했는데 며칠 후에나 CT 촬영을 시행할 수 있다고 했습니다. 제임스는 암이 이미 얼굴에서 폐, 간 또는 어딘가 다른 곳으로 퍼졌을 위험이 상대적으로 적다고 봤기 때문에 굳이 당일에 CT 촬영을 또 할 필요가 없다는 생각이었습니다. 하지만 저에게는 엄청난 압박이었습니다. 국소 암과 멀리 전이된 암의 차이는, 여전히 존재하는 완치의 희망과 거의 확실한 죽음의 차이였기 때문입니다. 적어도 저는 그렇게 보았습니다. 그래서 최대한 침착하게 "아니요, CT는 오늘 찍어야 합니다. 예약을 못 잡으시면 제가 직접 해 보겠습니다."라고 말했습니다. 그리고 암 환자가 된 첫날 오후, 저는 이미 CT 스캐너에 누워 있었습니다.

다른 암 환자들 틈에서 진료 예약을 위해 대기실에서 기다리는 동안, 많은 환자가 중요한 검사를 앞두고 느꼈을 긴장감, 두려움, 희망을 저도 똑같이 느꼈습니다. 이런 상황을 앞으로 자주 경험하게 되겠지만, 암 환자로서의 첫날엔 특히 더 긴장되었습니다. 그날은 너무나 평범하게 시작되었는데, 외부에서 볼 때는 그다지 극적이지 않지만 제게는 매우 중요한 고비에 다가가고 있었습니다.

CT 촬영 후에 우리는 함께 사진을 살펴봤습니다. 암이 다른 장기로 전이되었다는 징후는 없었습니다. 제정신이 아니었던 이날에 처음으로 실낱같은 희망의 빛이 보였습니다. 무엇이 절 기다리고 있는지는 전혀 몰랐지만 이제 저에게 기회가 있을 거라는 확신이 들었습니다. 완치될 기회 말입니다.

이 첫날엔 안개 속을 걷는 듯했고, 지금은 많은 부분에 대한 기억이 이상하게 흐릿해졌지만 몇몇 순간은 영원히 제 기억 속에 새겨져 있습니다. 무엇보다도 의사들과 동료들이 저를 아끼고 저와 제 건강을 진심으로 염려하고 있다는 것이 분명했습니다. 저는 바로 그날 가장 가까운 동료와 친구 몇 명에게 제 진단을 알렸습니다. 하지만 기본적으로 저는 당분간 모든 것을 혼자만 알고 있었습니다.

스캔 판독이 끝나고 나서 저녁에 헬레와 저는 집으로 돌아와 함께 저녁을 먹었습니다. 당분간 아이들에게는 아무 말도 하지 않기로 했습니다. 먼저 우리 스스로 이 소식을 받아들여야 했습니다. 그런 다음에 아이들에게 어떻게 알려야 할지 의논했습니다.

그 뒤 우리 집에 놀러 온 앤디와 맥주 한 잔을 마셨습니다. 우리는 암에 관한 이야기는 거의 하지 않고 젊은 의학도로서 함께 일했던 예전 이야기를 나눴습니다. 암 진단을 받고 나서야 우리가 평일 저녁에 식탁 앞에 함께 앉아 있을 시간을 찾게 되었다는 사실이 참으로 묘했습니다. 폭풍우가 몰아친 것만 같았던 이날 하루가 끝날 무렵, 우리는 대화를 나누며 평온함과 정상적인 느낌을 되찾을 수 있었습니다.

마침내 앤디와 작별 인사를 나눈 후 헬레와 저는 곧바로 잠자리에 들었습니다. 우리는 말을 거의 하지 않았는데, 그러기엔 너무 많은 일이 일어났기 때문입니다. 하지만 굳이 무슨 말을 하지 않아도, 헬레가 곁에 있다는 건 앞으로 다가올 모든 일에 혼자가 아니라는 것을 깨닫게 해 주었습니다. 어둠 속에서 침대에 누워 있어도 눈물이 나오지 않았습니다. 그저 그날의 사건으로 인해 무척 지쳐 있었을 뿐입니다. 저는 금방 잠이 들었습니다. 평안했고 이상하게도 자신감이 생겼습니다.

진실을 말하는 고통

암은 발병 연령의 중앙값이 66세로 대체로 노년층에 발병하는 질병이지만, 오늘날에는 점점 더 많은 젊은이가 암 진단을 받고 있습니다. 그리고 저와 같은 중년층도 많습니다. 사실 저는 성인다운 삶을 이제 갓 시작한 것 같았습니다. 하버드의대에서 제 연구 팀을 만든 것이 불과 4년 전이었으니까요. 저는 20년 동안 사이드라인 근처에서 워밍업만 하다가 이제 드디어 중요한 경기에 투입되는 축구 선수 같은 기분이었습니다. 우리의 네 아이는 아직 어렸습니다. 큰딸 라비니아는 열한 살, 두 아들 펠릭스와 레안더는 아홉 살과 일곱 살, 막내 탈리아는 다섯 살에 불과했습니다. 아이들이 저 없이 자랄 거라고는, 제가 아이들을 잃고 아이들도 저를 잃게 될 거라고는 상상조차 할 수 없었습니다. 젊은 부모가 암 진단을 받는 것은 비극적인 일입니다. 자녀를 슬픔과 삶의 고난으로부터 보호하고 싶을 때, 심각한 질병과 사망 가능성에 관해 자녀에게 어떻게 이야기해야 할까요? 한쪽 부모 없이, 아버지 없이 자랄지도 모른다는 걸 자녀에게 어떻게 준비시킬 수 있을까요? 자녀에게 이 모든 걸 숨기는 것이 더 나을까요?

헬레와 저는 아이들에게 이 병을 오랫동안 비밀로 할 수는 없겠다는 것을 깨달았습니다. 우리 앞에는 너무 많은 일이 기다리고 있어서 일상이 바뀌고, 생활에 지장이 생길 것이어서 정상적인 생활인 척 지속할 수 없게 될 것입니다. 저는 항암 치료로 머리카락이 빠질 것이며, 레안더에게 야구공을 던져 주지 못하거나 라비니아의 학예회를 볼 수 없는 날도 생기겠지요.

헬레와 저는 부모의 암 발병이 자녀에게 막대한 영향을 미친다는 것을 너무나 잘 알고 있습니다. 헬레는 열다섯 살 때 아버지를 잃었습니다. 헬레의 아버지는 줄담배를 피우던 분이셨는데 구강암이 전이되어 사망했습니다. 갑자기 아버지를 잃었다는 상실감뿐만 아니라 아무것도 예상하지 못해 완전히 어둠 속에 남겨진 것 같았던 느낌도 아내에겐 트라우마가 되었습니다. 아버지가 돌아가실 것이 분명한 상황에서도 아내의 부모님은 그 사실을 한 번도 언급하지 않았습니다. 헬레와 저는 그 얘기를 자주 했었습니다. 우리는 실제로 존재하는 제 질병을 비밀로 하는 같은 실수를 반복하지 말자고 약속했습니다.

우리 암 센터에는 사회 복지사가 있어서 일단 치료가 본격적으로 시작되면 저희 부부와 아이들을 만나서 도움을 준다는 것을 알고 있었습니다. 하지만 헬레와 저는 아이들에게 털어놓을 때까지 그렇게 오래 기다리고 싶지 않았습니다. 우리의 일상생활이 완전히 중단될 테니, 아이들도 당연히 그걸 알아차리고 우리의 스트레스와 긴장을 느끼게 될 테니까요.

그래서 우리는 바로 다음 날 아이들과 이야기를 나눴습니다. 저녁으로 닭고기 파스타를 먹고 있는데 헬레가 먼저 말을 꺼내며 아이들에게 제가 아프다고 말해 줬습니다. 심지어 "아빠가 아파. 암에 걸렸어."라고 직설적으로 핵심을 이야기했습니다. 아이들에게 이야기하는 것 외에 다른 대안이 없었지만, 아이들이 어떻게 받아들일지 무척 걱정되었습니다. 특히 라비니아는 급성 백혈병을 앓고 있는 반 친구가 있어서 심각한 질병에 대한 특정한 이미지를 가지고 있었습니다. 몇 년 전 제 아버지가 간암으로 돌아가셨던 기억을 아이들이 떠올릴까 봐 걱정되기도 했습니다.

하지만 아이들은 암에 걸렸다는 게 실제로 어떤 의미인지 전혀 모른다는 걸 알게 되었습니다. 지금은 괜찮지만 살아남기 위해서는 많은 치료를 받고 병원에도 꽤 자주 가야 한다며 안심시켰습니다. 머리카락이 빠질 거고 얼굴에 여러 차례 수술을 받아야 한다고도 설명해 주었습니다. 그리고 치료가 끝나면 지금과는 다른 모습이 될 거라고도 말해 줬습니다. 한 아이가 헬레에게 "아빠가 죽는 거예요?"라고 물었습니다. 헬레는 "아빠가 살아 계실 수 있도록 최선을 다할 거야."라고 대답했습니다. 약간 모호한 대답이긴 했지만 거짓말은 아니었고, 헬레와 제가 진정으로 믿고 바라는 바였습니다. 정말 옳은 말이었습니다. 그 약속을 한 후 아이들은 평소처럼 일상으로 돌아가 웃고 서로 장난치기 시작했습니다. 탈리아가 "치킨 한 조각 더 먹어도 돼요?"라고 물었을 때 헬레와 저는 웃을 수밖에 없었습니다.

우리는 소아과 의사에게 이 사실을 알려서 그가 우리와 아이들을 도울 수 있도록 했습니다. 마찬가지로 아이들의 선생님들과 친구들에게도 이야기했습니다. 이렇게 공개적으로 접근하는 것이 올바른 방법이라고 여겼습니다.

제 환자 중에는 동정을 받을까 봐 혹은 동정심 없는 반응이 올까 봐 두려워서 자신의 병에 관해 아무에게도 말하지 않으려는 이도 많습니다. 또는 충격을 받거나 슬퍼하는 반응에 대처할 힘이 없고, 자신도 위로가 필요한데 다른 사람까지 위로해야 하는 게 두렵기 때문이기도 합니다. 대개 내면에서 직관적으로 대처 방법을 결정합니다. 우리는 최대한 투명하게 공개하기로 결정했습니다. 그렇게 해서 이해와 지지를 구하고 필요한 도움을 받을 수 있었습니다. 그 후 몇 주, 몇 달 동안 우리 아이들을 데리고 영화 관람을 가 주시는 분도 많았고, 아이들을 파자마 파티에 자주 초대해서 재워 주기도 했습니다. 선생님들은 시시때때로 안아 주었습니다. 많은 친구가 멋진 반응을 보였습니다. 음식을 가져다주기도 했고, 차를 태워 주거나 피자 파티와 영화의 밤을 계획하기도 했습니다. 하지만 일부 지인은 제 병을 알게 된 후 저를 피하기도 했습니다. 제가 학교에 아이들을 데리러 가던 중에 맞은편에서 오던 친한 동료가 저와 말을 섞지 않으려고 일부러 길을 건넜던 기억이 납니다. 하지만 다행히도 그런 반응은 예외적이었습니다.

아이들도 저에게 일어나는 일을 동시에 경험했습니다. 나중에는 아이들 모두 암 센터에 와서 제가 온종일 치료를 받는 동안 곁에 있어 주기도 했습니다. 제 머리카락이 빠지기 시작했을 때 아이들이 제 머리를 각자 한 번씩 밀어 주기도 했습니다. 그렇게 암은 우리 삶의 일부였지만, 아이들은 여전히 아이답게 놀고 행동할 수 있었습니다. 하여튼 저희는 그렇게 되기를 바랐습니다.

하지만 실제로 아이들은 우리가 상상했던 것보다 더 큰 영향을 받았습니다. 특히 라비니아는 많은 책임을 떠맡았습니다. 제가 치료받는 날이면 헬레와 함께 6시에 집을 나서야 했기 때문에, 라비니아가 일찍 일어나서 동생들을 위해 아침 식사를 준비하고, 모두가 제대로 옷을 입고 제시간에 학교에 갈 수 있도록 챙겼습니다. 엄밀히 말하자면 항상 매사에 너무 늦는 저보다 뭐든 더 잘해 냈습니다. 아이들이 자기 자신을 돌보는 대신 아픈 부모를 돌보고 부양하는 역할을 해야 할 때 고통받는다는 것은 잘 알려진 사실입니다. 우리는 아이들에게 체계, 즉 규칙적인 일상이 계속 필요하다는 것을 깨달았습니다. 몇 주간의 힘든 치료 기간에는 아이들을 키우는 것이 특히 쉽지 않았습니다. 하지만 헬레는 저보다 더 아이들이 어느 정도 일상을 유지하게 도와주며 숙제, 운동, 다양한 악기 연습 및 기타 모든 할 일을 해낼 수 있도록 지원할 수 있었습니다.

8년 후 암이 재발했을 때는 상황이 완전히 달라 보였습니다. 아이들 중 셋은 코로나19 팬데믹으로 인한 제한 조치 때문에 하루 대부분 동안 집에서 모니터 앞에 앉아 있었습니다. 아이들의 사교 활동은 소셜 네트워크상의 채팅과 컴퓨터 게임으로 제한되었습니다. 한편으로는 암 투병이 반복되는 것이었지만, 다른 한편으로는 처음과 완전히 달랐습니다. 아이들이 나이가 더 들긴 했지만 그렇다고 두려움과 걱정이 더 적어진 건 아니었고, 오히려 그 반대였습니다. 이젠 암에 걸렸다는 게 어떤 의미인지 더 명확하게 알게 되었기 때문입니다. 라비니아는 온라인 학습에서 벗어나기 위해 대학에서 연구 년을 받아 베를린에서 지내고 있었습니다. 우리는 라비니아에게 암이 재발했다는 소식을 전화로 전할 수밖에 없었습니다. 그건 정말 힘든 일이었습니다.

코로나19로 모든 것이 혼란에 빠졌기 때문에 우리가 유지할 수 있거나 유지해야 할 일상은 없었습니다. 첫 번째 진단을 받았을 때 저는 진심으로 낙관적이었기 때문에, 아이들에게도 쉽게 제 낙관주의가 전파될 수 있었습니다. 하지만 두 번째 진단을 받았을 때는 제 치료 일정에 아무도 동행할 수 없었기 때문에 정서적 지지를 받을 수도 없고 제 생각을 딴 데로 돌릴 수도 없어서 또 다른 부담이 되었습니다.

코로나19는 학습 제한, 사회적 접촉 부재, 가족 및 친구의 질병과 사망 등으로 전 세계 어린이들에게 큰 타격을 입혔습니다. 부모가 암이나 기타 심각한 질병을 앓고 있는 아이들은 훨씬 더 큰 부담을 안고 있는 셈이었습니다. 예를 들어 아이들은 검진에 동행할 수도 없고, 무엇보다 재택 수업과 접촉 제한으로 인해 하루를 보내는

데 도움이 되는 일상이나 기분 전환할 거리조차 없었습니다. 아이들이 이 시기를 잘 이겨 내길 정말 간절하게 바랐습니다.

자신이 암에 걸린 상황에 대해 배우자, 자녀, 친구들이 어떻게 반응할지 걱정되어 불안해하는 환자가 많습니다. 암으로 진단받은 사실을 그들에게 이야기하는 것 자체가 어려운 일인 경우가 많습니다. 직장에 암 진단을 받은 사실을 알릴 것인지, 알린다면 어떻게 알릴 것인지의 문제는 좀 더 특별합니다.

이 문제에 대해 제 입장은 매우 분명합니다. 제 연구실 구성원들은 저에게 가족과 같습니다. 그들에게 진단 사실을 숨기는 것은 자녀에게 말하지 않는 것만큼이나 저에게는 어려운 일이었을 것입니다. 우리는 승리도 패배도 함께 경험하는 사이이며, 학생들의 성공은 지금도 저에게 저 자신의 성공보다 더 큰 의미가 있습니다.

첫 번째 암 진단을 받은 다음 날, 저는 연구실에 갔습니다. 평소처럼 거기로 가지 않으면 어디로 가겠습니까? 저는 다음 검사 및 상담 일정을 기다리는 중이었는데, 몸은 아프지 않았지만 너무 혼란스러워서 집에 혼자 앉아 있을 생각은 조금도 들지 않았습니다. 그래서 늘 하던 대로 연구실들을 돌아다니며 박사 후 연구원이나 박사 과정 학생 한두 명과 간단히 이야기를 나누고 그들이 하는 실험에 관해 물어보고 데이터와 결과를 살펴보았습니다. 그러다 박사 학위 논문을 절반 정도 쓴 레아라는 여학생과 이야기를 나누게 되었습니다. 지난주 실험 결과에 관해 이야기하다가 문득 레아를 비롯해 제 연구실의 모든 사람에게 솔직하고 진실해야 한다는 걸 깨달았습니다. 제 연구 팀을 아무 예상도 못 하게끔 어둠 속에 내버려 두는 것은 정직하지 못하고 기만적인 일이었습니다.

저는 항상 저 자신을 직설적이고 명확하며 요점을 정확히 말하는 걸 좋아하는 솔직한 사람이라고 생각해 왔습니다. 저는 각본 없이 팩트만 말하는 편입니다. 이것이 제 직업이 요구하는 것이고, 제 직업에서 배운 것입니다. 그래서 저는 제 환자에게 솔직하게 대합니다. 또한 연구 작업을 할 때도 객관적이고 측정 가능하며 재현 가능한 결과와 사실에 근거하여 진행합니다. 저는 속임수를 쓰거나 모호하게 하거나 핑계를 대는 건 질색입니다. 이건 아마도 트럼펫 연주자로 활동했던 어린 시절에서 비롯된 것 같습니다. 트럼펫을 연주할 때는 숨을 수가 없거든요. 가령 실수를 해서 잘못된 음을 연주하면 모든 청중이 알아차릴 수 있지만, 훨씬 더 큰 문제는 오케스트라 동료들이 그걸 반드시 듣게 된다는 점입니다. 전략은 필요 없습니다. 그저 정확한 음을 가능한 한 크고 높게 연주하기만 하면 됩니다. 명확한 연구 결과입니다. 저는 그런 점이 마음에 듭니다. 외교관이나 변호사로 일했다면 전 실패했을 겁니다. 전략이 없으니까요. 술수도 쓰지 않고요. 저는 환자의 병상 앞에서 늘 진실을 말했습니다. 이런 행동 패턴을 가장 큰 위기에 처한 지금도 따르고 있습니다. 그래서 정오에 연구 팀 전원을 회의에 소집했습니다.

이 회의 주제가 뭔지는 아무도 몰랐지만, 뭔가 일상적인 회의가 아니라는 것은 모두가 눈치챘습니다. 분석할 데이터도, 논의할 결과도 없었기 때문입니다. 팀원들이 회의실에 모이자 긴장감이 감돌았습니다. 저는 앞에 서서 그 많은 젊은이의 얼굴을 바라보았습니다. 그들은 무언가를 배우고, 새로운 것을 찾아내고, 스스로 발견하고, 간이 어떻게 장기로 형성되는지, 어떻게 신호와 영양분을 사용하여 성장하고 스스로 회복하는지, 왜 성장 신호가 탈선하여 암을 유발할 수 있는지에 관해 논리 정연한 설명을 개진하게 되길 열망하고 있었습니다.

저는 마음을 추스르고 말을 꺼냈습니다. 짧은 미팅이었지만 제가 아는 모든 것을 팀원들에게 말했습니다. 제가 암에 걸렸다는 것, 암이 전이되지는 않았다는 것, 최고의 의료진이 치료를 담당하고 있으며 저와 제 치료 팀은 제가 생존할 수 있도록 최선을 다하리라는 것을요. 앞으로 몇 달은 저와 제 가족, 그리고 궁극적으로 연구실의 모든 사람에게 힘든 시간이 될 것이라고도요. 우리 모두 힘들 거라고요. 몇몇 사람의 눈에 눈물이 고이는 게 보였습니다. 제 팀원 모두가 저를 염려했는데, 어쩌면 걱정도 되었을 겁니다. 저도 걱정되고, 제가 일을 계속할 수 있을지도 걱정되고, 자신의 커리어도 걱정되었을 것입니다. 그들이 서로 위로하고 지지할 수 있도록, 그래서 모두가 차분히 이 소식을 함께 처리할 수 있도록, 회의실에 그들만 남겨 두고 저는 일어나 나왔습니다. 그리고 저도 잠깐 심호흡을 할 시간을 가졌습니다.

지금까지도 저는 팀원 모두에게 주저하지 않고 솔직하게 말한 게 옳았다고 확신합니다. 저는 팀원들이 저를 그 후에도 계속 믿어 주길 바랐습니다. 그리고 그들은 믿어 주었습니다. 저에게 도움의 손길을 내밀었습니다. 그들은 우리 집에 음식을 가져다주고, 헬레가 저와 함께 병원에 가야 할 때 아이들을 돌봐 주고, 혈관 육종 기금 모금 행사를 조직했습니다. 티셔츠와 배지를 만들어 지지를 표시했습니다. 이 어려운 시기에도 모두 성공적인 연구자로서 자신의 공부와 커리어를 계속 이어 나갔기 때문에 저는 그들이 굉장히 자랑스럽습니다.

제가 투병하는 동안 수많은 동료와 친구가 제 연구실 구성원들이 공동 연구 작업을 계속할 수 있도록 도와주었습니다. 특히 저처럼 제브라피시를 연구하는 오랜 동료이자 친구인 트리스타 노스(Trista North)가 큰 힘이 되어 주었습니다. 우리 연구 작업의 중심 동물 모델인 제브라피시는 투명하고 현미경으로 장기가 자라는 것을 볼 수 있어서 지난 40년 동안 벌레, 초파리, 생쥐와 함께 생물 의학 연구에서, 특히 발달 생물학에서 중요한 구성 요소이자 동물 모델이 되었습니다. 제브라피시 유전자의 70%가 인간 유전자와 비슷하며, 인간에게 질병을 일으키는 유전자의 80% 이상이 제브라피시 게놈과 대등합니다. 그 밖에 제브라피시는 놀라운 자가 치유 능력을 지니고 있습니다. 예를 들어 심장이나 뇌에 입은 손상을 스스로 회복할 수 있어요. 간 재생 연구에도 상당히 유용합니다.

트리스타는 바로 맞은편 건물에 있는 연구 팀을 이끌고 있었고, 우리는 두 연구 팀을 정기적으로 통합하여 회의를 열었습니다. 우리는 5만 마리가 넘는 물고기를 보유하고 많은 프로젝트와 실험을 함께 수행했습니다. 제가 치료를 하느라 몇 달 동안 자리를 비웠을 때 트리스타는 제 학생들과 박사 후 연구원들을 지도하고, 그들의 논문 초안을 읽고, 데이터를 검토하고, 항상 좋은 조언을 해 주었습니다. 학생들이 성공할 수 있었던 것은 자신의 노력뿐만 아니라 트리스타의 지원 덕택입니다.

저는 그러한 지원이 모든 사람에게 제공되지는 않는다는 것을 잘 알고 있습니다. 오히려 정반대지요. 많은 이가 편견에 시달리고, 근무 환경이 힘들어지기도 하고, 고용주가 방해를 하거나 무감각하거나 이해가 부족한 상태로 반응하는 경향도 있습니다. 암은 매우 널리 퍼져 있지만, 여전히 엄청난 오명과 연관되어 있습니다. 암은 죽음, 상실, 박탈감, 고통을 상징합니다. 그래서 암 환자인 지인이나 동료, 친구 혹은 친척과 이야기하는 게 종종 몹시 힘이 듭니다. 그런 대화를 하면서 우리는 우리 자신도 죽게 된다는 걸 상기하게 되고 미지의 것에 대한 두려움이 생겨납니다. 사람들이 서로에게 더 직접적으로 다가가고, 돕고, 경청할 수 있기를 바랍니다. 환자는 그중에서 얼마나 허용하고 싶은지 스스로 결정할 수 있습니다.

발신자와 수신자

저는 투병 초기에 가장 중요한 경험을 했습니다. 암을 진단받고 며칠 후 추가 영상 검사가 끝나고 또 다른 조직 검사를 통해 초기 결과와 진단이 맞았던 것이 확인되자 헬레와 저는 전체 치료팀과 만나 제안받은 치료 계획에 관해 논의했습니다. 헬레와 저 외에도 종양 전문의, 친구 앤디, 암 전문 외과의 두 명, 성형외과 전문의, 방사선 종양 전문의, 제 주치의가 참석했습니다. 오늘날 종양학에서는 이러한 융합적 협진을 시행해 적절한 치료 계획을 세우려는 시도가 점점 더 많아지고 있습니다. 이토록 많은 전문가를 한꺼번에 한 장소에 모으는 데는 조직적인 노력이 엄청나게 필요합니다. 하지만 환자는 큰 이점을 누릴 수 있습니다. 환자로서는 도저히 이해할 수 없는 전문가들의 때로는 상반된 의견을 며칠 또는 몇 주에 걸쳐 듣는 대신, 대규모 모임에서 공동의 접근 방식을 논의하는 과정에 참여할 기회를 얻게 되니까요. 환자는 권고 사항과 구체적인 계획을 듣고 집으로 돌아갑니다. 이는 희망을 주고 길을 제시하기 때문에 필수적입니다.

우리는 두 시간 넘게 논의했는데, 현재 처한 상황에서부터 논의가 시작되었습니다. 저는 매우 공격적인 암으로 여겨지고 '표준 치료법'이 없는 극히 희귀한 암을 앓고 있었습니다. 제 암은 겉으로 드러나지 않은 상태로 얼굴 피부 밑에서 계속 자라고 있었습니다. 이는 피부나 다른 장기 내부에서 혈관을 따라 퍼지는 혈관 육종에서는 드문 일이 아닙니다. 예후가 극도로 나쁜 이유가 이런 특성으로 어느 정도 설명됩니다. 이 종양은 완전히 제거하기가 어렵고 외과 의사의 메스를 피해 재발하는 확률이 매우 높습니다. 종양 전문의는 종양을 축소하기 위해 화학 요법부터 시작한 다음에 수술할 것을 제안했습니다. 이때 암과 싸우는 화학 물질이라고 부르는 여러 가지 세포 증식 억제제를 병용하게 될 수도 있다고 했습니다. 암 전문 외과 의사들은 가능한 한 많은 조직을 철저하게 절제할 것이라는 구상을 설명해 주면서, 원래의 종양 주위에 넓은 안전지대가 필요하지만, 얼굴에서는 그것이 그리 간단치 않다는 말도 덧붙였습니다. 그런 다음 성형외과 의사는 피부, 조직 및 근육을 제거한 후에 생길 얼굴 중앙의 큰 구멍을 어떻게 재건할 수 있는지 설명했습니다. 몇 가지 선택지가 있었습니다. 턱에서 피부를 위로 당기거나 이마에서 아래로 당길 수 있습니다. 또는 등이나 허벅지에서 피부를 이식하여 수술 부위를 덮을 수도 있습니다.

저는 기분이 완전히 달라졌습니다. 이 수술이 얼마나 파괴적이고 침습적이며 돌이킬 수 없는 변화를 가져올지를, 즉 제가 얼굴의 오른쪽 절반을 잃게 되리라는 것을 깨달은 순간이었기 때문에 불안한 상담 과정에서도 압도적으로 최악의 순간이었습니다. 저도 이론적으로는 알고 있었지만, 이제 아주 잔혹한 세부 사항까지 들으니 견디기가 힘들었습니다.

이어서 방사선 종양 전문의가 물리학에 관해, 즉 다양한 방사선이 피부에 얼마나 깊이 침투할 수 있는지에 관해 이야기했습니다. 제 주치의인 찰스 '척' 모리스(Charles 'Chuck' Morris)가 사회를 맡아 토론을 이끌면서 저와 헬레에게 세부 사항을 명확히 하기 위해 거듭 질문을 했습니다. 각 의사는 우리가 모두 이해했는지 확인하고 다른 질문이 더 있는지 물었습니다. 저는 방사선 치료, 회복, 부작용에 관해 많은 질문을 했습니다. 항암제로 한 가지가 아니라 두 가지 세포 증식 억제제를 복용하는 게 더 낫나요? 어떤 재건 옵션이 있을까요? 네, 두 개가 더 좋습니다. 그리고 성형외과 의사는 수술 당일에 외과 의사가 제거해야 하는 조직의 양에 따라, 이전 상태를 복원하는 데에 가장 적합한 방법을 선택하겠다고 대답했습니다.

두 시간여가 지난 후 헬레와 제 주치의 척과 저는 방을 나섰습니다. 저는 실망과 분노에 휩싸였습니다. "정말 충격적이었어요!" 헬레가 제게 그게 무슨 뜻인지 물었습니다. "지금 우리는 무려 두 시간도 넘게 제가 어떻게 죽을지 이야기했잖아요!" 헬레와 척은 둘 다 화들짝 놀랐습니다. "뭐라고요? 방금 당신을 치료할 계획을 세웠잖아요. 당신이 살아남을 방법을요!"

한번 상상해 보세요. 20년 넘게 의료 활동을 해 왔지만 저는 이 회의의 근본 목적을 이해하지 못했습니다. 모두가 제 생명을 구하기 위해 함께 노력하고 있다는 사실을 깨닫지 못했던 겁니다. 조금 착각한 정도가 아니라 전반적으로 오해하고 있었습니다. 저를 구하려는 시도가 무력하게만 보였고, 희망도 없이 행동하고 고통을 연장하다가 결국에는 죽음을 맞이하는 것이 피할 수 없는 일처럼 들렸습니다. 어떻게 그럴 수 있었을까요? 저는 동료였고, 같은 언어를 사용했고, 치료법을 알고 있었습니다. 제가 치료 가능한 질병에 걸렸고 동료들이 저에게 진정한 생존 기회를 마련해 주기 위해 할 수 있는 모든 일을 할 것이라는 사실을 깨달았어야 했습니다. 그들은 잘못하지 않았습니다. 그런데도 어째서 저는 그들을 그렇게 근본적으로 오해했을까요?

지금까지도 그 이유를 모르겠습니다. 아마도 상황의 압박감과 미래에 대한 두려움에 속아 넘어간 것 같습니다. 일반적으로 스트레스는 특히 자신의 건강과 관련하여 인지 능력을 일시적으로 제한할 수 있습니다. 즉, 스트레스가 크면 수용력이 떨어지고 기억력이 떨어져, 조급하게 해석하거나, 세부 사항을 헛듣거나, 개별 진술을 골라내 그 진술이 이루어진 맥락을 무시하게 되기도 합니다. 정신적 스트레스의 이러한 결과는 잘 알려져 있지만, 저에게도 일어났다는 사실은…… 저를 도와줄 사람 없이 혼자 회의에 가지 않은 게 다행이었습니다. 그러지 않았다면 저는 임박한 죽음을 피할 길이 없다고 확신했을 것입니다.

저는 강의에서 의대생들에게 환자에게 말하는 방법과 환자와 대화하는 방법, 환자에게 병력을 물어보는 방법, 진단 및 치료 계획에 대해 환자와 논의하는 방법을 계속 가르쳤습니다. 저는 항상 저만의 규칙을 지키려고 노력했습니다. 그 규칙이란 이런 것입니다. 환자와 함께 앉아서 환자를 바라보고, 때때로 환자의 팔에 손을 얹는 등 신체적 접촉을 시도합니다. 저는 솔직하고 정직하며 직설적으로 말합니다. 그리고 복잡한 전문 용어는 피하려고 노력합니다. 환자의 말을 주의 깊게 들으면서 환자의 개인적인 바람, 필요, 욕구에 공감하고 제 생각을 환자에게 전이시키지 않으려고 노력합니다. 환자들이 제가 하는 말을 이해하고, 제가 진정으로 의미하는 바가 명확해지기를 진심으로 바랍니다.

하지만 직접 환자가 되어 보니 제가 학생들에게 가르쳤던 내용이 너무 단순하고, 틀린 것은 아니더라도 도움이 되지 않는 경우가 종종 있다는 것을 금방 깨닫게 되었습니다. 암, 스트레스, 불안은 그 나름의 이야기를 만들어 내는데 그건 치료하는 사람이 전달하고자 하는 '객관적인 진실'과 충돌하고 실제로 말하는 것과 상충하게 됩니다. 환자를 치료하는 의사들의 집중적인 노력에도 불구하고, 환자들이 논의 내용 중에서 실제로 얼마나 많은 부분을 이해하고 있는지, 얼마나 많은 측면을 완전히 잘못 해석하고 있는지 궁금합니다. 저는 기억을 더듬어 과거에 환자와 나눈 대화를 떠올리며 제가 어떤 부분을 오해하지는 않았는지, 환자가 제 말을 제대로 받아들였는지 파악하려고 노력합니다. 저라고 항상 잘하는 것은 아닙니다. 하지만 환자로서의 경험이 도움이 됩니다.

물론 암 환자마다 필요한 것이 다르지만, 상담 중에 항상 고려하려고 노력하는 몇 가지 기본적인 사항이 있습니다. 예를 들어, 앞으로의 치료에 관해 중요한 결정을 내려야 할 때는 항상 환자 곁에 가족이나 친구가 있는지 확인합니다. 헬레가 저에게 그랬던 것처럼 그 순간에 조금 더 머리가 맑고 불안감이 적으며 올바르게 알려 줄 수 있고 외재화된 기억으로 작용할 수 있는 사람 말입니다. 그 밖에 저는 환자가 모든 내용을 이해했는지, 제가 답변해 줄 질문은 없는지 여러 차례 묻고 확인합니다. 진단과 치료 계획을 환자 자신의 말로 다시 이야기해 달라고 요청하면, 환자가 잘못 해석한 부분이 어딘지, 이해하지 못한 부분은 어딘지가 특히 명확히 드러나는 경우가 종종 있습니다.

이러한 노력에도 불구하고 제 말이 항상 제 의도대로 이해되지는 않는다는 것을 알고 있습니다. 하지만 치료를 시작할 때 오해가 생기면 두려움, 불확실성, 좌절감을 불러일으키고 최악의 경우 저처럼 환자들이 죽음이 임박해 있다는 느낌을 받게 되므로, 이러한 노력은 꼭 필요합니다.

2차 소견

암에 걸리는 것은 대다수 사람에게 삶을 바꾸고 인생을 송두리째 뒤흔드는 경험입니다. 진단이 옳은지 그른지, 제안된 치료법이 희망적인지에 따라 결과가 심각하게 달라집니다. 그래서 환자들은 다른 종양 전문의에게 2차 소견을 구하는 경우가 종종 있습니다. 저 역시 임상 업무의 많은 부분을 2차 소견, 심지어 3차 또는 4차 소견을 제시하는 데 할애해 왔습니다.

저는 항상 환자들에게 2차 소견을 받으라고 권장합니다. 이는 담당 의사에 대한 불신의 표시로 이해되어서는 안 되며, '더 나은' 판단을 얻기 위한 것도 아닙니다. 암 환자에게는 생사가 달린 문제인 만큼 모든 상황을 고려했다는 확신을 갖는 것이 중요하기 때문에 하는 것입니다.

제시된 2차 소견이 반대 의견이라면 분명히 혼란과 좌절을 유발할 수 있습니다. 하지만 다른 소견이 존재한다는 것은 증거에 기반한 절차와 지침, 알고리즘 및 성공 모델을 갖춘 의학이 여전히 언제나 정확한 학문은 아니라는 것을 증명할 뿐입니다. 이는 때때로 견디기 어려울 수 있으며, 환자로서는 당연히 모호하지 않은 명확한 설명을 원합니다. 하지만 많은 경우에 그런 것은 없습니다. 예를 들어 외과 의사가 질병이나 환자를 바라보는 관점은 내과 의사의 관점과는 매우 다릅니다. 개인적인 경험과, 환자의 특성에 대한 다양한 평가가 우리의 권장 사항에 영향을 미칩니다. 그러므로 각 분야의 융합적 종양 회의가 큰 도움이 됩니다. 비록 2차 소견으로 인해 환자가 불안해하거나 논란에 휘말릴 위험이 있더라도, 이는 궁극적으로는 대다수 환자가 자신에게 맞는 적절한 치료법을 찾는 데 도움이 됩니다. 물론 여기에는 환자를 치료하는 전문의에 대한 신뢰가 특히 중요합니다.

처음에 저는 2차 소견이 필요하지 않다고 생각했습니다. 다나파버암연구소는 저에겐 집과 같았고 저는 동료들을 전적으로 신뢰했습니다. 저는 착하고 책임감 있는 환자가 되고 싶었고, 2차 소견으로 의사의 신경을 거스르거나 치료 시작을 지연시키고 싶지 않았습니다. 하지만 이전의 제 수련 책임자이자 임상 멘토였던 로버트 '밥' 메이어(Robert 'Bob' Mayer)는 "자신의 환자에게 제안할 때와 똑같이 행동하고 2차 소견을 받으세요."라고 분명하게 말했습니다.

그래서 진단을 받은 지 일주일 후인 2월 중순, 헬레와 저는 수년 전에 다나파버암연구소에서 인턴 과정을 마친, 마운트시나이병원의 육종 전문의를 만나기 위해 뉴욕으로 향했습니다. 그가 이렇게 급하게 진료 예약을 잡아 줘서 정말 감사했습니다. 저와 같은 기관에서 일하지 않고 냉정한 시선으로 병리 보고서를 읽어 줄 사람에게 제 이야기를 할 수 있다는 사실에 기분이 좋았습니다. 그는 결국 다른 동료들과 같은 전략, 즉 종양을 줄이기 위해 두 가지 세포 증식 억제제를 사용한 화학 요법을 시행하고 나서, 공격적인 수술에 이어 얼굴 재건을 한 후 방사선 치료를 받을 것을 권유했습니다.

앞서 말했듯이 제 암은 매우 드물어서 '최선의' 치료법에 관한 신빙성 있는 데이터가 존재하지 않습니다. 모든 것은 전문가의 경험에 달려 있으며, 이를 바탕으로 권장 사항을 개진합니다. 이것이 중요한 포인트입니다. 우리는 의학을 더욱 의미 있는 데이터에 기반한 객관적인 것으로 만들기 위해 노력하고 있으며, 언젠가는 슈퍼컴퓨터가 유능한 의사만큼이나 치료 계획을 잘 세울 수 있게 될지도 모릅니다. 이미 10여 년 전 IBM에서 '종양학 왓슨(Watson for Oncology)' 프로젝트를 통해 이것을 시도한 적이 있습니다. 그러나 우리는 아직 그 단계에는 이르지 못했습니다. 아마도 언젠가는 기계 학습과 인공 지능이, 빈번하게 발생하여 연구가 잘되어 있는 유형의 암에 대해 의사가 치료법을 선택하는 데 도움을 줄 수 있을 것입니다. 그러나 특히 데이터가 거의 없는 경우에는 의료진의 개별적인 지식과 경험을 대체할 만한 방법이 아직 없습니다. 더 나아가 비의학적 상황, 가족 상황, 정신 및 질병에 대처할 수 있는 회복력도 고려해야 합니다.

이미 알고 있던 것과 똑같은 의견을 다시 듣기 위해 다섯 시간 가까이 운전해서 뉴욕까지 갈 가치가 있었을까요? 네, 당연하죠. 저는 이제 우리가 옳게 하고 있다는 확신이 들었으니까요. 하지만 그보다 훨씬 더 중요한 것이 있었습니다. 이 전문의는 우리 암 전문의들이 지극히 드물게, 너무 드물게 사용하는 말을 입에 올렸습니다. 그는 "우리는 당신을 완치시키려고 이 치료법을 사용합니다."라고 말했습니다. 그는 종양을 줄이기 위해서, 종양을 제거하기 위해서, 종양과 싸우기 위해서와 같은 말은 하지 않았습니다. 저를 포함해 종양학자들이 완치에 관해 이야기하는 경우는 놀라울 정도로 드뭅니다. 그 대신 우리는 검출 가능한 암세포가 사라졌다는 의미의 "관해"나 "더 이상 질병의 징후가 없음"과 같은 말을 사용하고, "장기생존"과 "완전 관해"에 대해 이야기합니다. 그러나 "완치"라고 말하는 걸 꺼립니다. 왜일까요? 암이 재발하면 오판이었다는 게 증명될까 봐 두려워서일까요? 아니면 너무 많은 것을 약속했다가 소송을 당할까 봐? 환자들에게 희망을 심어 줬다가, 그 희망이 충족되지 않으면 그만큼 더 견디기 힘들어질까 봐일까요?

적어도 저 같은 경우엔 무엇보다 제 경험 때문에 조심스러워지는 것 같습니다. 완전히 안전하고 건강하다고 생각하지 못하는 게 얼마나 우울한 일인지 저도 잘 알고 있지만, 백혈병은 조금 전까지 골수가 완전히 정상으로 보였더라도 불과 몇 주 만에 재발할 수 있다는 것이 부인할 수 없는 현실입니다. 유방암이나 흑색종은 원래의 종양이 제거된 후 몇 년이 지난 후에 멀리 떨어진 장기에 전이된 상태로 재발할 수도 있습니다. 물론 저는 이 모든 사실을 잘 알고 있었고, 왜 아무도 '완치'라는 마법의 단어를 사용하지 않는지도 알고 있었습니다. 그런데도 누군가 "당신의 완치가 목표입니다."라고 말해 주기를 간절히 바라고 기다렸는데, 바로 그 말을 뉴욕의 의사가 해 준 겁니다. 그 한마디가 제게 큰 희망과 자신감을 주었습니다. 그것은 미래에 대한 약속이었으니까요.

통제력 상실

환자들은 자신의 삶에 대한 통제력을 상실했을 때 가장 큰 고통을 겪습니다. 암으로 진단을 받는 순간 눈 깜짝할 사이에 삶이 영원히 바뀌게 됩니다. 암의 종류에 따라 이 소식이 불시에 전해지기도 합니다. 저는 전문의 수련 기간에 처음으로 돌보았던 급성 골수성 백혈병 환자를 아직도 생생하게 기억합니다.

2000년 11월, 신학 대학 교수로 재직하다 은퇴한 지 몇 달 되지 않은 일흔 살의 조지가 우리 병원을 찾아왔습니다. 몇 주 동안 피곤하다가 기침이 시작되었고, 폐렴으로 판명되었다고 했습니다. 조지가 다니던 동네 병원 의사가 열이 날 뿐만 아니라 백혈구 수치가 매우 높은 것을 확인하고 급성 백혈병이 의심된다는 진단을 내리고는 우리 암 센터로 그를 보낸 것입니다.

처음 만났을 때 조지는 창백하고 기력이 없어 보였습니다. 무척 지친 인상을 풍겼습니다. 그의 아내와, 장성한 두 아들과 딸은 긴장하고 불안해하며 의문으로 가득 찬 표정으로 그의 침대 곁에 서 있었습니다. 저는 서둘러야 하는 상황임을 깨달았습니다. 급성 백혈병은 골수에서 백혈병 세포가 지극히 빠르게 증식합니다. 그로 인해 면역 체계가 마비되고 신체가 감염으로부터 스스로를 방어하지 못하게 됩니다. 암세포를 줄이는 치료가 일찍 시작될수록 환자에게 그만큼 더 유리합니다. 이 첫 단계에서 생존할 가능성도 그만큼 더 커집니다.

급성 골수성 백혈병 진단은 혈액 및 골수 검사를 포함한 일련의 검사를 기반으로 합니다. 진단이 확정되는 즉시, 때로는 몇 시간 내에 화학 요법이 시작됩니다. 요즘에는 매우 강력한 두 가지 활성 물질의 조합으로 구성되며, 상당히 힘들고 보통 몇 주 동안 병원에 입원해야 합니다. 특히 고령 환자의 경우 부작용이 심합니다. 메스꺼움, 구토 및 탈모는 그중 일부에 불과합니다. 심하게 부담되는 치료가 예상치 못하게 갑작스럽게 시작되면 환자의 지금까지의 삶은 즉각적으로 완전히 정지됩니다. 조지와 그의 온 가족도 마찬가지였습니다. 추수 감사절을 함께 보내기를 고대하던 가족들은 이제 병실에 모여 그날 저녁이나 늦어도 다음 날 아침부터 시작될 치료에 관한 설명을 초조하게 기다리고 있었습니다. 이 시점에서 조지와 그의 가족들은 앞으로 어떤 일이 닥칠지 전혀 예상하지 못했습니다.

저는 수련 기간에 백혈병으로 인한 합병증이나 골수 이식 후 등 치료 중에 우리 병원에 온 환자를 많이 보았습니다. 하지만 조지는 제가 처음부터 끝까지 치료한 첫 백혈병 환자였습니다. 차츰차츰 손주들, 이웃, 친구를 포함해 그의 가족 전체에 관해 알게 되었습니다.

우리 종양학자들은 임상 실습을 통해서뿐만 아니라 조지 같은 사람들을 통해 더욱 뛰어난 의사가 되기도 합니다. 그는 암 환자로서 진단을 비롯해 모든 상황을 받아들이는 방법을 저에게 가르쳐 주었고, 저는 그의 아내 제인의 폭넓은 지원과 보살핌에 감탄했습니다.

사람들은 충격적인 질병 진단에 매우 다르게 반응합니다. 의사로서 저는 용기, 사랑, 억압, 분노, 좌절, 이기고자 하는 의지, 두려움, 실망, 절망 등 모든 스펙트럼을 경험했습니다. 그리고 이러한 다양한 감정과 반응은 개별적이고, 환자마다 다르며 따라서 진짜입니다. 조지도 마찬가지였습니다. 그는 자신의 병에 다른 사람들보다 '옳게' 혹은 '그르게', 심지어 '더 잘' 반응한 게 아니라 지금까지 살아온 인생사와 일치하게 반응했습니다. 조지는 병이 어느 정도인지 깨달았을 때 매우 침착한 태도를 보였습니다. 그는 삶을 위해 필요한 일을 하고 싸웠습니다. 직장 일로 바쁜 세월을 보낸 후 인생을 즐기고 싶었던 은퇴 초기에 암이라는 병에 걸렸다고 해서 신이나 운명을 원망하지 않았습니다. 그는 병을 인생사에 녹여 넣었고, 이는 궁극적으로 암과의 싸움에 에너지를 집중하는 데 도움이 되었습니다. 그의 가족은 부담감이나 의심 없이 배려와 사랑으로 그의 곁을 지켰습니다. 제가 조지를 처음 만났을 때만 해도 몇 년 후 그가 암과의 싸움에서 제 롤 모델이 될 줄은 꿈에도 몰랐습니다.

조지와 그의 가족이 겪은 갑작스럽고 전면적인 삶의 변화는 모든 암 환자가 각자의 방식으로 경험하는 것입니다. 물론 모든 사람에게 조지의 경우처럼 극적인 방식으로, 또는 조지만큼 빠르게 삶의 변화가 일어나는 것은 아닙니다. 암은 종종 표 나지 않게 드러나기 때문에 어쩌면 한동안 무언가 잘못되었을지 모른다는 의심만 하고 있었을 수도 있습니다. 검사와 검진이 시행되고, 더 많은 추가 검사가 이어지고, 마지막으로 진료 일정이 잡히면 그때에야 진단을 받고 치료 옵션에 대해 논의하고 숙고할 시간을 요청하고 추가 의견을 얻게 됩니다. 물론 개인차가 크긴 하지만 이때 모든 환자에게는 한 가지 공통점이 있습니다. 이제부터는 암 자체와, 암을 치료하는 종양 전문의에 따라 삶과, 앞으로 행해질 모든 게 결정된다는 점입니다. 그리고 그게 바로 제가 말하려는 전부입니다. 환자는 우선 입원을 예약하고, 검사를 계획하고, 다른 전문가들과 상담합니다. 그런 다음 치료가 시작되는데, 종종 심각한 부작용이 동반됩니다. 암은 방학이나 휴가 기간, 중요한 가족 행사 또는 경력상 중요한 시기를 가리지 않습니다. 암은 계획과 의도, 감정 상태 또는 환자의 개별적인 상황에는 관심이 없습니다. 암은 그냥 그곳에 있으며 모든 힘을 다해 일상 전체를 장악합니다. 암을 치료하려면 모두가 관심과 시간을 쏟아부을 필요가 있습니다. 암에 걸린 사람은 누구나 암에 완전히 몰두하게 됩니다. 건강을, 어쩌면 생명까지 잃을지 모른다는 당연한 두려움 외에도 모든 절차, 치료 일정, 검사와 이어지는 삶의 혼란에 무력하게 내맡겨져 있는 느낌도 듭니다.

우수한 학술 기관과 유명 의과 대학의 의사이자 연구원으로서 저는 모든 것을 통제하는 데 익숙했습니다. 저는 스스로 업무 일정을 정하고 연구실에서 어떤 프로젝트를 진행할지 결정했습니다. 직원을 고용하고 실험의 개요를 파악하고 있었습니다. 대학 교수로서 강의 콘텐츠를 개발하고 다른 교수진 수십 명과 조율하는 일을 담당했습니다. 그러던 중 갑자기 저는 의존적이고 나약해져서 아주 사소한 부분조차 결정할 수 없게 되었습니다. 제가 지켜야 하는 일정은 언제인지, 방사선 검사는 언제 하는지, 수술 일정은 언제인지 그냥 들어야 했습니다. 화학 요법 일정에는 대학 행사나 출장, 연구실 회의나 외부 지원금 신청 마감일, 아이들의 학예회나 친구들과의 약속은 고려되지 않았습니다. 저는 더 이상 아무것도 눈곱만큼도 통제할 수 없었습니다. 암은 제 일정을 결정했을 뿐만 아니라 제 몸, 생활, 수면, 기분, 심지어 미래의 모습까지 지배했습니다.

통제력 상실은 암 환자뿐만 아니라 모든 환자가 흔히 겪는 경험입니다. 급성 질환으로 응급실을 찾는 환자뿐만 아니라 만성 질환자, 고혈압, 당뇨병, 염증성 장 질환 환자에게도 해당합니다. 따라서 제대로 된 모든 치료의 목표는 환자가 자신의 삶과 질병에 대한 통제력을 최대한 회복할 수 있도록 힘을 실어 주는 것입니다. 이는 의사와 보호자가 환자와 유대감을 형성하고 신뢰를 쌓으며, 엄밀히 따지자면 의학적 관련은 없지만 치료의 성공에는 막대한 영향을 미칠 수 있는 삶의 모든 측면을 이해할 수 있는 둘도 없는 기회입니다. 이러한 파트너십은 더 나은 결과를 얻고 환자가 치료 지침을 따르는 데 도움이 되며 일반적으로 더 나은 삶으로 이어집니다.

암 환자에게 생명을 잃고 죽는다는 생각은 지극히 현실적이고 엄청나게 충격적입니다. 다음 날이나 그다음 날을 계획하는 것이 불가능할 뿐만 아니라 미래가 전혀 없다는 두려움에 사로잡히게 됩니다. 가장 시급한 계획도 보류해야 하고, 모든 것이 의문시됩니다. 이러한 무력감, 부적절한 느낌, 나약한 느낌은 화학 요법과 수술의 부작용을 가리고 심화합니다. 이는 우리가 의사로서 환자의 의학적 요구를 충족시키기 위해 최선을 다해도 환자가 만족하지 않고 행복하지 않은 이유를 설명합니다. 환자들이 원하는 것은 확실성, 그중에서도 긍정적인 확실성입니다. 우리가 이를 제공하지 못하면 절망하는 이들도 있고, 분노하며 사실을 받아들이기를 거부하는 이들도 있습니다. 제가 커리어 초기에 만났던 28세의 제이크처럼요. 그는 전이된 장암에 대한 2차 소견을 받기 위해 온 가족과 함께 병원을 찾아왔습니다.

제이크는 지금까지 받은 치료에 만족하지 못했습니다. 그의 치료를 담당했던 의사는 2주마다 투여하는 화학 요법을 처방했었습니다. 하지만 이 치료법은 손가락 끝에 불쾌한 따끔거림과 메스꺼움, 설사 증상을 유발했습니다. 제이크는 단순히 생명을 연장하는 것이 아니라 완치할 수 있는 치료법을 원했는데, 이는 너무나 당연한 소원이었습니다. 그가 저를 찾아온 이유는 더 나은 예후를 듣고 자신의 삶을 되찾고 싶었기 때문입니다. 하지만 제겐 마술 지팡이가 없었기 때문에 그를 도울 수 없었습니다. 당시에는 그와 같은 환자를 위한 치료법이 없었습니다.

이러한 무력감은 종양 전문의도 절대 익숙해질 수 없어서 좌절감이 듭니다. 저에게는 이러한 절망감이 우리 연구 팀의 연구에 큰 동기 부여가 되었습니다. 많은 동료가 같은 생각을 하고 있습니다. 환자와의 경험이 새로운 치료 옵션을 개발하고 테스트할 동기를 부여하기 때문입니다.

저는 제이크에게 훌륭한 종양 전문의에게 최상의 치료를 받고 있으니, 몇 년은 더 희망을 품을 수 있다고 설명했습니다. 하지만 제이크는 그것만으로는 충분하지 않았고, 제가 자신의 삶을 돌려주기를 원했습니다. 분노한 제이크는 "내가 도대체 왜 여기서 시간을 낭비하고 있는 거지?"라고 소리치며 방을 뛰쳐나가 문을 쾅 닫았습니다.

이러한 반응은 환자가 예후가 좋지 않은, 즉 살날이 얼마 안 남았다는 말기 진단을 받았을 때 흔히 볼 수 있습니다. 정신과 의사 엘리자베스 퀴블러로스(Elisabeth Kübler-Ross)는 이러한 분노를 환자가 죽음에 직면하여 겪는 슬픔의 다섯 단계 중 하나라고 설명하면서 부정, 타협, 우울, 수용을 나머지 네 단계로 꼽았습니다. 당시 저는 제이크의 분노에 공감할 수 있다고 생각했었습니다. 질병의 부당함과 절망감, 치료 옵션의 부재를 생각하면 그런 감정을 느끼지 않을 사람이 누가 있겠습니까? 하지만 근본적인 동기를 정말로 이해하지는 못했었습니다. 이제는 제 경험을 통해 그것이 무엇인지 훨씬 더 명확하게 깨달았습니다. 생명을 잃을 거라는 생각은 통제력을 완전히 상실한다는 걸 의미하며, 이를 슬퍼하는 동안 우리는 분노하고 좌절하게 됩니다.

저는 진단을 받았을 때 분노를 느끼지는 않았습니다. 적어도 분노를 느꼈던 기억은 나지 않습니다. 어쩌면 불확실성, 두려움, 가족에 대한 걱정과 같은 다른 감정의 홍수가 제 기억을 덮어 버렸을 수도 있습니다. 그러나 퀴블러로스가 말한 슬픔의 다른 단계는 제게 나타나지 않았습니다. 제게는 억압이나 (저 자신, 신, 운명, 의사와의) 타협 또는 우울증도 발생하지 않았으며, 저는 절대로 수용하지도 않았습니다. 첫 번째 상담에 대한 오해가 풀린 후 제 태도는 분명했습니다. 저는 곧 죽지는 않았습니다. 다만 아팠습니다, 정말 많이 아팠습니다. 하지만 저는 해야 할 일을 할 것입니다. 매일매일. 한 걸음 한 걸음씩.

통계적으로 보자면 제 생존 가능성은 정말 희박했습니다. 하지만 통계는 각 개인에게서 처음부터 다시 시작되는 겁니다. 제 경우에도요.

통계

제가 종양학 전문의 수련을 받는 동안 특별한 멘토이자 스승인 로버트 메이어 선생님이 수련 기간 내내 함께해 주셨습니다. 선생님은 우리에게 이렇게 가르쳤습니다. "환자와 정확한 생존율 통계를 논의하는 데 시간을 낭비하지 마십시오. 68퍼센트 환자나 32퍼센트 환자는 없습니다. 중요한 것은 생존율 100퍼센트와 사망률 0퍼센트, 이 두 가지 수치뿐입니다. 그 사이에는 아무것도 없습니다."

이는 누구나 즉시 알 수 있는 사실입니다. 하지만 우리는 임상의사로서 생존율 통계가 여전히 필요합니다. 치료를 어떻게 진행할지, 어떤 치료 계획을 세울지 결정할 때 어떤 치료법이 가장 성공 가능성이 큰지 알아야 합니다. 특정 치료법이 평균적으로 환자의 수명을 얼마나 연장할 수 있는지 알아야 하고, 빈번하게 사용해야 하는 독성이 강한 약물이 환자에게 측정 가능한 이점이 있는지 알아야 합니다. 치료 방안과 권장 사항은 이를 기반으로 결정합니다. 하지만 우리가 환자의 병상 앞에 서 있을 때는 평균과 확률에 대한 이러한 수치가 결정적이지 않습니다. 어떤 환자들이 고통 속에서 이 수치에 매달리더라도요. 백 번을 쏘면(그렇지만 우리는 백 번을 쏠 수도 없거니와) 그 중에 몇 번이 과녁에 맞을 거라고 가정할 수는 없습니다. 환자와 의사는 대개 단 한 번만 시도할 수 있으며, 그 시도는 성공하거나 실패합니다.

전부는 아니더라도 많은 환자가, 특히 진행성 암 환자들이 저에게 "제게 남은 시간이 얼마나 되나요?"라고 묻곤 합니다. 저는 이 질문에 대답한 적이 한 번도 없습니다. 제가 통계를 몰라서도 아니고, 환자에게 위험한 상황과 좋지 않은 예후에 관해 말하고 싶지 않아서도 아닙니다. 그 이유는 아주 간단합니다. 제가 모르기 때문입니다. 그래서 저는 환자들에게 시기와 상관없이 이렇게 조언합니다. 누군가와 상의할 일이 있다면 지금 상의하세요. 뭔가 하고 싶은데 병이 허락한다면 지금 하세요. 가족이나 친구를 만나고 싶다면 지금 만나세요. 며칠, 몇 주, 몇 년, 이것은 단지 통계적 평균을 나타내는 숫자일 뿐입니다. 환자도 저도 우리가 성공할 가능성, 생존할 가능성, 신체에서 긍정적인 반응이 나타날 가능성이 있기를 바라야 합니다. 0 아니면 100이니까요.

제가 읽었던 혈관 육종에 관한 첫 번째 연구에서 4퍼센트라는 생존율을 발견했을 때, 저는 이 사실을 상기해야 했습니다. 만약 제가 이 수치를 받아들였다면 실제 치료를 시작하기도 전에 완전히 낙담했을 것입니다. 저는 치료를 받는 동안 모든 학술 논문을 제쳐 놓고 결코 다시는 제 병에 관한 어떤 글도 읽지 않았습니다. 그 대신 제 담당 의사들이 제공하는 정보와 조언에만 전적으로 의존했습니다.

미국에서는 인턴 시절의 의학 교육이 독일과는 다르게 매우 집중적이고 체계적으로 이루어지기 때문에, 저는 젊은 의사로서 이를 마음껏 누렸습니다. 환자와 많은 시간을 함께 보내며 폭넓은 실무 지식을 습득할 수 있었습니다. 선임 레지던트들과 교수님들은 희귀하고 복잡한 임상 사례를 포함해 많은 자료를 가르쳐 주셨습니다. 마침내 제가 종양 전문의 수련을 받기 시작했을 때는 전문 지식을 풍부하게 갖추게 되었고 준비가 잘되어 있다고 느꼈습니다. 하지만 나중에 돌이켜 보고는 제가 이런 지식을 너무 많이 신뢰하고 거기에 의존하고 있었다는 것을 깨달았습니다. 이런 지식에 질병을 만들어 내는 모든 요소와, 개인이 질병에 반응하는 방식이 모두 담겨 있는 건 아니었습니다. 질병의 미묘한 차이, 환자의 신체적, 심리 사회적, 유전적 개별성은 '일상적인 사례'조차 독특한 상황으로 바꿔 놓습니다. 세상의 어떤 커리큘럼에서도 이런 것을 가르쳐 주진 않습니다. 저는 이 사실을 직접 환자가 되고 나서야 비로소 깨달았습니다.

급성 백혈병에 걸린 일흔 살의 전직 신학 교수 조지에 관해 앞서 언급했었지요. 치료를 시작한 지 몇 달 후, 그의 폐에 공격적인 곰팡이 감염이 발생했고, 백혈병과 화학 요법으로 약해진 면역 체계는 이를 이겨 낼 수 없었습니다. 곰팡이는 마침내 폐의 큰 혈관 하나에서 자랐고 조지는 피를 토하기 시작했습니다. 그는 순간순간 점점 더 약해지고 있었습니다. 새벽 2시쯤 저는 조지의 아내에게 남편이 곧 죽을 거라고 말했습니다. 그가 살아남는 시나리오는 상상도 할 수 없었습니다. 하지만 알고 보니 수년간의 수련과 해박한 이론적 지식에도 불구하고 제가 완전히 틀렸던 겁니다. 전환점은 흉부외과 과장이 가져왔습니다. 그는 바로 그날 밤에 조지를 수술하여 곰팡이에 감염된 폐 부위를 잘라 내 출혈을 멈추게 했습니다. 며칠 후 조지는 막 승인된, 곰팡이 감염에 대한 새로운 약물을 투여받았습니다. 그는 급성 질환에서 살아남았고, 이후 골수 이식을 받고 5년을 더 살았는데, 이는 백혈병에 걸린 노인 환자로서는 정말 대단한 성공이었습니다. 그럼 저는요? 저는 정보를 충분히 알고 있다고 여겼고, 아내에게 남편이 죽어 가고 있다고 감히 말하며 앞으로 닥칠 고통에 대비하게끔 했습니다. 하지만 제가 완전히 착각했던 겁니다.

또 다른 사례로 보모로 일하던 20대 초반의 젊은 여성 메리가 있습니다. 메리도 급성 백혈병에 걸려 골수 이식을 받아야 했습니다. 그런데 합병증이 발생했습니다. 처음에는 신장에, 그다음에는 간에, 마지막으로는 호흡에 문제가 생겼습니다. 메리는 삽관을 하고 인공호흡기를 달고 투석을 받아야 했습니다. 저는 골수 이식 후 모든 장기가 망가지면 회복이 거의 불가능하다고 알고 있었습니다. 그래서 메리의 어머니와 함께 침대 옆에 앉아 아무래도 딸을 잃게 되실 것 같다고 알려 주려고 했습니다. 우리 둘 다 울 수밖에 없었습니다. 그런데 메리는 그날 밤 죽지 않았습니다. 며칠 후에도 죽지 않았습니다. 그 후 며칠 만에 메리의 신장과 간은 회복되었고 인공호흡기도 뗄 수 있었습니다. 20여 년이 지난 지금도 메리는 잘 지내고 있습니다. 지금은 상담사로 일하고 있습니다. 백혈병은 재발하지 않았습니다. 여기에서도 제가 완전히 틀렸던 겁니다.

투병하는 동안 저는 조지와 메리에 대해, 제가 최선을 다해 예측한 예후를 그들이 어떻게 거스르고 이겨 냈는지 많이 생각했습니다. 역설적이게도 저 자신이 실패했던 경우를 떠올리는 것이 도움이 되었습니다. 그것이 우리가 가진 모든 지식과 노력은 질병의 경과와 미래에 관해 진정으로 신뢰할 수 있는 진술을 하기에 충분하지 않다는 것을 알려 주었기 때문입니다. 특히 질병의 종말이나 환자의 종말에 관해서는 더욱 그렇습니다. 예측할 수 없는 변수, 불확실성, 우연, 다른 전개가 너무 많기 때문입니다. 그리고 이제 저는 제 가능성에 대한 부정적인 예후도 틀렸기를 온 힘을 다해 진심으로 바랐습니다. 저는 전문가들을 반박하고 싶었고 그들에게 차라리 굴욕감을 주고 싶었습니다. 저는 살아남고 싶었습니다.

저는 이 책을 집필하면서야 비로소 35년 이상에 걸친 안면 및 두부 혈관 육종 환자의 치료 결과를 조사한 최근의 연구 논문 한 편을 살펴보았습니다. 5년 생존율은 12퍼센트로 나타났습니다. 제 발병 당시의 4퍼센트보다는 약간 나아졌지만, 여전히 지극히 낮은 수치였습니다. 하지만 뭐 어떻습니까? 전 해냈는걸요. 심지어 저는 병을 두 번이나 이겨 냈습니다.

그동안 저는 숫자 4와 특별한 관계가 되어 갔습니다. 우호적인 관계는 아니지만 '개인적인' 관계입니다. 예를 들어 우리 부서에서 새로운 프로젝트를 시작할 때 저는 "성공 확률이 4퍼센트에 불과하더라도, 이 프로젝트는 시도해 볼 만한 가치가 있습니다. 그러니 해 봅시다."라고 말합니다. 이는 제가 암에 걸렸던 경험과 원래 예후가 좋지 않았던 경험에서 비롯한, 놀랍지만 어쨌든 긍정적인 효과입니다. 저는 더 이상 미지의 세계를 두려워하지 않고, 실패를 두려워하지 않으며, 더 낙관적으로 되었습니다. 무조건 더 많은 위험을 감수하는 건 아니지만, 통계상의 실패 가능성 때문에 두려워서 그만두지는 않습니다.

대가

제 의사들은 이미 첫 번째 상담에서 암에 걸린 조직을 제거하여 회복 기회를 얻으려면 극단적이고 공격적인 수술이 가장 중요한 핵심적인 단계임을 분명히 했습니다. 그 전에 저는 논의된 대로 신(新)보조 화학 요법, 즉 암 수술 **전에** 시행하는 화학 요법을 받기로 했습니다. 이것은 종양을 축소하여 수술 성공률을 높이기 위한 것입니다. 수술이나 방사선 치료 **후에** 잔여 종양을 퇴치하거나 전이를 막아서 회복 가능성을 높이기 위해 시행하는 보조 화학 요법에 대해서는 들어 보셨을 겁니다. 제 경우에는 전문 문헌에서 신보조 요법의 전망이 제한적이라고 평가했지만, 이는 제가 말했듯 혈관 육종 경험을 체계적으로 기록한 것이 거의 없었기 때문이기도 합니다.

두 가지 약물로 구성된 복합 화학 요법은 이미 수십 년 전부터 다양한 암을 치료하는 데 사용되어 왔습니다. 하지만 저의 15년간의 환자 진료 경험이나 전문 문헌을 통해서도, 저를 기다리고 있는 상황에 실질적으로 대비할 수는 없었습니다. 간단히 말해서 저는 화학 요법이 정말로 얼마나 잔인한지 몰랐고, 직접 몸으로 느껴 본 적도 없었습니다.

공교롭게도 이러한 형태의 치료법이 시작된 곳이 바로 제가 일하던 곳입니다. 이 치료법은 시드니 파버(Sidney Farber)가 시작했는데, 그의 이름을 따서 다나파버암연구소라고 명명된 것입니다. 연구소 명칭의 첫 번째 부분인 다나는 변호사이자 자동차 부품 제조업자였던 찰스 S. 다나(Charles S. Dana)가 자선 사업가로서 시드니 파버의 선구적인 연구를 지원하기 위해 재단을 설립한 데서 유래했습니다. 원래 하이델베르크와 프라이부르크에서 의학 공부를 시작했던 파버는 하버드의대와 보스턴아동병원에서 소아 병리학자로 일했습니다. 그는 어린이에게 혈액암을 일으키는 백혈병 세포가 분열하는 데 엽산이 필요하다는 사실을 깨닫고 엽산 억제제인 아미노프테린(Aminopterin)을 이용한 치료법을 개발했습니다. 1947년 최초의 연구에 따르면 급성 림프구성 백혈병 어린이의 경우 아미노프테린으로 치료하면 관해 상태에 도달하는 것으로, 즉 백혈병 세포가 일시적으로 감소하고 심지어 혈액에서 백혈병 세포가 사라지는 것으로 나타났습니다. 이 연구는 화학 물질로 암세포를 표적 치료할 수 있다는 사실을 최초로 입증한 연구 중 하나입니다. 이로써 오늘날 우리가 알고 있는 화학 요법이 탄생했습니다.

물론 화학 요법이라는 개념은 노벨 생리학·의학상 수상자인 파울 에를리히(Paul Ehrlich)가 훨씬 이전인 1906년에 사용하긴 했습니다. 파버는 '마법의 총알'이라고 불렸던 합성 화학 물질로 감염과 싸울 수 있다는 것을 분명히 하고 싶었고, 자신이 발견한 매독 치료법에서 이를 인상적으로 입증했습니다. 파울 에를리히가 연구를 수행하고 1906년 창립 이사가 된 프랑크푸르트의 게오르크슈파이어하우스(Georg-Speyer-Haus)는 오늘날에도 여전히 암 연구 기관으로 활약하고 있습니다.

다양한 화학 물질은 암과의 싸움에서 여전히 가장 효과적인 무기 중 일부입니다. 모든 화학 요법은 세포 분열을 막기 위해 암의 특정한 특성을 공격합니다. 시드니 파버가 처음 연구한 지 수십 년이 지난 오늘날, 화학 요법 전략과 약물은 매우 잘 발달하여 한때 예후가 절망적이었던 수많은 환자가 치료받고 완치될 수 있게 되었습니다.

그러나 이러한 성공과 치료의 전망에는 높은 대가가 따릅니다. 대략적으로 말하자면, 모든 세포 증식 억제제의 목적은 암세포의 급속한 성장을 막는 것입니다. 유전적으로 암호화된 성장 제어 장치나 주변의 세포 결합으로는 이러한 세포 성장을 억제할 수 없습니다. 따라서 세포 증식 억제제는 주로 이러한 통제되지 않은 세포 성장을 억제하는 역할을 합니다. 가령 세포 방추체들을 손상시켜 염색체 분열을 방해하거나 '잘못된' 구성 요소를 통해 DNA 합성을 방해하거나 DNA 가닥의 기능이나 복구에 중요한 특정 효소를 억제합니다.

치료의 한 가지 문제점은 치료에 사용되는 화학 물질이 '나쁜' 암 세포와, 그와 마찬가지로 빠르게 분열하며 계속 재생되는 '좋은' 신체 세포를 구분할 수 없다는 것입니다. 예를 들어 골수, 장 점막 및 모발 세포가 여기에 포함됩니다. 유감스럽게도 세포 증식 억제제는 바로 거기에도 영향을 미칩니다.

제가 종양학자로서 화학 요법의 부작용에 관해 설명하는 데에는 여러 가지 이유가 있습니다. 그중 하나는 환자가 치료에 동의하기 전에 환자에게 충분히 알려야 할 법적 의무가 있기 때문입니다. 그러나 그보다는 이런 부작용이 발생하더라도 환자가 의사인 저와 치료에 대한 신뢰를 잃지 않도록 대비하는 것이 더 중요합니다. 부작용이 치료의 결함이나 제 잘못된 판단의 결과가 아니라는 것을 환자가 알아야 합니다. 환자가 부작용 목록 때문에 치료를 받지 않겠다고 하는 경우는 극소수에 불과합니다. 대안이 없기 때문입니다. 목표는 암을 이기는 것이며 모든 것이 이것에 종속되어 환자는 거의 모든 걸 감수합니다.

저도 마찬가지였습니다. 저는 살고 싶었습니다. 아이들이 자랄 때 같이 있고 싶었습니다. 제 일로 돌아가 연구를 계속하고 의사로 활동하고 싶었습니다. 만약 제가 암과 '나한테 무슨 짓을 해도 좋으니 살려만 달라.'라는 계약을 맺을 수 있었다면, 그 어떤 끔찍한 부작용이든 그 어떤 능력의 상실이든 받아들일 준비가 되어 있었을 것입니다. 저는 제게 오는 많은 환자를 비롯해 많은 암 환자가 '나만 충분히 고통받고, 나만 충분히 용감하고, 내가 모든 불행을 감수한다면, 나는 패배를 막고 죽음에서 벗어날 수 있다'라는 허구의 계약을 비밀리에 맺은 것 같은 느낌이 듭니다.

불행히도 저는 경험을 통해 암과는 타협할 수 없다는 걸 알고 있습니다. 암에는 교환 가치도 없고, 적자생존도 없고, 용감한 자의 승리도 없습니다. 그런데도 저는 스스로 다짐했습니다. 만약 내가 침몰한다면 싸우지 않고는 이길 수 없고, 모든 것을 바치지 않고는 이길 수 없다고요. 무슨 일이 있어도 절대로 뒤돌아보며 모든 것을 시도하지 않았다고 말하고 싶지 않았습니다. 그건 저 자신에게 죄를 짓는 것이기도 하지만, 무엇보다 가족에게 죄를 짓는 것이니까요.

제 경험상 많은 환자가 암뿐만 아니라 실존적 위협에 대해 비슷한 생각으로 반응합니다. 때로는 노력이 직접적인 성과를 거두기도 합니다. 예를 들어 합리적인 식단, 신체 훈련 및 그에 따른 체중 감소는 당뇨병이나 지방간 발병 위험을 줄여 줍니다. 천식은 약물 요법을 철저히 따르면 대부분 조절할 수 있습니다.

하지만 암은 다릅니다. 부작용, 합병증 및 각종 부담은 실제적이고 측정 가능한 효과, 있을 법하지 않은 완치 또는 짧은 유예 가능성에 대한 '비용'으로 상쇄할 수 없습니다. 환자나 가족에게는 그러한 선택권이 없습니다. 의사인 우리도 마찬가지로 부작용이 얼마나 심할지, 치료 효과가 실제로 얼마나 클지 예측할 수 없습니다. 때때로 환자나 가족은 그것이 어떤 의미를 내포하는지 정확히 알지 못한 채 '가능한 모든 것'을 다했다는 느낌이 들 수 있습니다.

환자가 집에서 부작용으로 고생하는 것을 경험해 보지 않으면,

종양 전문의는 때때로 치료 가능성에 비해 부작용이 사소하고 무시할 수 있다고 판단할 수 있습니다. 나아질 가능성에 대한 대가로 겪게 되는 메스꺼움이란 어떤 것이며, 구토는 어떤 것일까요? 일부 환자가 그만한 가치가 있는지 의심하거나 지쳐서 포기하고 싶어 할 때 더 이상 부작용을 감수할 준비가 되어 있지 않을 때, 의사는 이를 이해하기 어려울 수 있습니다. 그래서 우리는 부작용, 통증, 발열, 메스꺼움, 구토, 설사 및 기타 증상에 관해 요즘 전보다 훨씬 더 자세히 묻습니다. 우리는 치료가 일상생활에 얼마나 영향을 미치는지 알아야 합니다. 이는 의사가 환자의 상태를 더 잘 평가하는 데 도움이 됩니다.

저는 상표명이 탁솔(Taxol)과 젬자(Gemzar)인 두 가지 약물로 치료를 받기로 했는데, 이 두 약물은 수십 년 동안 암 치료에서 사용되고 검증된 물질입니다. 파클리탁셀(Paclitaxel)이라고도 불리는 탁솔은 잘 알려져 있고 널리 사용되는 항암제입니다. 탁솔은 오랫동안 태평양 주목[탁서스 브레비폴리아(Taxus brevifolia)]에서 추출되었지만, 현재는 합성으로 생산하고 있습니다. 탁솔은 핵분열, 즉 체세포 분열 시 염색체 분리를 방해하여 세포 분열을 방지합니다. 1992년에 승인되었으며 주로 난소암 및 유방암, 폐암, 식도암 및 다른 장기의 암에 매우 성공적으로 사용되었습니다. 젬자 또는 젬시타빈(Gemcitabin)은 1996년부터 전이성 췌장암에 사용되었으며 나중에는 특정 형태의 폐암과 진행성 유방암 또는 난소암에도 사용되었습니다. 젬자는 원래 바이러스 감염에 대한 치료제로 개발되었는데, 잘못된 구성 요소를 DNA 구조에 삽입하여 세포 분열을 방해함으로써 암세포의 DNA를 변경합니다. 따라서 탁솔과 젬자의 병용 투여는, 이론적으로는 암세포 성장에 대한 이중 공격입니다. 한편으로는 유전 정보 운반체로서의 DNA 생성을 방지하고, 다른 한편으로는 세포 분열 중에 염색체가 분리되는 것을 방지합니다.

이러한 논리적이고 이론적으로 설득력 있는 사항에도 불구하고, 경험에 따르면 실제로는 때때로 상황이 다르게 진행되기도 합니다. 두 가지 세포 증식 억제제의 조합이 실험실의 배양 접시에서나 생쥐 연구에서는 잘 작동할지 모르겠습니다. 그러나 인간 환자의 종양에서는 실험실에서 평가할 수 없는 또 다른 요인들이 작용하는 경우가 많으므로 교과서에 설명된 것과는 다르게 보일 수 있습니다. 우리는 이런 상황을 비교적 자주 경험합니다. 그리고 제가 걸린 암인 혈관육종의 경우엔 성공 확률이 훨씬 더 낮았으며 수학적으로만 존재했습니다. 하지만 이 화학 물질 조합의 부작용은 메스꺼움, 설사, 혈구 수 감소, 탈모와 같은 확실한 부작용이었습니다. 그야말로 일반적인 부작용이지요.

저는 정도의 차이는 있지만 이러한 부작용을 전부 경험했습니다. 그런데 예측하기 어려운 부작용은 더 심각했습니다. 드물지만 심각한 결과 중 하나는 탁솔이 말초 신경 병증, 즉 팔다리와 피부 같은 말초로부터 뇌로 감각을 전달하는 신경에 부분적으로 손상을 일으킬 수 있다는 것입니다. '말초 신경 병증'이라는 용어는 간단하고 기술적이며 대수롭지 않게 들립니다. 저도 환자들에게 이 용어를 몇 차례 사용한 적이 있습니다. 그런데 이렇게 신경이 손상되면 뭐가 문제일까요? 탁솔이 이러한 증상을 유발하는 이유를 오늘날에도 정확히 알 수는 없지만, 증상은 나열할 수 있습니다. 피부, 특히 손발의 무감각, 가려움증, 추위에 대한 민감도 증가. 이는 증상을 정확히 나타내는 표현이긴 하지만, 환자에게 실제로 어떤 의미인지, 환자가 실제로 어떻게 느끼는지를 묘사하지는 못합니다. 저는 마치 신발을 신고 달걀판이나 단열재 위를 걸어 다니는 것 같은 느낌이 들었습니다. 걸을 때 발이 바닥에 닿는다는 것은 알았지만 정확히 언제인지는 알 수 없었습니다. 모든 것이 둔감하고 지연되는 느낌이 들었습니다. 걷는 속도를 언제 높여야 하고 언제 늦춰야 하는지를 명확히 알지 못해 걸음걸이가 불안정했습니다. 평소에는 저절로 이루어지던 모든 일이 이제는 진짜 문제가 되었습니다.

손도 마찬가지였습니다. 자동차 핸들을 돌리는 건 할 수 있었지만, 컴퓨터 자판을 보지 않고 치거나 피아노를 연주할 때 손가락 압력으로 각 음의 크기를 조절하는 것은 더 이상 불가능했습니다. 셔츠 단추를 채우는 데도 시간이 한없이 오래 걸렸습니다. 냉장고에서 무언가를 꺼내는 것도 매우 고통스러웠습니다. 다섯 살배기 딸아이의 머리를 쓰다듬을 때면 머리카락이 나무처럼 느껴지고 손에 닿는 감각이 둔하게 느껴졌습니다. 아이스크림을 먹을 땐 입이 아팠습니다.

치료 초반에 이미 이러한 증상으로 고군분투하고 있는데 이런 증상이 계속되면 어떡하죠? 불편한 증상이 이 수준으로 유지될까요, 아니면 더 악화될까요? 이런 감각 이상이 언젠가 사라질까요, 아니면 영원히 남을까요? 머리카락이 빠지고 끊임없는 메스꺼움에 시달리면서 말 그대로 발밑의 안전한 땅을 잃게 됩니다. 최악의 상황은 그만한 가치가 있는지, 종양에 긍정적인 변화가 있는지, 수명이 연장되고 생존 가능성이 커지는지조차 모른다는 것입니다.

신중하게 설계되고 통제된 임상 시험에서 신약을 시험할 때 우리는 부작용의 강도를 '경증'에서 '매우 중증'까지 네 가지 범주로 분류합니다. 여러 병원과 암 센터의 연구 현장에서 다양한 환자들의 데이터와 평가를 수집하고 비교할 수 있도록 이러한 범주를 마련하는 것이 중요합니다. 발생할 수 있는 모든 부작용을 연구 결과에 포함하고 그 부작용을 이점과 비교하는 것이 목표입니다. 간단히 말해, 개별 환자가 치료 과정에서 겪는 부작용을, 대규모 환자 그룹 차원에서 볼 때는 작은 것이라고 정당화할 수 있을까요? 이 연구 결과는 치료법 사용을 결정해야 하는 의사와 기관에 결정적인 영향을 미칩니다. 하지만 환자 개개인이 실제로 무엇을 경험하고 느끼는지, 그리고 그들의 삶에 어떤 영향을 미치는지는 아무것도 알려 주지 않습니다. 피아니스트나 신경외과 의사에게 손가락 끝의 감각을 잃는다는 것은 경력의 종말을 의미합니다. 교사의 경우엔 손가락이 어느 정도 무감각해지는 것이 확실히 괴로운 일이긴 하지만, 견딜 수는 있는 정도일 수도 있습니다.

젬자의 가장 심각한 부작용은 탁솔로 인한 신경병증처럼 서서히 나타나는 것이 아니라 예고도 없이 한꺼번에 맹렬하게 몰려왔습니다. 말 그대로 숨이 멎을 것 같았습니다. 화학 요법을 시작한 지 두 달 후, 저는 밤에 벌떡 깨어 더 이상 숨을 쉴 수 없었습니다. 전에는 숨이 차서 잠에서 깬 적은 한 번도 없었습니다. 숨을 쉴 수 없다는 것은 끔찍한 느낌입니다. 질식할 것 같은 느낌이었습니다. 불안과 공황 상태는 증상을 더욱 악화시킵니다. 천식이나 심장병이 있는 사람이라면 누구나 이런 경험을 해 봤을 것입니다.

　저는 명확하게 생각하고 전문 지식에 집중하려고 노력했습니다. 가능한 원인과 그 위험성이 머릿속에 떠올랐습니다. 혈전증이 가장 크게 우려되었는데, 혈전이 다리에서 폐로 이동해 폐색전증을 일으킨 것일 수 있기 때문입니다. 이것은 매우 위험하고 종종 치명적입니다. 암이 혈소판이나 혈관벽의 반응을 변화시켜 혈관을 막을 수 있기 때문에, 많은 암 환자가 혈전증에 걸릴 위험성이 높습니다. 하지만 저는 일반적으로 혈전증이나 혈전의 전형적인 징후인 다리 통증이나 부종이 없었습니다. 가슴 통증도 없었습니다. 화학 요법으로 인해 심장이 약해져서 폐에 물이 차서 이런 걸까요? 며칠 전부터 계단을 오르거나 더 빨리 걷는 데 어려움을 느꼈습니다. 어쩌면 '그냥' 공황 발작이었을까요? 저는 공포에 사로잡힐 만한 이유가 충분했으니까요. 목숨이 위태로운데 누가 그러지 않을 수 있겠습니까? 하지만 수면 중에 공황 발작이 일어날 가능성은 거의 없습니다.

　그날 밤에 저는 응급 상황이 아니라고 스스로를 설득했습니다. 제가 의사인 저 자신과의 논쟁에 능숙했기 때문일 수도 있지만, 그보다는 응급실에서 몇 시간을 보내고 싶지 않았기 때문일 가능성이 더 큽니다. 따뜻한 침대에 누워 편안하게 있고 싶다는 의지가 모든 경종을 잠재우고 의사의 분별력을 이기는 지경에 이르렀던 것일까요?

다음 날 CT 검사와 여러 번의 폐 기능 검사 후 젬시타빈이 폐 조직을 공격했다는 것이 밝혀졌습니다. 결국 제가 직관적으로 옳게 처신한 거였습니다. 공기와 혈액 사이의 가스 교환이 이루어지는 폐포에 염증이 생겼고 이 염증으로 인해 막이 두꺼워져 폐의 산소 교환이 침해를 입은 탓이었습니다. 이는 잠재적으로 생명을 위협할 수 있는 상황이었습니다. 즉, 산소가 부족해서가 아니라 산소가 혈액 순환으로 도달하지 못해서 내부에서 질식할 수 있다는 의미입니다. 수술 전 마지막 항암 치료 주기에 젬시타빈을 중단했습니다. 그러자 폐 기능과 호흡이 전반적으로 꾸준히 개선되었습니다. 암으로부터 생명을 구해야 하는 약물이 호흡 곤란이라는 부작용을 일으켜서 하마터면 제 생명을 빼앗길 뻔했던 것입니다.

몇 년 후에 자전거를 타고 가다가 약물 치료로 인해 저와 비슷한 증상을 겪은 또 다른 암 생존자를 만났습니다. 하지만 그는 중환자실에서 며칠 동안 삽관을 하고 인공호흡기를 달고 지내야 했습니다. 그의 폐 기능은 결코 이전 상태로 돌아가지 않았습니다. 그와 저의 사례만 보더라도 일부 화학 요법과 관련된 위험성은 헤아릴 수 없습니다. 하지만 그렇다고 해서 화학 요법을 사용하는 것을 막을 수는 없습니다. 저도 이 치료법을 직접 사용해 봤고 환자들에게 권하기도 했습니다. 이 모든 것에도 불구하고 매우 많은 암 환자의 치료와 완치를 가능하게 하는 대단히 효과적이고 유용한 약물들이기 때문입니다. 저는 대가를 치를 준비가 되어 있었습니다. 제 생명을 구하기 위해서요.

갑작스러운 호흡 곤란을 겪으면서 암 환자인 제 존재의 또 다른 측면을 깨달았습니다. 어떤 증상도, 어떤 고충도, 어떤 변화도 암을 고려하지 않고는 결코 정상적이지 않아서 어떤 방식으로도 설명할 수 없다는 것이죠. 의사로서 저는 환자의 증상에 대한 가능한 원인 목록을 검토하여 이른바 감별 진단을 시행합니다. 이 절차는 모든 의대생에게 전공 첫날부터 병원에서 수련을 받을 때까지 가르칩니다. 이 목록을 검토하는 것은 경각심을 유지하고 어떤 것도 간과하지 않는 데 도움이 되기 때문에, 저는 지난 세월 내내 계속해 왔습니다. 제가 건강한 45세였다면 한밤중에 호흡 곤란을 겪었을 때 저녁에 너무 과식한 탓 아니면 알레르기나 감기 초기 증상이라고, 즉 대수롭지 않은 것으로 생각했을 수도 있습니다.

하지만 암 환자는 어떤 증상도 '정상'이라거나 '대수롭지 않은' 것으로 분류할 수 없습니다. 그것은 언제든 치료를 중단하게 만드는 합병증일 수도 있고, 심지어 종말의 전조일 수도 있습니다. 이는 모든 증상과 모든 변화에 적용됩니다. 새로운 발진 하나가 약물에 대한, 생명을 위협하는 반응일 수도 있습니다. 또는 일부 유형의 암이 피부로 퍼졌다는 신호일 수도 있습니다. 열이 납니까? 간에 전이되었거나 박테리아에 감염된 것일 수 있고, 어쩌면 단지 치료에 대한 가벼운 반응일 수도 있습니다. 두통은 그냥 두통입니다. 암이 뇌

막이나 두개골로 퍼졌다는 신호가 아니라면 말입니다. 의사는 환자의 관점에서 증상이 무엇을 의미하는지 깨닫는 게 굉장히 중요합니다. 증상으로 합병증 확률을 평가할 수 없으며, 심지어 저처럼 의학 지식이 있는 환자도 항상 새로운 증상을 암 또는 치료와 연관시킵니다. 항상 다모클레스의 검*이 환자 위에서 맴돌며 끊임없는 자기 성찰(허리 통증은 무슨 뜻일까? 발가락은 왜 간질거리는 걸까?)을 야기해 정신적으로 엄청난 부담이 되고 다른 일에 주의를 분산시키거나 집중하기 어려워집니다. 환자가 된다는 건 24시간 풀타임 근무를 하는 직장인이 되는 것이나 다름없는 셈입니다.

제가 그날 밤 침대에서 경험한 것은 모든 암 환자가 겪는 일입니다. 치료의 부작용, 어려움, 고통은 이따금 종양의 크기가 눈에 띄게 줄어들기 훨씬 전에, 그리고 실제 생존 가능성을 예상할 수 있기 훨씬 전에 먼저 나타나곤 합니다. 이럴 때 환자들은 의사와 보호자를 신뢰해야 합니다. 그들이 희망입니다. 환자들은 긍정적인 신호, 격려를 찾고 있습니다. 이 고통과 고난이 그만한 가치가 있다는 어떤 징표를 찾는 겁니다. 궁극적으로 의사와 환자 모두 확신을 갈망합니다. 하지만 앞으로 어떤 일이 일어날지 정말로 아무도 알 수 없고, 예측할 수도 없습니다.

코르티손은 제 약물 칵테일의 또 다른 성분이었습니다. 지극히

---

* 기원전 4세기 전반에 시칠리아의 디오니시우스 1세가 측근인 다모클레스를 말총 한 올에 매단 칼 아래에 앉히고는 자신의 권좌가 언제 떨어져 내릴지 모르는 칼 밑에 있는 것처럼 항상 위기와 불안 속에 유지되고 있다는 것을 가르쳐 주었다는 데서 유래한 표현. 위기일발의 상황을 강조할 때 쓰인다.

효과적이며 염증과 알레르기 반응을 억제할 수 있지만 혈당 수치, 식욕 및 수면에도 영향을 미칩니다. 보디빌딩 분야에는 스테로이드 호르몬 그룹에 속하는 코르티손의 또 다른 부작용을 설명하는 매우 적절한 용어가 있는데, '스테로이드 분노(roid rage)'입니다. 이 말은 스테로이드의 줄임말과 분노를 뜻하는 영어 단어로 구성되어 있습니다. 이는 아나볼릭 스테로이드(Anabolika)를 정기적으로 복용하는 운동선수들이 통제할 수 없이 과민 반응을 보이는 증상을 말합니다.

코르티손은 일반적으로 우리 몸의 부신 피질[라틴어로 코르텍스(Cortex)]에서 정확하게 조절된 양이 생성됩니다. 과도하게 생산되거나 소비되면 신체의 겉모습에도 영향을 미칠 수 있는데, 몇몇 보디빌더가 그런 이유로 복용하기도 합니다. 정신 상태와 사회적 행동에도 영향을 미칠 수 있습니다. 저는 보디빌딩을 해 본 적도 없고, 불법적으로 코르티손이나 아나볼릭 스테로이드를 복용한 적도 없습니다. 하지만 다른 많은 암 환자와 마찬가지로 저도 첫 번째 암 치료 중에 화학 요법의 한 성분인 탁솔에 대한 알레르기 반응을 최소화하기 위해 그것을 사용했습니다. 그리고 실제로 효과가 있었습니다. 하지만 처음부터 다른 효과도 있었습니다.

첫 화학 요법 치료를 받기 전날 밤에 저는 보스턴 교외의 한 병원 중환자실에서 근무했습니다. 10년 동안 야간 당직을 매주 해 왔는데, 그날이 마지막이었습니다. 무엇보다 헬레가 아직 법학을 공부하고 있었고 큰아이들이 아직 매우 어릴 때라서 학술 연구원이자 의사로서 받는 월급으로는 커 가는 가족을 부양하기에 충분하지 않았기 때문에, 이런 추가 근무까지 맡아서 했습니다. 하지만 추가 수입 말고도 사실 저는 직접 실무에 참여하고 배운 것을 적용하는 도전이 즐거웠습니다. 저는 이날 밤에 가장 아픈 환자들을 담당하는 책임감 있는 일을 맡았습니다. 마지막 교대 근무를 취소할 수도 있었지만 불확실한 미래를 생각하면 전보다 추가 수입이 훨씬 더 긴급하게 필요했습니다. 화학 요법을 준비하기 위해 12시간 전, 정확히 20시에 코르티손을 미리 복용해야 했는데, 그렇게 했습니다.

저는 그 야간 근무를 절대 잊지 못할 것입니다. 그게 마지막 근무였고, 해야 할 일이 너무 많았고, 조증이라 부르기에도 너무 흥분한 상태였기 때문입니다. 병동에서의 스트레스가 조금 진정된 2시 무렵에도 단 1분도 잠을 자지 못했습니다. 저는 깨어 있었습니다, 완전히 깨어 있었죠. 저는 연구 팀 팀원들에게 다음 실험에 대한 정확한 지침과 처리해야 할 일, 집중해야 할 일을 담은 이메일을 쓰기 시작했습니다. 보통의 경우엔 제가 굳이 이렇게 하지 않는데, 팀원들이 이런 일을 스스로 잘 결정해 처리하고 무엇에 집중해야 하는지도 알고 있기 때문입니다.

그 후 중환자실로 돌아가 검사 수치를 확인하고, 인공호흡기를 조절하고, 복도를 오르내리며 더 이상 급성 응급 상황이 발생하지 않았는데도 6시까지 쉴 새 없이 움직였습니다. 25시간 동안 쉬지 않고 서 있었는데도 피곤하거나 지친 기색이 전혀 없었습니다. 오히려 에너지가 넘쳤고 배고픔이 극심했습니다. 어떤 사람들에게는 이것이 효율적이고, 정말로 깨어 있어서, 휴식을 취할 필요 없이 계속 일할 수 있는 바람직한 상태처럼 들릴지도 모릅니다. 하지만 신체와 정신에 미친 단점은 엄청나 그 후에 안절부절못하게 되고 과민하게 짜증이 납니다. 장기적으로는 고혈압, 근육 약화, 체중 증가 및 불면증과 같은 깊은 수렁에 빠지게 됩니다.

　이날 밤을 비롯해 잠을 이루지 못했던 코르티손의 밤을 기억할 때마다 관절염, 염증성 장 질환 또는 암을 앓고 있는 제 환자들에게 코르티손을 얼마나 자주 처방했는지 생각합니다. 결론적으로 말하자면, 교과서에서 부작용에 관한 설명을 배워 알고 있었지만, 코르티손 복용의 어마어마한 효과를 직접 경험하면서 약물로 자주 사용되는 이 약에 관해 완전히 새로운 관점을 갖게 되었습니다. 이 경험을 통해 저는 이론과 실제의 차이를 다시 한번 확실하게 깨달았습니다. 배운 것과 직접 경험한 것 사이에는 엄청난 차이가 있다는 것을요. 물론 저는 필요하다면 언제든 다시 코르티손을 복용할 것입니다. 제 환자들에게도 무엇보다 알레르기 반응을 예방하기 위해 계속 처방합니다. 그런데 이제는 완전히 다르게 환자 입장에서 생각할 수 있고, 환자를 더 많은 이해하고 더 잘 지원할 수 있습니다. 환자들의 경험을 함께 나누며 그것이 얼마나 어려운지 알고 있다는 것을 환자들에게 전할 수 있습니다. 환자가 혼자가 아니며, 진정으로 이해받고 있다는 느낌을 받는다 해서 그것이 부작용을 경감시키지는 못합니다. 하지만 잠시나마 외로움을 덜 수는 있습니다.

숨바꼭질

겉으로 보기에는 8년 후 두 번째로 재발한 암을 치료할 때도 첫 번째와 매우 비슷했습니다. 하지만 자세히 들여다보면 엄청난 차이가 있었습니다. 제 얼굴 왼쪽에 암이 재발한 2013년부터 2020년 사이에 종양학자, 의사, 환자뿐만 아니라 우리 사회는 암 치료의 진정한 혁명, 즉 면역 요법의 발전을 목격했습니다. 이 치료법은 화학 요법과 달리 암세포를 직접 공격하는 게 아니라 암에 의해 마비된 면역 체계를 특별한 방식으로 활성화하는 것입니다.

우리 몸의 면역 체계는 '이물질'을 인식하고 제거하도록 설계되어 있습니다. 우리 몸이 바이러스, 박테리아 또는 기생충과 같은 외부 유기체와 싸울 수 있다는 뜻입니다. 많은 악성 종양은 퇴화된 세포의 DNA에 돌연변이를 일으켜 변형 단백질을 생성합니다. 면역 체계는 본래 이것을 '이물질'로 인식하고 제거해야 합니다. 그런데 왜 이러한 돌연변이 종양은 종종 면역 체계의 경계를 피할 수 있을까요?

그 이유는 암세포가 면역 체계가 자신을 공격하는 것을 막는 메신 저 물질을 내보낼 수 있기 때문입니다. 마치 암이 면역 체계, 특히 티 (T) 림프구로부터 자신을 숨기기 위해 투명 망토를 두르는 것과 같 습니다.

새로운 치료법은 암세포의 이러한 위장 특성을 제거하여 면역 체계가 다시 임무를 완수하고 암세포를 파괴할 수 있도록 합니다. 이를 체크 포인트 억제제 즉 면역 관문 억제제라고 하며, 이를 통해 암세포 때문에 마비된 면역 방어 기능을 복구할 수 있습니다. 그러 면 신체 자체의 면역 체계가 '이질적' 단백질을 다시 인식할 수 있게 됩니다. 암에 돌연변이가 많을수록 새로운 단백질이 더 많이 생성됩 니다. 즉 새로운 세포가 더 '이질적'으로 보일수록, 재활성화된 면역 체계와 특수 티 림프구의 반응이 이론적으로 더 효과적일 수 있습 니다.

이것을 발견하고, 이를 기반으로 한 면역 요법에 매우 중요한 기 여를 한 사람이 바로 제가 치료를 받았던 다나파버암연구소에서 일 하는 고든 프리먼(Gordon Freeman)과 하버드의대 연구진입니다. 이 새 로운 치료법은 흑색종 환자에게 처음 적용되었습니다. 19세기에 이 미 일부 흑색종이 다른 장기로 전이되더라도 피부의 발생 부위에서 자연적으로 사라진다는 사실이 발견되었기 때문입니다. 종양학자들 은 이러한 효과가 궁극적으로 환자의 면역 체계, 즉 세포 독성 티 림프구에 의해 유발된다는 결론을 내렸습니다. 그것들은 흑색종 세 포를 '이물질'로 인식하고 공격할 수 있었습니다.

면역 요법은 처음 시작된 이래로 계속 발전해서 매우 짧은 시간 동안 많은 유형의 암 치료에 근본적인 혁신을 일으켰습니다. 면역 체계가 암세포를 공격하는 것을 막는 브레이크 패드 역할을 하는 두 가지 단백질을 발견한 일본의 면역학자 혼조 다스쿠와 미국의 제임스 앨리슨(James Allison)이 2018년 노벨 생리학·의학상을 수상하면서 그 중요성이 더욱 강조되었습니다. 지난 10년 동안 이 두 단백질을 차단하는 수많은 약물이 개발되었습니다. 이것들은 점점 더 많은 종류의 암에 사용할 수 있게 되어, 진행성 질환뿐 아니라 암의 재발을 막는 예방적 치료에도 사용할 수 있게 되었습니다. 암과의 싸움에서 이렇게 획기적인 발전이 이루어지면서 이전에는 치료 불가능하다고 했던 많은 환자가 이제는 장기 생존자가 되었습니다. 이제 암치료에 있어 '희망'이라는 단어는 완전히 새로운 의미를 갖게 되었습니다.

혈관 육종이 재발했을 때 제 담당 종양 전문의인 제프 모건(Jeff Morgan)은 암 센터에서만 시행되던 임상 시험에 참여할 기회를 주었습니다. 저는 임상 시험에 참여하는 수많은 환자를 직접 치료한 경험이 있어서, 즉시 감사한 마음으로 저 자신이 연구 대상이 되기로 했습니다. 면역 요법에 쓰이는 약물 중 하나인 펨브롤리주맙[pembrolizumab, 상품명 키트루다(keytruda)]과 기존의 세포 증식 억제제인 에리불린[eribulin, 상품명 할라벤(halaven)]을 결합하는 연구였습니다. 2020년 말에 펨브롤리주맙은 미국에서 흑색종뿐 아니라 폐암, 림프종, 유방암 및 기타 몇몇 암에도 이미 사용되고 있었습니다. 면역 요법에 반응하는 암 종류가 점점 더 많이 발견됨에 따라 승인 목록이 매년 늘어나고 있습니다. 동시에 유사한 메커니즘을 가진 다른 활성 물질도 다양한 유형의 암에 대한 임상 시험에서 검증되고 있습니다. 저는 종양 전문의로서 경력을 시작하면서 이른바 표적 치료의 도입을 직접 경험했습니다. 그러나 면역 요법은 훨씬 더 심오한 진전입니다. 이는 정말 패러다임의 전환입니다. 저는 전통적인 치료법이 더 이상 효과가 없는 간암 환자들에게서 이 치료법의 놀라운 효과를 직접 볼 수 있었습니다. 면역 요법을 통해 암이 줄어들거나 심지어 완전히 사라지기도 했습니다.

혈관 육종 환자의 수가 얼마 되지 않기 때문에 궁극적으로 면역 요법이 혈관 육종에도 효과가 있다는 것을 완전히 증명하지 못할 수도 있습니다. 어쨌든 '저의' 혈관 육종은 저의 '정상' 체세포에 비하면 기록적인 수의 유전자 돌연변이, 즉 수백만 개의 유전 물질 변형을 일으켰습니다. 이 암은 면역 체계가 반응해야 하는 새로운 '이질적' 단백질을 그만큼 많이 생성할 것이고 따라서 면역 요법이 저에게 특히 효과적일 수 있으리라는 기대를 하게 되었습니다.

제가 방금 언급한 제 암의, 엄청난 수의 유전자 돌연변이는 암세포의 전체 유전 정보인 게놈을 해독할 수 있는 가능성을 보여 줍니다. 이는 신약 개발과도 일부 관련이 있지요. 즉 암은 종종 세포의 유전 물질에 오류가 생겨서 발생하고, 암이 성장함에 따라 그 밖의 돌연변이가 추가됩니다. 이러한 변화로 인해 암세포가 다른 신호에 반응하여 암이 무분별하게 성장할 수 있습니다. 또는 DNA가 여러 차례의 오류로 인해 더 이상 복구될 수 없게 되었을 수도 있습니다.

2001년에 인간의 유전 암호가 해독되기 훨씬 전부터 우리는 개별 유전자와 유전자 돌연변이가 암 발생에 기여할 수 있다는 사실을 알고 있었습니다. 여기에는 환자가 부모로부터 물려받는 유전자, 이른바 생식 세포 돌연변이가 포함됩니다. 이는 가족 구성원의 암 발병 위험성을 높입니다. 그리고 종양 조직 자체에서 돌연변이를 일으켜 암을 유발하는 유전자, 이른바 종양 유전자나 종양 억제 유전자의 돌연변이도 있습니다. 특수한 검사로 특정 유전자의 변화를 감지할 수 있습니다. 컴퓨터 지원 알고리즘 및 분석 방법과 관련된 게놈 해독 기술의 혁명으로 이제 암 조직의 모든 돌연변이를 비교적 빠르게 식별할 수 있게 되었습니다. 이를 통해 암의 종류와 유전자 변이에 따라 예후를 예측하고 개별화된 치료법을 개발할 수 있는데, 그래서 이러한 과정을 종종 정밀 의학이라 부르기도 합니다. 더욱 정밀한 진단을 향한 이러한 발전은 환자에게 본질적으로 차별화된 치료를 가능하게 하고, 결과적으로 생존과 회복 가능성을 높입니다. 미래에는 장기뿐만 아니라 유전자 돌연변이의 특정 조합에 대해서도 암 진단을 내릴 수 있게 될 것입니다.

저는 이러한 상세한 종양 분석 선택지를 이용할 수 있어서 매우 기쁩니다. 하지만 이 복잡한 유전자 진단은 비용이 몹시 비싸고 암 센터의 특수 기술 장비와 데이터 분석 및 해석에 관한 의사의 광범위한 지식이 필요하기 때문에, 아직 많은 환자가 일상적으로 이용하지는 못하고 있습니다. 저는 암 연구소 공동체의 일원이기 때문에,

이것을 이용할 수 있는 행운을 다시 한번 누릴 수 있었습니다.

하지만 다른 암 치료법과 마찬가지로 면역 요법도 부작용이 있습니다. 면역 체계가 일단 활성화되면 암세포만 공격할지 아니면 환자 몸의 다른 기관들도 공격할지 결정하지 못할 수 있습니다. 어쩌면 훨씬 더 오랫동안 활성 상태를 유지하는 특정 면역 세포 그룹을 깨워서, 전통적인 화학 요법보다 부작용이 더 오래 지속될 수도 있습니다. 이런 현상은 새로운 자가 면역 반응으로, 즉 환자 자신의 신체에 대한 반응으로 이어져 장기를 손상시키고 그 기능을 약화시켜 의료적 응급 상황을 유발할 수 있습니다. 그러면 더 이상 치료가 불가능해지거나 과도한 면역 반응을 막기 위해 고용량의 코르티손을 사용해야 합니다. 최악의 경우엔 부작용으로 심지어 사망에 이를 수도 있습니다.

체크 포인트 억제제로 치료받는 거의 모든 환자에게서 이러한 면역 반응 징후가 나타납니다. 제 경우에는 갑상샘이 가장 먼저 더불어 피해를 입었고, 결국 갑상샘이 기능을 멈췄습니다. 외부인이 이해하기는 쉽지 않겠지만 이 사실은 저에게 큰 충격을 주었습니다. 의학적 관점에서만 보면 적어도 제가 병을 앓는 동안 겪어야 했던 다른 후유증과 비교하면 큰 문제는 아닙니다. 다행히도 매일 아침 알약 한 알로 갑상샘의 역할을 대신할 수 있으니까요. 하지만 아슬아슬하게 견디고 있는 도중에 한도를 넘으면, 지푸라기 하나만 더 얹어도 낙타의 등을 부러뜨릴 수 있는 법입니다. 제게는 그것이 바로 그 지푸라기 하나처럼, 즉 더 이상 정상이 아닌 장기가 하나 더 생기는 것, 정상이 아닌 신체 기능이 하나 더 생기는 것처럼 여겨졌고, 그래서 제 회복력에 결정타로 느껴졌습니다. 아내 헬레에게 불만을 토로하자 아내는 "암 수술을 두 번이나 하고도 살아남았는데 이제 와서 하루에 알약 한 알 더 먹는 게 문제라고요?"라며 상황을 올바로 정리해 주었습니다. 물론 아내의 말이 맞았습니다. 하지만 누구나 자신의 감정 상태를 항상 냉정하고 이성적으로 설명할 수는 없는 법이지요.

면역 세포가 구강 점막을 공격하면서 입안에 염증이 생기는 등 면역 요법이 다른 방식으로 제 일상생활에 막대한 영향을 미쳤기 때문에 제가 불편했던 것 같습니다. 어떤 날은 매운 음식이나 신맛이 나는 음식을 먹는 것은 물론 그냥 씹는 것조차 할 수 없었고, 치약의 민트 향도 견디기 힘들었습니다. 입이 한 번이라도 헐어 본 사람이라면 누구나 그것이 얼마나 괴로울지 상상할 수 있을 겁니다. 이러한 상황과 일반적인 부작용에 대처하는 과정에서 제가 치료했던 많은 환자가 훨씬 더 심각한 합병증을 경험했으며, 이러한 현상들은 놀랍도록 성공적인 치료의 징표였음을 계속 상기하는 것이 도움이 되었습니다. 궁극적으로 이런 부작용은 치료법이 제 생명을 구한다는 징표였던 겁니다.

치료받는 날

화학 요법. 이 단어는 자신이 화학 요법으로 치료를 받든 받지 않든, 누구에게나 위협적인 생각을 떠올리게 해서 외면하고 싶은 단어입니다. 마치 무시무시한 유령이 내 앞에 떡 버티고 있는 것처럼 공포감이 생깁니다. 화학 요법을 받으며 거의 반드시 머리카락이 다 빠지고 없는 환자의 이미지가 눈앞에 선해집니다. 종종 메스꺼우며 몸이 쇠약해진다는 건 누구나 많이 들어 보았을 겁니다.

구글에 검색해 보니, 이 주제에 관해 가장 자주 하는 질문은 "화학 요법이 언제 가장 힘듭니까?" "화학 요법이 왜 그렇게 힘든가요?" "어떻게 하면 화학 요법을 더 잘 견딜 수 있을까요?"였습니다. 이를 보면 사람들이 무엇을 걱정하는지 어렵지 않게 알 수 있습니다. 치료와 관련하여 연상되는 많은 상황이 끔찍합니다. 끔찍해서 두려움에 휩싸이게 됩니다. 물론 의사로서 저는 무엇을 고려해야 하는지 정확히 알고 있었습니다. 하지만 여기에서도 제가 경험한 것은 제가 아는 것과 달랐습니다. 저는 화학 요법에 얼마나 많은 시간이 걸리는지 완전히 과소평가했었습니다. 화학 요법이나 면역 요법을 받아야 하는 모든 환자는 엄격한 시간의 압박을 받고 있는 셈입니다. 치료 계획, 즉 특정 약물을 얼마 동안 어떤 간격으로 얼마만큼 투여할지 결정하는 것은 가능한 한 효과적으로 암에 대처하는 동시에 부작용을 통제하거나 가장 위험한 부작용을 최소화하고, 가급적이면 아예 피하기 위한 것입니다. 사람들의 두려움은 근거가 없지 않습니다. 이미 언급했듯, 무엇보다 고전적인 세포 증식 억제제는 신체의 모든 세포와 장기에 영향을 미칩니다. 때로는 화학 요법의 영향이 너무 심해서 환자가 입원해 간호를 받아야 하는 경우도 있습니다. 예를 들어 급성 백혈병이 이에 해당합니다.

그러나 최근 몇 년 동안 암 환자 치료에 괄목할 만한 발전과 개선이 이루어져서, 많은 환자가 이제 암 센터나 전문 의료 기관에서 외래로 치료를 받을 수 있게 되었습니다. 숙련된 팀이 이러한 치료법을 시행하면서 개인의 혈액 수치와 신체 기능을 모니터링하여 최대한의 안전을 보장합니다. 외래 치료는 환자에게 훨씬 더 큰 융통성과 자유를 허용합니다. 그럼에도 불구하고 치료 계획을 정확하게 준수해야 해서 시간을 많이 잡아먹기 때문에, 다른 모든 일정과 계획은 뒷전으로 밀려날 수밖에 없습니다. 많은 세포 증식 억제제가 링거를 통해 매우 천천히 투여되기 때문입니다. 주로 부작용의 위험성을 최소화하거나 알레르기 반응을 가능한 한 조기에 충분히 감지하기 위해서입니다. 그래서 치료받는 날은 보통 모든 것이 치료 중심으로 돌아갑니다.

그것은 구체적으로 무엇을 의미할까요? 치료받는 날은 일반적인 접수 절차로 시작합니다. 이어서 골수, 간 및 신장이 세포 증식 억제제를 대사하고 치료를 견딜 수 있는지 확인하기 위해, 혈액을 채취하고 분석하는 검사실을 방문합니다. 가뜩이나 불안감에 휩싸여 있는 이날에 처음으로 긴장을 하게 되는 시간입니다. '내가 치료를 견딜 수 있을 만큼 모든 것이 정상일까? 내 면역 체계는 어떠려나? 두 번의 치료 사이에 맥주를 마시면 안 되는데도 지난주에 맥주를 마셨다는 사실을 의료진이 어떻게든 알아내지 않을까?'

이러한 불안과 걱정은 일반적인 수액을 맞으러 왔든 6개월이나 연간마다 있는 검진 일정 때문에 왔든, 환자들이 채혈하기 전 대기실에 앉아 있는 모습에서 확연히 느낄 수 있습니다. 제가 처음 투병할 때는 제가 환자를 치료하던 바로 그 장소에서 제 화학 요법이 진행되었기 때문에, 저도 대기실에서 다른 환자들 사이에 앉아 있곤 했습니다. 제 환자가 겪는 일을 직접 경험해 보니 육체적으로나 감정적으로나 완전히 다른 일임을 알게 되었습니다. 채혈 후 환자들과 어깨를 나란히 하고 앉아 모두가 초조하게 검사 결과를 기다리는 동안, 우리 팀의 기본 원칙인 '항상 환자 곁에 있자'라는 말이 완전히 새로운 의미로 다가왔습니다.

어느 날 오전에 제 환자 중 한 명인 루시가 저를 찾아와서 제가 곧 완쾌되기를 진심으로 기원했습니다. 루시와 루시의 온 가족이 저를 위해 기도해 주었습니다. 루시는 이미 다른 장기로 전이된 진행성 췌장암으로 고통받고 있었습니다. 그리고 이 병에서 살아남을 가능성이 전혀 없었습니다. 그런데도 루시는 관대하고 이타적이었으며 자신이 슬픈 상황에서도 저를 생각하고 위로하려고 노력했습니다. 참으로 가슴이 찢어질 것 같았습니다.

특히 치료가 오래 걸리는 날에는 초반의 사소한 말 한마디, 친절하게 배려하는 태도 하나하나가 환자에게 중요합니다. 처음에 혈액을 채취하는 의료진이 기분에 결정적인 영향을 미친다는 건 놀라운 일이 아닙니다. 그들이 그날 온종일의 분위기를 좌우하는 셈입니다. 저는 제가 힘든 하루를 견뎌야 한다는 것을 알고 있는 사려 깊고 자상하며 인내심 있는 간호사들을 종종 만났습니다. 그들은 제가 상황을 더 쉽게 지나갈 수 있도록 교통, 날씨, 가족에 관한 대화로 저의 주의를 분산시켜 주었습니다. 저는 이러한 긍정적인 만남 하나하나에 매우 감사했고, 시간이 허락하지 않아 짧게나마 감사를 전할 수 없을 때는 무척 아쉬웠습니다. 저는 너무 서두르거나 과로하거나 지치지 않도록 간호 인력이 충분한 휴식을 취하는 것이 얼마나 중요한지 직접 경험했습니다.

채혈 후에는 환자의 체중을 측정합니다. 체중과 키가 대부분의 세포 증식 억제제 투여량에 영향을 미치는 데다, 치료 주기 동안 체중이 변동될 수 있어서 이는 매우 중요합니다. 체중을 측정한 후에는 다른 활력 징후도 측정합니다. 혈압과 맥박은 확실히 불안과 긴장을 나타내지만, 그 외에 심장이나 폐에 생긴 합병증이나 좋지 않은 혈중 산소 농도 수치를 나타낼 수도 있습니다. 그 밖에 종양 담당 간호사들은 통증과 그 강도에 관해서도 묻습니다. "통증이 있으십니까? 있다면 어디가 아프십니까? 얼마나 자주 발생하고 얼마나 심한가요?" 활력 징후 측정은 빨리 진행되지만, 이러한 만남은 항상 제 기분에 큰 영향을 미치고 다음 일정을 기대하는 데도 영향을 미쳤습니다.

다음 단계는 대개 종양 전문의와의 상담이며, 이때 때로는 다른 치료 팀원들이 참석하기도 했습니다. 여기에서는 환자가 증상에 관해 자세히 설명하고 의사가 진찰합니다. 최신 검사 결과를 고려하여 추가 치료법을 결정하는 데는 많은 시간이 걸립니다.

저와 환자, 그리고 계획에 초점을 맞춘 이런 대화는 오늘까지도 저에게 큰 의미가 있습니다. 저는 모든 말에 집중했습니다. 대개 헬레가 곁에 있어 주었는데, 그것은 저에게 축복이었습니다. 예를 들어 헬레는 제가 긴장해서 잊어버린 것이 있으면 나중에 기억을 되살려 주거나 오해를 바로잡아 주었습니다.

이러한 과정을 통해 환자와 의료진의 만남이 얼마나 중요한지 거듭 깨닫게 되었습니다. 합병증만 없다면 의사에게 환자와의 이러한 대화와 만남은 종종 틀에 박힌 일이 될 수도 있을 겁니다. 말하자면 바쁜 진료 일상에서 백미러에만 스쳐 지나가는 것이 될 수도 있습니다. 하지만 환자 개개인에게는 이러한 일정 하나하나가 유일무이하고 특별하며 믿기지 않을 정도로 중요합니다. 요즘 학생들이나 인턴들과 이에 관해 이야기할 때, 항상 제 경험을 이야기합니다. 그들이 다양한 관점에 눈을 뜨도록 노력합니다. 의사로서 전문가로서 우리에게는 그런 대화가 일상적일지 모르지만, 환자에게는 일주일 또는 한 달 중 가장 중요한 20~30분입니다. 우리는 그 점을 항상 의식하고 그에 맞게 행동해야 합니다.

　모든 준비가 완료되면 실제 치료가 시작됩니다. 그리고 시간이 걸립니다. 화학 요법을 하거나 다른 약물을 주입하는 데는 시간이 꽤 걸립니다. 화학 요법을 처방하고, 준비하고, 테스트하고, 다시 테스트해야 하기 때문입니다. 그것만으로도 한두 시간이 걸릴 수 있습니다. 제가 처음 투병할 때 받은 세포 증식 억제제는 네 시간에 걸쳐 투여되었습니다. 따라서 환자는 인내심이 많이 필요합니다. 하지만 추가 검사는 환자의 안전을 위한 것이기 때문에 환자에겐 유익한 점만 있을 뿐입니다. 예전과 비교하면, 심지어 약 25년 전에 제가 수련받던 때와 비교해도 이 점에서 큰 발전이 있었습니다.

　어쩌면 처음에는 부차적으로 보일지 모르는, 화학 요법과 관련된 몇 가지 느낌이 너무 강렬해서 저는 아마 평생 잊지 못할 것입니다. 치료가 시작되기 전에 받은 따뜻한 담요, 주사를 맞는 동안 구강 점막으로 가는 혈류를 줄여 염증의 위험성을 최소화하기 위해 제 입에 넣어 준 얼음 조각, 메스꺼움을 예방하기 위해 여러 가지 약을 복용했음에도 불구하고 화학 요법을 시작한 후 처음 15분 이내에 저를 덮친 메스꺼움의 물결. 시간이 지남에 따라 메스꺼움이 너무 심해져서 치료받는 날에는 집에서 그 생각만 해도 메스꺼움을 느꼈습니다. 암 센터로 가는 차 안에서는 치료가 시작되기도 한참 전에 목이 경련을 일으키고 완전히 건조해지면서 메스꺼움의 파도가 밀려오곤 했습니다. 많은 암 환자가 이러한 현상을 잘 알고 있는데, 이를 '예기성 메스꺼움'이라고 합니다. 화학 요법이 환자에게 가장 큰 역할은 아니더라도 중요한 역할을 한다는 점을 알 수 있습니다. 많은 환자가 치료를 생각할 때 감사와 공포가 뒤섞인 감정을 느낍니다. 고도로 발달한 이 치료법으로 생명을 구하거나 최소한 연장할 수 있다는 점에서 감사함을 느낍니다. 하지만 급성 및 장기적 부작용이라는 피할 수 없는 대가가 따른다는 것을 알기에 공포를 느낍니다.

운 좋게도 저는 치료를 받은 암 센터에서 채 15분도 걸리지 않는 거리에 살고 있었습니다. 이는 무엇보다 치료가 끝난 후 집으로 돌아가는 길에 큰 도움이 되었습니다. 토할 것 같고 온몸이 간지러우며 완전히 기진맥진한 상태에서 자동차를 운전하기는 쉽지 않습니다. 제 환자 중 얼마나 많은 사람이 멀리서 오느라 한 시간 또는 심지어 몇 시간씩 운전해야 하는지 생각하면 안타깝습니다. 그나마 자가용이 있어야 그 정도입니다. 전이된 장암을 앓던 70세의 스티븐은 자가용이 없어서 힘들어했습니다. 저는 암에 걸리기 전까지 몇 년 동안 임상 시험의 일환으로 그를 담당했습니다. 그는 우리 클리닉에서 차로 10시간 정도 떨어진 메인주 북부에 살고 있었습니다. 치료 계획에 따라 2주에 한 번씩, 2년 후에는 한 달에 한 번만 병원에 방문하면 되었습니다. 그는 아침 치료 시간에 맞춰 도착하기 위해 정기적으로 야간 버스를 탔습니다. 스티븐은 화학 요법과 이른바 표적 치료를 모두 받았고, 이를 통해 몇 년 동안 폐로 전이된 암세포의 성장을 억제했습니다. 스티븐이 집으로 돌아가는 여정이 얼마나 괴로웠을지 저는 상상조차 할 수 없습니다.

다행히 우리는 **에인절 플라이트**(Angel Flight)에 연락을 취해 그에게 편의를 제공할 수 있었습니다. 이 단체는 스티븐과 같은 환자를 예약 시간까지 비행해 주는 자원봉사 조종사와 연결해 주는 단체로, 이동 시간을 단축하여 왕복 여정을 훨씬 더 쾌적하게 만들어 줄 수 있습니다.

하지만 제가 스티븐을 기억하는 것은 스티븐이 이동하는 데 쏟아부은 엄청난 노력 때문만이 아니라 그의 삶에 대한 열정, 그의 매력과 끈기에 큰 감명을 받았기 때문입니다. 치료하는 동안 그는 캐나다 국경의 겨울, 짧은 봄, 타조고사리에 대한 사랑, 정원의 노루들, 긴 여름날에 관해 이야기했습니다. 그와 같은 환자를 기억하는 것이 저에게 용기를 북돋아 주었고 저 자신의 치료에 힘이 되었습니다. 무엇보다 암 치료의 전형적인 증상인 메스꺼움에 대처할 때면 더욱 그랬습니다. 저는 심지어 케임브리지와 보스턴을 잇는, 거울같이 매끄럽고 잔잔한 찰스강을 항해할 때도 늘 쉽게 메스꺼움을 느끼곤 했습니다. 그러나 화학 요법에 수반될 수 있는 무자비하고 오래 가는 온갖 형태의 어지러운 메스꺼움은 그것과 차원이 달랐습니다.

저는 가능한 모든 증상으로 고통받았고, 각각의 증상 하나하나가 저를 잡아먹고 있었습니다. 고통은 간호사가 제 혈액을 채취하기 전에 식염수를 주입하여 중심 정맥관을 씻어 내면서 시작되었습니다. 이 식염수에 포함된 방부제 때문에 혀에서 유황 냄새가 났습니다. 화학 요법으로 인한 메스꺼움은 사람들이 흔히 생각하는 것보다 더 오래 계속되고 더 쇠약하게 만듭니다. 치료법에 따라서는 며칠 동안 지속되기도 해요. 또 진통제, 마취 또는 방사선 치료 등 다른 치료로 인한 메스꺼움도 있습니다. 모든 것이 메스꺼움을 유발합니다. 예상되는 치료를 생각만 해도 발생하는 메스꺼움, 즉 앞서 언급한 예기성 메스꺼움도 있습니다.

메스꺼움이 너무 지배적이고 극단적이어서 일부 환자는 심지어 치료가 끝난 후에도 치료 중에 먹은 음식에서 메스꺼움을 연상하기도 합니다. 그래서 일부 종양 전문의들과 영양학자들은 먹는 즐거움을 영원히 망치지 않도록 화학 요법을 시행하는 중에는 좋아하는 음식을 포기할 것을 권합니다. 저도 이 현상을 알고 있습니다. 예를 들어 저는 치료 중에 메스꺼움을 조금이라도 막을 수 있다는 생각에 진저에일을 자주 마셨습니다. 하지만 이제는 이 음료를 생각하거나 키보드로 '진저에일'이라는 단어를 입력하기만 해도 벌써 속이 메스꺼워집니다. 감정적으로는 제가 즉시 치료실로 돌아가 있는 것 같고 중심 정맥관이 있던 자리에 맥박이 뛰는 것 같아요. 토마토도 비슷한데, 무엇보다 케첩 형태의 토마토 맛은 여전히 젖은 골판지를 떠올리게 합니다. 다행히 그런 상태가 계속 유지되지는 않았고, 어느 순간 식욕과 음식에 대한 전반적인 즐거움이 돌아왔습니다.

얼마 후 저는 항암 치료를 위해 줄임말로 '포트'라고 부르는 중심 정맥관 삽입 시술을 받았습니다. 이를 통해 외부에서 심장에 더 가까운 더 큰 정맥으로 접근할 수 있는데 이는 지속적으로 사용할 수도 있습니다. 약 1센티미터×1센티미터 크기의 이 포트는 피부 바로 아래에 이식됩니다. 혈액 검사를 위한 채혈을 간단하게 할 수 있을 뿐만 아니라 무엇보다 정맥을 다시 찌르지 않고도 항암제를 주입할 수 있다는 장점이 있습니다. 많은 항암제가 독성이 있는 부식성 화학 물질인데, 특히 젬시타빈은 정말 아프고 장기적으로 정맥을 부식시킬 수 있습니다. 작은 혈관에서는 화학 물질이 혈액과 충분히 빨리 섞이지 않아서 혈관 벽에 심각한 손상을 일으킬 수도 있지요. 저는 첫 번째 치료를 받는 동안 왼쪽 팔뚝의 주사 부위 혈관이 말 그대로 타들어 가는 듯한 경험을 했습니다. 마치 팔팔 끓는 액체를 주사로 맞은 것처럼 통증이 끔찍했고 통증은 주사 후 며칠 동안 지속되었습니다. 국소 부위 통증이지만 몸속 깊이 있어서 그 어떤 것으로도 완화할 수 없습니다.

두 번의 고통스러운 치료 후, 저는 중심 정맥관을 시술해 달라고 부탁, 아니 간청했습니다. 저는 포트를 암의 또 다른 낙인, 즉 치료를 계속 떠올리게 하는 이물질로 생각하여 거부하는 환자들의 마음을 이해합니다. 하지만 저에게는 통증과 불편을 덜어 준 정말 위대하고 유용한 발명품입니다.

수액을 맞을 때는 종종 추가 검사가 이루어졌고 광범위한 MRI도 시행되었습니다. MRI의 좁은 튜브 안에 누워 있을 때, 그 소리가 엄청나게 컸던 기억이 생생합니다. 자기장 신호를 개선하고 더 나은 해상도를 얻기 위해 금속 마스크와 유사한 장치를 제 얼굴 바로 앞에 배치했습니다. 저는 폐소 공포증이 없지만 MRI의 좁은 공간에서는 눈을 꼭 감고 심호흡을 하며 공황 상태에 빠지지 않도록 저 자신에게 말을 걸어야 했습니다.

이러한 영상 촬영 절차는 치료 계획, 시행 및 요양 치료에서 점점 더 중요한 역할을 하고 있습니다. 종양의 범위와 다른 장기의 침범 가능성을 확인하는 초기 진단에 중요할 뿐만 아니라 치료 과정에서 종양이 치료의 결과로 얼마나 변화했는지, 예를 들어 종양의 범위가 감소했는지 림프절이 변화했는지를 파악하는 데도 중요합니다. 제 경우에는 얼굴의 MRI와 목, 가슴, 복부, 골반의 CT 촬영이 이러한 검사에 포함되어 있었습니다. 몸 전체를 스캔한 셈입니다.

특히 요양 치료 기간에는 반나절이나 걸리는 길고 불편한 절차가 종종 있었습니다. 아침 6시에 영상 의학과에 도착했는데, MRI 촬영에는 매번 45분이 걸렸고, 그리고 나서 CT 촬영이 이어졌습니다. 먼저 조영제를 60분에 걸쳐 조금씩 마셔야 했습니다. 조영제는 제 복부와 내장을 '밝게 비춰 주는' 역할을 했습니다. 그 밖에 혈관을 잘 보이게 하여 혈관이 많은 종양 조직을 잘 포착할 수 있는 또 다른 조영제를 정맥으로 투여받았습니다. 조영제에는 아이오딘이 들어 있습니다. 아이오딘은 액체 상태에서도 CT 스캔에서 볼 수 있는 매우 조밀한 원소입니다. 이유는 모르겠지만 조영제가 몸을 통과하면 몸이 매우 따뜻해집니다. 그 느낌이 제 꼬리뼈에서 몸 전체로 빠르게 퍼졌습니다. 목구멍에 닿았을 때는 화학 요법으로 인한 메스꺼움이 다시 돌아오는 것 같은 느낌이 잠깐 들었습니다. 다행히도 그 느낌은 오래가지 않았습니다. 심호흡을 몇 번 하고, 침을 몇 번 삼키고, 이마에 물수건을 얹는 것만으로도 속이 좀 편해졌습니다. 구토 직전까지 갔지만 토하지는 않았습니다.

처음 발병했을 때 치료 시간이 오래 걸리면 동료들이 종종 찾아와 제 침대 옆에 서서 제 주의를 분산시켜 주었는데, 특히 헬레가 진료에 동행하지 못했을 때는 더욱 그래 주었습니다. 그들에게 제 병에 관해 솔직하고 명확하게 이야기하길 정말 잘했다는 생각이 들었습니다. 심지어 제 상사도 바쁜 일정에도 불구하고 정기적으로 저를 찾아와서 침대 가장자리에 앉아 제 손을 잡고 저와 이런저런 이야기를 나누곤 했습니다. 독성 물질이 몸에서 퍼져 나가는 동안에도 삶은 계속되었고, 농담하고 웃으며 일에 집중할 수 있어서 좋았습니다.

직원들이 이렇게 배려하며 지원해 주는 게 당연하지 않다는 걸잘 알고 있습니다. 그리고 부끄러워서, 누구에게도 부담되고 싶지 않아서, 직장에 복귀했을 때 동정 어린 시선이나 불이익을 받을까 두려워서 병을 숨기는 사람이 많다는 것도 알고 있습니다. 저는 제 발병 사실과 치료에 관해 두려움 없이 솔직하게 이야기할 수 있어서 운이 좋았습니다. 저는 질병 외에도 주변 환경의 무지, 이해 부족, 공감 부족으로 힘들어하는 모든 사람의 마음에 공감합니다.

어떤 날은 제 아이 중 한 명이 저와 동행했습니다. 아이들이 아직 어리긴 했지만, 구체적인 치료 상황에 대해 비밀로 하지 않았습니다. 다른 사람들은 다르게 행동할 수 있고 그럴 만한 이유가 있을 수 있지만, 우리는 치료하는 날마다 저에게 무슨 일이 일어났는지에 대한 생각이 아이들의 상상에 맡겨지면 자칫 걱정이 더 커질 수 있다고 생각했습니다. 그래서 제 피를 뽑을 때, 의사와 상담을 할 때, 그리고 장시간의 치료가 진행되는 동안 한 명씩 곁에 있게 해 주었습니다. 아이들은 제가 받은 식사도 함께 먹었고, 간호사 허락하에 식염수를 주입하여 제 포트를 세척하는 걸 지켜보기도 했습니다. 그리고 제 곁에 있으면서 질문도 할 수 있었습니다. 항암제가 제 정맥으로 흘러들어 간다는 사실이 아이들에게는 그냥 아빠가 괜찮아질 거라는 말보다 훨씬 더 현실적이고 실감 나는 일이 되었습니다. 우리는 집에서 저녁을 먹으며 이 문제에 관해 이야기하고, 아이들이 관찰한 것과 생각한 것에 관해 토론하며 만일의 두려움을 완화할 수 있었습니다. 결국 제 병과 치료, 그리고 그와 관련된 모든 기복도 아이들 삶의 일부였으니까요.

헬레나 아이들 중 누구도 제 곁에 있어 줄 수 없을 때는 친구 중 한 명이 아침 일찍 와서 저를 병원으로 데려가 온종일 곁에 있어 주었습니다. 그 덕분에 의사들이 제 진행 상태에 관해 말하는 것을 들을 수 있는 귀가 하나 더 생긴 셈이었습니다. 하지만 중요한 것은 제가 혼자가 아니라는 사실이었습니다.

동료들과의 소통과 상호 작용은 암이 재발했을 때 훨씬 더 중요해졌습니다. 저는 백신이 나오기 전인 코로나19 팬데믹 초반에 치료를 시작했습니다. 암 센터와 도시의 모든 병원은 치료실에 들어갈 수 있는 사람 수를 대폭 줄였습니다. 전 세계 거의 모든 병원이 동일하거나 비슷한 조치를 취했습니다. 모든 동반자는 사전에 신청하고 승인을 받아야 했습니다. 이는 병원 직원뿐만 아니라 무엇보다도 다른 환자들을 보호하기 위한 조치였습니다. 이후 연구에 따르면 암 환자는 다른 환자보다 코로나19로 인한 중증 진행 및 사망 위험성이 확연하게 더 높은 것으로 나타났습니다. 이 시기에는 치료하는 동안 훨씬 더 외로웠는데, 동료들과 친구들이 자기가 담당하는 환자들을 보러 왔다가 가끔 저한테 들러서 조금이라도 이야기를 나눌 수 있었던 것이 저로서는 큰 호사를 누리는 거라고 느꼈습니다.

코로나19로 인한 보호자 동반 제한이 없는 상황에서도 얼마나 많은 암 환자가 보호자 없이 치료를 받으러 오는지 계속 눈에 띄었습니다. 그들은 누구의 도움도 지원도 없이 혼자였고, 누구와도 대화할 수도 없었고, 병원에 왔다가 돌아가는 여정을 아무런 도움도 받지 못한 채 혼자 해내야 했습니다. 그러기를 스스로 선택한 사람들, 다른 사람에게 이런 모습을 보이거나 부담스러운 존재가 되는 걸 원치 않아 혼자 해결하려는 사람들도 있었습니다. 그러나 그럴 만한 사람이 없거나, 가족과 친구들이 매번 장거리 여행을 오기에는 너무 멀리 사는 경우도 꽤 있습니다. 제가 처음 병에 걸리기 직전에 치료했던 60대 전이성 췌장암 환자인 세라가 바로 그런 경우였습니다. 세라는 함께 사는 사람도 없고, 가족도 멀리 떨어져 살고 있으며, 친구들에게 부담을 주고 싶어 하지 않았습니다. 세라가 보스턴에서 북쪽으로 약 15킬로미터 떨어진 리비어에 있는 집으로 갈 때 버스를 타고 간다는 사실을 알게 된 저는 세라에게 더 편리한 교통

편을 마련해 주겠다고 제안했습니다. 세라는 그런 제안은 더 필요한 환자들에게 해야 한다며 당당한 태도로 거절했습니다. 세라는 확고했습니다. 매우 공격적인 약물 치료에도 불구하고 자기 인생을 계속 즐기려고 노력했습니다. 친구들을 만나고, 저녁을 먹으러 나가고, 근처 카지노도 갔습니다. 암은 여러 면에서 세라를 제한했지만, 세라는 그에 굴복하지 않았고 한탄하지도 않았습니다. 제가 발병한 후에는 제 동료가 세라를 계속 치료해 주었는데, 그 결과 세라는 모든 통계를 깨고 다른 말기 암 환자들보다 확연하게 더 오래 살았다는 사실을 알게 되었습니다.

제가 침대에 누워 있고, 몇 시간 동안 세포 증식 억제제가 포트를 통해 혈류로 흘러들어 가는 동안에, 세라 같은 환자들에 관한 생각은 제 투지를 굳건하게 다지게 해 주었고 확신을 품게 해 주었으며 제가 얼마나 운 좋은 사람인지 깨닫게 해 주었습니다.

일할 수 있다는 것

제가 치료를 받는 동안 환자를 직접 돌보고 치료할 수 없다는 사실이 마음에 큰 부담이 되었습니다. 의사, 교사, 연구원이라는 것은 제 직업일 뿐 아니라 제 삶의 중요한 부분이자 제가 활동하고 있는 공동체의 일원이라는 제 정체성이기도 합니다. 항암 치료로 면역 체계가 약해진 상태에서는 감염 위험이 매우 높기 때문에 제 환자와의 접촉을 피해야 한다는 사실이 금세 분명해졌습니다. 또저 자신이 취약하고 불안정하다고 느꼈기 때문에 환자들에게 진정한 정서적, 심리적 지원을 제공할 수 없었습니다.

제가 암 진단을 받은 지 몇 시간 만에 종양학 수련 시절부터 오래 알고 지내 온 존경하는 사무국장님이 제 환자들을 동료들에게 모두 배분해 주었습니다. 다나파버암연구소의 위장관 종양학과의 모든 직원이 제 환자와 저를 돕기 위해 뛰어들었습니다. 저를 잘 아는 동료들은, 제 환자들이 좋은 치료를 받고 있다는 것을 알면 제가 마음을 놓을 수 있고 제 치료에 더 집중할 수 있다는 것을 저만큼이나 잘 알고 있었기 때문입니다. 게다가 제 환자 대부분은 아마도 자신을 치료하는 의사가 그 정도로 아프다는 걸 견디지 못했을 것입니다. 의사가 자기 자신도 제대로 돌보지 못하는데 어떻게 환자들을 성공적으로 잘 돌볼 수 있을까 하는 두려움도 생기겠지요.

　제 환자 중에는 제가 자신들처럼 아플 거라고는 상상조차 못 한 사람도 있었을 겁니다. 그들은 저를 질병의 파도 속에서 우뚝 서 있는 바위처럼, 불확실성의 바다에서 신뢰할 수 있는 큰 존재로서 필요로 했습니다. 병에 걸리기 전에는 그들에게 종종 제 삶에 관해 자세히 이야기하고 아이들 이야기도 하고 제 연구 활동 이야기도 했습니다. 그들은 의심할 여지 없이 제 이야기에 관심이 많았지만, 요즘 저는 무엇보다도 제가 그들의 생명을 구할 수 있는 치료의 연결 고리이자 생명 줄이었음을 깨닫습니다. 중병에 걸린 의사에게 그들이 무엇을 기대할 수 있겠습니까?

　제가 이런 상황에 처했다는 사실을 아는 것은 제 환자들만큼이나 제 동료들에게도 힘든 일입니다. 팀원 중 누군가가 암에 걸렸다는 것은 개인적으로 안타까운 일만이 아닙니다. 동료의 암 투병은 우리가 의사라는 직업을 갖고도 스스로 환자가 되는 것을 막지 못한다는 사실을 뼈저리게 깨닫게 해 줍니다. 우리가 아무리 많은 연구를 하더라도 건강을 유지하는 것은 우리 손에 달려 있지 않습니다. 우리가 아무리 많은 노력을 기울여도 언제든 우리 중 한 명을 잃을 수 있습니다.

8년 후에 암이 재발했을 때는 제가 다시 직장 생활을 하고 있었는데 몇 가지 책임을 더 맡고 있어서 상황이 훨씬 더 복잡해졌습니다. 저는 연구 팀을 계속 이끌고 있었고, 하버드와 매사추세츠공과대학의 협력 프로그램에서 의대생 300명의 교육을 담당하고 있었습니다. 그밖에 매사추세츠종합병원에서 의사 80여 명과 함께 소화기내과를 이끌고 있었습니다. 그래서 단순히 관리자에게 제 일정을 취소해 달라고 요청하는 것만으로는 충분하지 않았습니다. 하지만 이전의 경험이 도움이 되었습니다. 저는 목표에 맞춰 솔직하고 투명하게 행동했고, 그렇게 제 질병이 업무와 동료들에게 미치는 영향을 잘 관리할 수 있었습니다.

진단을 받은 지 며칠 후에 저는 연구 팀에 이야기했고, 교수진 회의에서 동료들에게 알렸으며, 학생들에게도 직접 알렸습니다. 코로나19로 인해 이 모든 것이 온라인으로 이루어졌지만, 가능한 한 개인적으로 이야기했습니다. 이러한 솔직함 덕분에 기대치를 설정하고, 업무를 할당하고, 할 수 있는 한 제 에너지를 가장 중요한 측면에 집중하기가 더 쉬워졌습니다.

저는 많은 환자를 진료하면서 그들이 일을 계속할 수 없다는 것이 재정적으로 큰 부담이 된다는 것을 경험했는데, 이는 적어도 부분적으로는 미국 의료 시스템의 특성 때문입니다. 다른 한편으로 암 환자의 자신감과 자존감도 크게 영향을 받습니다. 더 이상 아무것도 할 수 없는데 우리가 스스로 쓸모 있는 사람이라고 느끼고 자신을 소중히 여길 수 있을까요? 치료 중이라는 것이 역력하게 티가 나는데도 우리가 여전히 매력적인 파트너가 될 수 있을까요? 집안일을 함께하고, 식구들의 이야기를 들어 주고, 밤새도록 아이들과 놀아 주거나 숙제를 도와줄 힘이 부족한데도 좋은 부모가 될 수 있을까요? 저는 제 환자들이 이러한 능력의 한계로 속수무책의 무력감, 분노, 통제력 상실에 대한 슬픔을 더욱 크게 느낀 나머지, 마침내 자신을 잃고 암에 고삐를 넘겨주는 모습을 자주 목격했습니다.

일을 할 수 없게 되면 급여를 잃거나 심지어 직장까지 잃을 위험이 있습니다. 미국에서는 일반적으로 건강 보험이 고용주와 연계되어 있기 때문에 건강 보험을 상실하게 되기도 합니다. 여기에 암의 '재정적 독성'으로 묘사되는 직접 치료 비용도 추가됩니다. 이는 미국에서 여전히 큰 문제지요.

어느 토요일 아침에 저는 부엌 식탁 앞에 앉아 전월 진료비로 건강보험공단에서 부담한 항목을 합산해 봤습니다. 검사비, 방사선 치료비, 종양 전문의 진찰료, 주사료, 면역 요법 치료비 등이 개별적으로 나열되어 있었고, 총 13만 달러*가 나왔습니다. 단 한 달 동안에요. 제 부담금은 50달러에 불과했습니다. 그러니까 저는 상당히 특혜를 받는 상황이었으며 지금도 마찬가지입니다. 고용 계약이 잘되어 있고 고용주가 좋은 보험 패키지를 저렴한 가격에 제공한 덕분에 저는 거의 무료나 다름없는 비용으로 모든 치료를 받을 수 있습니다.

그런데도 재정에 대한 걱정이 많았습니다. 자녀가 넷이나 되고

---

* 한화로 약 1억 6718만 원.

물가가 비싼 도시에 살고 있었기 때문입니다. 제 대학 월급과 공무원인 아내 헬레의 월급을 합쳐도 생활이 넉넉하지 않았고, 부족한 돈을 보충하기 위해 맡아서 했다고 앞에서 언급한 바 있는 병원 야간 근무도 더 이상 감당할 수 없게 되었습니다. 하지만 저는 이 재정적 공백을 어떻게 메울지 머리를 싸매고 고민할 처지가 되지 못했습니다. 아내는 제가 모든 일을 신경 쓰지 않게 하며 저 없이도 재정을 안정적으로 유지해 주었습니다. 담보 대출을 유리한 조건으로 바꾸고, 지출을 최대한 줄이고, 가능한 한 모든 종류의 보험 특약을 정리했습니다. 간단히 말하자면 우리가 생계를 유지할 수 있도록 아내가 모든 것을 완전히 바꾸었고, 결국 성공했습니다.

하지만 제가 지금까지 치료했거나 치료 중인 환자 중에는 그렇게 운이 좋은 편이 아닌 환자도 꽤 있습니다. 질병으로 직장을 잃고 월급은 물론 앞에서 언급한 것처럼 의료 보험도 끊긴 경우가 많습니다. 지난 15년 동안 몇몇 상황이 개선되기는 했지만, 여전히 많은 환자가 적절한 보험에 가입하지 못한 상태여서, 많은 자기 부담금이나 선납금을 걱정하고 있습니다. 이는 환자에게 극심한 재정 부담을 주고 치료법 선택에 영향을 미치고 있다는 사실에 대해 침묵해서는 안 됩니다. 그리고 이 모든 것은 환자들이 생명을 지키기 위해 고군분투하고 있는 시점에 벌어지는 일입니다. 저는 제가 그들보다 훨씬 더 나은 위치에 있다는 것을 깨달았습니다.

독일에서는 상황이 조금 다릅니다. 대다수가 건강 보험에 가입되어 있고, 일자리가 더 잘 보호되고 있으며, 직업과 상관없이 보험 적용 범위가 유지됩니다. 암 치료 비용은 독일에서도 수천 유로에 달할 수 있지만, 일반적으로 건강 보험에서 부담합니다. 그런데도 장기간의 치료는 독일에서도 환자와 그 가족에게 큰 재정 부담을 안겨 줍니다. 수입이 줄어든 상태에서 병가를 내면 생활 수준이 떨어지고, 어쩌면 대출금을 더 이상 갚지 못할 수도 있으며, 자영업자는 사업을 축소하거나 심지어 아예 포기해야 할 수도 있습니다. 생존을 위협하는 질병만으로도 이미 충분히 힘겨운데 말입니다.

암 치료를 하느라 더 이상 일을 할 수 없게 되면, 환자들은 종종 정체성 문제를 겪게 됩니다. 저도 다르지 않았습니다. 치료가 한창 진행 중일 때, 곧 있을 방사선 치료에 관한 2차 소견을 듣기 위해 평판이 좋은 다른 암 센터에 의뢰했었습니다. 아내와 저는 매우 우아한 신축 로비에서 환영을 받았습니다. 차분한 조명, 벽에 걸린 세련된 그림들. 모든 것이 매우 쾌적하고 편안한 느낌이었습니다. 하지만 의사가 저에게 던진, "예전에 어떤 의사였나요?"라는 첫 번째 질문에 저는 뺨을 한 대 맞은 것 같았습니다.

저는 상처받고 혼란스러웠으며 무엇보다 엄청나게 분노가 치밀었습니다. 벌써 몇 년이 지났음에도 불구하고 마치 어제 있었던 일처럼 느낌이 생생합니다. 이 글을 쓰고 있는 지금도 당시처럼 그 감정이 저를 강하게 사로잡습니다. 그 의사는 저에게 마치 제 직업이 과거의 일인 것처럼, 제가 결코 다시는 환자를 치료할 수 없을 것처럼 말했습니다. 제 생존 가능성이 제로라고 말하려던 것일까요? 아니면 그냥 무례하게 군 걸까요? 어쩌면 그저 실수로 미숙한 표현을 무심결에 내뱉은 걸까요? 저는 그의 얼굴에 대고 그의 말이 얼마나 잔인한 말인지 아느냐고 소리치고 싶었습니다. 하지만 그 대신에 정신을 차리고 가능한 한 침착하게 "저는 소화기 내과 전문의이자 종양학자이며 간암 전문의**입니다.** 그리고 앞으로도 그럴 것입니다."라고 대답했습니다.

하지만 돌이켜 보면 이 방사선 종양학자에게 감사해야 할 것이 두 가지 있습니다. 한편으로는 그는 제가 환자로서도 제가 누구인지, 무엇이 저를 저답게 만드는지 깨닫고 저항할 수밖에 없도록 해 주었습니다. 저는 여전히 의사이며, 저에게 맡겨진 환자들을 기쁜 마음으로, 유능한 실력으로 치료하는 데서 성취감을 느끼는 사람입니다. 그것은 암으로 진단을 받고도, 치료를 받고 나서도 달라지지 않았습니다. 다른 한편으로 이 만남은 대학 교수로서 저에게 교훈이 되었습니다. 환자에게 그들의 삶과 직업과 일상에 관해 질문할 때는 항상 평소와 다름없게 해야 한다는 사실을 제가 학생들에게 전보다 훨씬 더 강하게 인식시키게 되었기 때문입니다. 마치 병에 걸리기 전과 아주 똑같을 수 있는 것처럼 말해야 합니다. 단정적으로 지나간 이전의 삶을 묻듯 하면 절대로 안 됩니다.

환자도 다른 모든 사람과 마찬가지로 꿈, 희망, 계획, 의무, 걱정, 갈등 등 삶을 이루는 모든 것을 갖고 있고 그 삶을 살고 싶어 하는 방식이 있습니다. 의사인 우리는 이를 인식함으로써 CT나 MRI에서 나타나는 것 이상으로 암이 환자의 삶에 미치는 근본적인 영향을 알아낼 수 있습니다. 이를 치료에 통합함으로써 걱정, 스트레스, 문제 및 일부 부작용의 근본 원인도 더 잘 파악할 수 있습니다. 환자들은 병원 밖에서 살아가는데, 우리가 의사이자 보호자로서 환자들의 삶에 관해 알려는 노력을 진지하게 기울이지 않으면 잘 파악하지 못하는 경우가 많습니다. 환자는 종양도 아니고, 암을 유발하는 유전적 돌연변이의 보균자도 아니며, 부작용의 화신도 아닙니다.

그들은 인간입니다.

나의 아내

암이 개인의 질병이긴 하지만, 진단과 그에 이어지는 치료는 이미 여러 차례 언급했듯 개인의 운명을 훌쩍 뛰어넘는 문제입니다. 파트너, 배우자, 자녀, 부모, 친구, 동료, 학생, 교사 등 환자와 관계있는 모든 사람이 관련되어 있습니다. 함께 사는 사람들이 가장 많이 영향을 받습니다. 환자가 된다는 건 24시간 풀타임 근무를 하는 것과 다름없이 힘들지만 가족 구성원, 특히 암 환자의 가족 구성원이 된다는 것도 마찬가지로 힘든 일입니다. 암 환자는 심리적, 신체적 지원이 필요합니다. 가령 진료 일정에 환자와 동행하는 등 치료와 직접 관련된 일뿐만 아니라 해야 할 일이 무수히 많습니다. 일상의 루틴, 모든 생활을 새롭게 재구성해야 하며 식단, 여가 활동, 육아 등 어느 것 하나 예전처럼 유지할 수 없습니다.

　제가 더 이상 씹을 수 없었을 때 아내는 저에게 음식을 퓌레*로

---

*　야채나 고기를 갈거나 으깨고 체로 걸러서 걸쭉하게 만든 음식.

만들어 주었고, 제가 방사선 치료 후 완전히 화상을 입었을 때는 얼굴에 거즈를 갈아 주었으며, 진통제를 적절한 간격으로 복용하도록 신경 써 주었고, 몇 시간 동안 함께 영화를 보며 제 신경을 분산시켜 주기도 했습니다. 그러나 아내는 무엇보다 제가 죽을지도 모른다는 생각, 치료가 계획대로 잘 안 될지도 모른다는 생각, 만약의 경우나 예외적인 경우가 우위를 차지할지도 모른다는 생각을 하지 않게끔 거의 완벽하게 보호해 주었습니다. 저는 그 점에 관해 아내에게 깊이 감사하고 있습니다. 그 덕분에 모든 것이 잘될 것이라고 제가 확신에 차서 굳게 믿는 데 제 모든 에너지를 쏟아부을 수 있었기 때문입니다.

하지만 아내가 저를 무조건 지지해 주었다는 것은 아내가 걱정과 두려움을 혼자서 감당할 때가 많았다는 의미이기도 합니다. 아내는 제가 그걸 알아차리지 못하게 해서 낙관주의와 희망을 잃지 않도록 해 주었던 겁니다. 최근에 암 치료를 받고 있는 동료의 아내인 제 친구와 이야기를 나눴습니다. 친구가 저에게 조언을 구했습니다. "슬플 때 난 어떻게 해야 하지? 남편이 죽을지도 모른다는 생각이 끊임없이 드는데, 그런 생각에서 벗어나게끔 누가 **날** 도와줄 수 있을까? 어떻게 해야 내가 이 악순환에서 벗어날 수 있을까?" 제 아내도 이와 똑같은 두려움으로 괴로웠을 텐데 그걸 제가 알아차리지 못하게 해 줬던 겁니다. 의사인 우리나 사회는 아직 이 문제를 완전히 해결하지 못했습니다. 어떻게 하면 암 환자 가족들을 더 잘 지원할 수 있을까요? 그들이 살아갈 용기를 잃지 않도록 많은 도움을 줄 수 있습니다. 용기 없이는, 치유가 불가능하지는 않더라도 달성하기 매우 어렵습니다.

두 번의 암 치료 후, 그 영향이 말 그대로 온 얼굴에 고스란히 나타나 있을 때, 우리가 가족으로서 그리고 부부로서 감사할 일이 너무 많은데도 아내와 제가 거의 이야기하지 않은 것이 몇 가지 있습니다. 어쩌면 우리 둘 다 실용주의적 성향이어서 너무 골똘히 생각하지 않은 것일 수도 있습니다. 하지만 아이가 넷이면 그럴 시간도 많지 않습니다. 예를 들어 헬레와 저는 죽음과 임종에 관해 한 번도 구체적으로 이야기해 본 적이 없습니다. 저는 투병 과정에서 궁극적으로 그럴 필요가 없어서 정말 다행이었습니다. 우리는 자녀들을 위한 유언장을 작성하고, 의료와 관련된 위임장을 작성하는 등 자신이나 배우자가 중병에 걸렸을 때를 대비해 일반적으로 자녀를 위해 준비할 수 있는 모든 것을 해 놓기는 했습니다. 하지만 헬레와 저뿐만 아니라 많은 암 환자와 그 배우자, 가족들은 죽음에 관한 구체적인 논의를 계속 미루는 경우가 많습니다.

특히 살날이 얼마 남지 않았을 가능성이 있는 경우, 죽음과 임종에 관해 이야기하는 게 중요하다는 것을 제 직업을 통해 잘 알고 있습니다. 많은 종양 전문의가 종종 그런 대화를 너무 늦게 시작합니다. 저는 항상 제 환자들과 일찍부터 단도직입적으로 이 주제를 다루려고 노력했습니다. 하지만 제 경우에는 아내와 그렇게 할 힘이 없었습니다. 다행히 과거에도 오늘날에도 더 이상 그럴 필요가 없어서 매우 기쁩니다. 그리고 우리를 위해 그 모든 절망과 고단함을 견

더 준 아내에게 얼마나 감사한지 모르겠습니다. 아내는 자신이 입은 상처와 제게 남아 있는 흉터에 대해 전혀 탄식하지 않았습니다. 그런 사람과 연결되어 있다는 것은 큰 행운입니다.

얼굴 상실

제가 처음 암에 걸렸을 때는 넉 달간 화학 요법을 받은 후, 회복에 중요한 역할을 하게 될 수술을 받을 준비를 했습니다. 처음부터 저는 전체 치료에서 이 부분이 가장 중요하다는 느낌이 들었습니다. 그 느낌은 나중에 잘못된 것으로 밝혀졌지요. 그런데 외모에 심각한 결과를 가져올 거라는 느낌은 맞았습니다. 저는 제 정체성이자 자아상인 외모, 즉 얼굴을 잃는 게 두려웠습니다. 제가 앞으로 만나게 될 사람들은 분명히 이전과는 다른 사람을 보게 될 것입니다.

이 수술은 공격적이고 극단적이라고 묘사되었는데, 정말 그랬습니다. 2센트짜리 동전 크기도 안 되는 여드름을 최소 10×10센티미터의 면적에 걸쳐 제거했습니다. 이런 식으로 암을 가능한 한 많이 제거하여 이후 방사선 치료를 통해 완치 가능성을 높이거나 적어도 장기적으로 암의 성장을 억제하려고 했습니다. 저는 "암세포가 모두

사라졌습니다."라고 말할 수 있도록 외과 의사들이 남은 암세포를 모두 잘라내 주는 것 말고는 더 이상 아무것도 바라는 게 없었습니다.

수술로 인해 저는 얼굴의 피부뿐만 아니라 웃음 근육과, 어린 딸의 손이 제 뺨에 닿는 것을 느낄 수 있게 해 주는 신경도 잃었습니다. 제 입 절반이 마비되었고 아내의 키스는 특정 부위에서만 느낄 수 있었습니다. 혀를 앞니에 대고 눌러도 아무것도 느껴지지 않았습니다. 때때로 오른쪽 눈이 감기지 않아서 뺨을 타고 흐르는 눈물을 멈출 수가 없었습니다. 입술을 의식적으로 움직일 수 없었기 때문에 촛불을 끌 때뿐만 아니라 음식을 먹고 마실 때도 방해가 되었습니다.

직장에서 사고로 사지를 잃거나 화재로 얼굴 형체가 일그러지는 등 갑작스럽게 삶뿐만 아니라 외모까지 바꾸어 버리는 사건에 직면하게 되어 트라우마를 겪는 환자가 많습니다. 암 환자도 눈에 보이는 흉터가 남거나 다른 신체적, 심리적 변화를 겪습니다. 최악의 상황은 세상에 자신을 드러내는 신체 부위이자 모든 사람이 나를 만날 때 쳐다보는 얼굴이 손상되는 경우입니다. 그때까지 저는 얼굴을 잃은 환자는 거의 본 적이 없었습니다. 레지던트 시절이던 2003년 2월과 3월에 로드아일랜드의 더스테이션나이트클럽에서 발생한 화재로 심각한 화상을 입은 환자 몇 명을 돌본 적이 있습니다. 그 당시에 100여 명이 사망했고 부상자가 200명이 넘었습니다. 실연당해 자살하려고 몸에 불을 질렀던 어떤 남자도 기억납니다. 그는 얼굴 전체에 화상을 입은 상태였습니다.

제가 얼굴을 잃고 다른 얼굴을 갖게 되면 어떤 모습일지 아무리 해도 상상조차 할 수가 없었습니다. 어떤 모습일까요? 제가 여전히 저 자신을 알아볼 수 있을까요? 가족들은 어떻게 반응할까요? 아이들이 저를 무서워하면 어쩌죠? 신체적으로 혐오스러워 보이는데도 환자를 치료할 수 있을까요? 눈과 혀가 더 이상 움직이지 않는다 해도 여전히 선생님으로서 계속 가르칠 수 있을까요?

저는 항상 제 외모를 당연하게 생각했습니다. 특별히 자랑스러워하거나 신경을 많이 쓴 적도 없었습니다. 그저 제 일부일 뿐이었습니다. 아주 간단했지요. 그런데 지금은? 수술 후에도 제가 여전히 똑같을까요?

이런 불확실한 상황에서 저는 라니아 마타(Rania Matar)에게 편지를 보냈습니다. 라니아는 여러 차례 수상한 경력이 빛나는 사진작가입니다. 몇 주 전 크리스마스 예배 때 우리 두 가족이 교회 의자에 우연히 나란히 앉아 있다가 라니아를 알게 되었습니다. 당시 라니아는 소녀들에 관한 시리즈를 작업 중이었고 항상 새로운 모티브를 찾고 있다고 했습니다. 라니아는 아내 헬레에게 우리 딸 라비니아의 사진을 찍어도 되냐고 대놓고 물어봤습니다. 우리는 흔쾌히 동의했고, 얼마 후 라니아가 우리 집에 와서 시리즈에 사용할 라비니아의 사진을 찍었습니다. 라비니아의 사진은 큰 성공을 거두었고 여러 전시회와 박물관에 전시되었습니다.

저는 혹시 라니아가 제 예전 얼굴에 대한 기억을 간직하고 새로운 얼굴과 친근해질 수 있도록 도와준다면 어떨까 하는 생각이 들었습니다. 진단을 받고 며칠 후에 저는 라니아에게 이메일을 보내 제 여정을 사진으로 기록해 줄 수 있는지 물어봤습니다.

친애하는 라니아,

제가 아주 이례적이면서도 심각한 질문이 있어서 연락드려요. 이렇게 갑작스럽게 부탁을 드려서 정말 죄송합니다. 지난주에 제 얼굴에서 희귀 암이 발견되었습니다. 다행히 위치가 국한되어 있어서 치료하고 완치할 수 있어요. 하지만 제 앞에는 긴 여정이 놓여 있습니다. 화학 요법과 방사선 치료를 받을 예정이지만, 회복 가능성뿐만 아니라 그로 인한 변화 측면에서도 가장 중요한 것은 얼굴에서 암을 근본적으로 제거하고 이어서 재건하는 거예요.

제 치료 과정을 혹시 사진으로 찍어 주실 수 있으실지요? 저는 두 가지에 관심이 있습니다. 하나는 매우 개인적인 것인데, 이 과정에서 제 얼굴에 어떤 일이 일어나는지 보고 싶습니다. 제 외형은 변하겠지만, 그럼에도 불구하고 당연히 저는 똑같은 사람일 겁니다. 다른 하나는 종양 전문의로서의 제 업무에 관한 것입니다. 비슷한 일을 겪고 있는 환자들이 제 여정에 공감할 수 있다면 그들에게 도움이 될 수 있다고 믿어요. 솔직히 말하자면 완전히 달라진 제 모습이 어떨지 상상조차 할 수가 없네요.

다나파버와 브리검&여성병원(Brigham and Women's)에는 뛰어난 의사들이 있어요. 심지어 안면 이식을 개발한 의사들이 포진하고 있으니(저는 안면 이식까지는 필요 없지만요), 정말 잘 보살핌을 받고 있고 심지어 특권을 누리고 있다고 느껴져요. 하지만 무슨 일이 일어날지 상상할 수가 없습니다. 제 경험이 치료 전/중/후의 어떤 환자에게 도움이 될지도 모릅니다.

라니아, 당신의 작품을 보고 깊은 감명을 받았어요. 예술가로서 당신이 직접 주제를 개발하고 그것을 원하는 방식으로 실현한다고 알고 있습니다. 그건 분명해요. 당신보다 감각적이고 더 영감을 줄 수 있는 사람은 없을 것 같습니다. 제 담당 의사들은 진정한 드림 팀을 구성하고 있으니 당신이 거기에 완벽하게 어울릴 것입니다.

수술은 저뿐만 아니라 관련된 모든 사람에게 매우 감정적으로 힘든 여정이 될 거예요. 그건 저도 잘 알아요. 당신이 감당할 수 없는 추가 업무나 활동으로 당신에게 부담을 주고 싶진 않아요. 여력이 없으시다면 전적으로 이해할 겁니다. 하지만 이 작업에 관심이 있으시다면 저로선 정말 영광입니다.

진심으로 안부를 전하며

볼프람

큰 기쁨. 라니아가 승낙했습니다!

제가 투병하는 동안과 그 후 몇 년 동안, 그리고 암이 재발한 후에도 라니아는 정기적으로 우리 집에 와서 제 사진을 찍어 주었습니다. 그 결과 시각적인 연대기이자 제 여정에 관한 시각적 기록이 탄생했습니다. 촬영 시간이 이따금 짧을 때도 있었고 길어질 때도 있었지만, 결과적으로 제 얼굴, 즉 제 몸의 치료 과정을 단순히 기록한 것 이상으로 훨씬 더 큰 의미가 있었습니다. 사진 촬영 때문에 속도를 늦추고, 잠시 멈추고, 숨을 골라야 했기 때문에 저에게는 치료효과도 있었습니다. 이렇게 촬영을 해 오면서 저와 제 안에서 일어나는 일들을 되돌아보는 시간을 가졌습니다. 라니아와 제 신체적 변화를 공유하고 제 변신을 기록함으로써 저는 제 자아상에 대한 주권과 통제권을 되찾았습니다.

라니아는 제 머리카락이 빠지는 모습, 고용량의 코르티손으로 인해 얼굴이 부어 오르는 모습을 사진으로 찍었고, 화학 요법을 할 때와 검사실에 있을 때도 저를 찾아왔습니다. 수술 준비실에 들어와서 헬레가 제 원래 얼굴을 마지막으로 보는 시선을 포착해 찍어 주었습니다. 라니아는 제가 수술실에서 돌아왔을 때도 곁에 있었고, 수술 후 처음 24시간 후와 48시간 후의 극적인 변화도 기록했습니다. 방사선 마스크를 쓴 제 모습을 촬영하고, 방사선 치료가 진행되면서 제 얼굴이 점점 타들어 가는 모습도 카메라로 기록했습니다. 라니아는 제가 겪어야 했던 현실을 포착했습니다. 몇몇 사진은 치료가 믿기지 않을 정도로 잔인함을 보여 주지만, 저는 다른 환자들이 그러한 공격적인 수술조차 삶의 일부로 받아들일 수 있으며 오늘날최악의 흔적을 제거할 수 있는 가능성이 있다는 게 정말 놀랍다는 것을 깨달을 수 있기를 바랍니다. 그 모든 것 외에도 이 사진 시리즈는 제 미래와의 비밀스러운 약속이었습니다. 그건 제 삶이 계속되고 있다는 증거였습니다.

라니아는 친구이자 가족과 다름없는 존재가 되었습니다. 라니아는 다른 사람들이 잘 알지 못하는 저의 면모를 보았습니다. 동시에 사진작가로서 라니아는 저에 대한 친밀감과 애정에도 불구하고 거리를 두고 전문적인 시각을 유지했습니다. 제가 감정의 롤러코스터를 타도 동조하지 않았습니다. 끔찍한 신체적 변화나 잔인한 재발 진단을 라니아는 직접 경험하지는 않았지만 그것을 포착했습니다. 그것이 사진에서 표면적으로 드러나지는 않지만 저는 느낄 수 있었습니다.

원하는 분은 환자로서 제 여정을 담은 사진 일부를 보실 수 있습니다. 이 책 뒤편에 그 사진으로 연결되는 QR 코드가 있습니다. 보정 작업을 하지 않아서 잔인하거나 충격적인 사진이 많습니다. 하지만 암과 그로 인한 결과는 이상적인 세상이나 휴가, 저녁 산책이 아닙니다. 암은 잔인하고, 아프고, 상처 입히고, 변화시키고, 흔적과 흉터를 남깁니다. 이러한 것도 이 사진들에서 볼 수 있습니다.

사진을 찍어 달라고 부탁한 건 바로 저였는데 희한하게도 저는 한동안 사진들을 차마 볼 수 없었습니다. 상처 나고 부어 오르고 망가진 제 얼굴을 마주하기가 두려웠기 때문입니다.

저는 감정적으로 견디지 못할까 봐, 예전의 제 모습을 보면 치료 과정에서 겪었던 트라우마, 고통, 상실감이 다시 떠오를까 봐 두려웠습니다. 가령 항암 치료 전에는 머리카락이 있고, 몇 주 후에는 없는 상태 같은 전후 차이를 견뎌 낼 자신이 없었습니다. 수술 전에는 대칭적인 얼굴이었지만 불과 몇 시간 뒤에는 일그러지고 피투성이가 되었습니다. 방사선 치료 전에는 그나마 수술에서 약간 회복된 상태였지만, 방사선 치료 단계에선 검붉게 변하고 상처 나고 염증이 생겼습니다. 그래서 그 사진들을 꽤 오랫동안 눈에 띄지 않게 두었던 것입니다.

라니아와 저는 얼굴을 최대한 복원하기 위해 성형 수술을 반복하는 치료 단계 이후에도 계속 연락을 주고받긴 했지만, 함께 사진을 보는 건 계속 미뤄 왔습니다. 라니아는 각종 상을 휩쓸며 자신의 커리어를 쌓아 가고 있었습니다. 그래서 제가 사진을 마주하는 것을 이런 식으로 피하는 것이 옳다고 생각했습니다.

거기까지 나아가는 데 결국 6년이 걸렸습니다. 암이 완치되었다는 확신이 들었던 2019년 12월 마지막 MRI 촬영 이후였습니다. 또 다른 이유는 이 책을 쓰기 시작했기 때문입니다. 첫 번째 코로나19 셧다운이 시작되기 몇 달 전이었는데, 그 후 1년도 채 되지 않아 암이 재발했습니다.

구멍

힘들고 긴 암 수술을 받아야 한다는 사실을 알게 되었을 때, 제 곁에 트리시가 있어야 한다는 것이 분명했습니다. 트리시 크리텍(Trish Kritek)과 저는 내과 레지던트 과정을 함께 거쳤는데, 이 집약적이고 바쁜 시간이 우리를 더욱 끈끈하게 묶어 주었습니다. 또한 수련 기간에 트리시가 야간 당직을 설 때 트리시에게 제 환자를 맡긴 적이 많았기 때문에 의사로서 트리시의 전문성과 보살핌에 감사하는 마음을 갖게 되었습니다. 우리는 친한 친구가 되었고, 트리시는 큰아들 펠릭스의 대모이기도 합니다. 제가 처음 병에 걸리기 몇 년 전에 트리시는 하버드와 보스턴을 떠나 시애틀에 있는 워싱턴 대학교에서 중환자실 담당의로 일하고 있었습니다. 트리시는 매우 바쁘고 대단히 유능한 의사입니다.

한편으로는 병원에 혼자 있고 싶지 않았기 때문에, 또 한편으로는 제가 말을 할 수 없을 때 트리시가 저를 대변해 줄 수 있었기 때문에, 트리시가 곁에 있어 주길 바랐습니다. 제가 스스로 일을 처리할 수 없을 때 저를 대변해 줄 거라고 확신했습니다. 스스로 자신감을 가질 근거를 찾을 수 없을 때 트리시의 격려가 필요했습니다. 제가 명확하게 생각할 수 없을 때 트리시가 치료에 관해 생각해 줄 수 있었습니다. 저를 대신해 결정하고 행동해 줄 사람이 필요했는데 그게 바로 트리시였습니다. 진단을 받은 직후, 수술받기 몇 달 전인 어느 날 저녁 트리시에게 전화를 걸어 제가 병원에 가야 할 때 와 줄 수 있겠냐고 물었습니다. 트리시는 즉시 승낙했습니다. 믿음직스럽고 관대한, 우정 어린 행동에 저는 안심되었고 두려움도 진정되었습니다. 트리시가 저에게 해 준 것처럼 저도 친구들을 위해 많은 시간을 할애할 수 있기를 바랍니다.

트리시는 수술 전날 도착했습니다. 아내와 저는 공항에 마중 나갔고 곧장 보스턴항에 있는, 우리가 가장 좋아하는 해산물 식당으로 향했습니다. 그때가 5월 말이어서 우리는 밖에 부둣가에 앉아 있었는데, 기분 좋게 포근한 바람이 불고 갈매기와 가마우지가 물 위를 날아다니고 범선들과 어선들이 지나가고 있었습니다. 저는 피시앤드칩스를 주문해서 맛있게 먹었습니다. 아직 저녁이 되지 않았는데도 맥주를 한 잔이 아니라 두 잔이나 곁들여 마셨습니다. 저는 그때까지 그날은 제 인생의 마지막 날이나 다름없다고 생각했습니다. 대단히 멋진 하루였고 기억에 남을 만한 식사를 했고 친구가 우리와 함께한 축복의 날이었으니까요.

수술 당일 아침에 저는 양가적인 기분이 들었습니다. 한편으로는 말 그대로 얼굴을 잃을 것 같아서 두려웠습니다. 다른 한편으로는 다음에 거울을 보면 여전히 저이지만 암에서 해방된 버전의 저를 보게 될 거라는 확신이 들었습니다.

그날은 일정이 일찍 시작되었습니다. 미국에서는 계획된 수술 전에 절차를 신속하게 진행합니다. 외래 진료소에서 접수하기 전에 검사, 설명 및 동의를 완료하여 수술 당일에 모든 서류가 이미 준비 완료되어 있도록 합니다. 당일 아침에는 병원에 도착하기만 하면 수술이 시작됩니다. 외과 의사들은 다른 의사들보다 더 일찍, 매우 일찍 하루를 시작합니다. 이는 환자들은 훨씬 더 일찍 도착해야 한다는 의미입니다. 저는 새벽 5시가 조금 지나서 거기 도착했습니다. 헬레가 제 곁에 있었고, 제 친구 트리시와 라니아도 있었습니다. 라니아가 '수술 전의' 제 마지막 사진을 몇 장 찍어 주었습니다. 대기실에서 저는 다른 환자들의 얼굴을 바라보았습니다. 그들의 얼굴에서도 저와 마찬가지로 걱정과 두려움이 보였습니다. 병원은 수술실을 수십 개 운영하고 있어서 많은 환자가 대기실에 앉아 호명되기를 기다리고 있었습니다.

그날 아침 접수대 너머에 앉아 있던 신디가 저를 반갑게 맞이해 준 덕분에 긴장이 완화되었습니다. 신디는 몇 년 전 남편 제프리와 함께 암 클리닉의 제 진료실에서 만난 적이 있습니다. 당시 70대였던 제프리는 직장암 초기 진단을 받았습니다. 우리는 수술을 하기 전에 화학 요법과 방사선 요법을 병행하기로 했습니다. 치료는 잘되었고 그는 완치되었습니다.

하지만 진짜 기적은 신디 자신이었습니다. 신디는 약 30년 전에 장암에 걸렸었고, 간에도 전이가 두 번이나 되었습니다. 당시에는 지금처럼 암 치료 기술이 발달하지 않았었기 때문에 많은 의사가 포기했을 것입니다. 하지만 신디는 우리 암 센터의 젊은 종양 전문의에게 치료를 받았고, 그는 신디를 포기하지 않았습니다. 그는 신디를 설득하여 간으로 전이된 암의 크기를 줄이기 위해 매우 공격적인 화학 요법을 받도록 했습니다. 그 후 한 용감한 외과 의사가 남아 있는 암을 제거했습니다. 그 젊은 종양 전문의는 나중에 세계적으로 유명한 연구자가 되었습니다. 그는 저에게 두 가지를 가르쳐 주었습니다. 환자를 성급하게 포기하면 안 된다는 것, 암 발생의 분자적 기초를 이해하기 위한 노력을 결코 중단하면 안 된다는 것입니다. 저는 지금도 이러한 교훈을 간직하고 있으며, 그 두 가지 모두 병을 더 잘 치료하는 데 도움이 됩니다.

신디는 의사가 포기하지 않았기 때문에 생존이 가능했습니다. 그래서 몇 년 후 병에 걸린 남편을 돌볼 수 있었습니다. 그리고 제가 암 수술을 앞둔 그날 아침에도 저를 맞이할 수 있었던 겁니다. 신디는 제게 좋은 징조였고, 심각한 암에 걸려도 통계적으로 희박한 확률을 뛰어넘어 생존할 수 있다는 살아 있는 증거였습니다.

헬레는 수술 준비실까지 저와 동행하며 가능한 한 오랫동안 제 손을 잡아 주었습니다. 팬데믹 기간에 이루어졌던 두 번째 수술 때는 아내가 병원에 들어오지도 못했습니다!

마지막으로 기억나는 것은 크고 환한 수술실 조명에 감탄했던 것뿐입니다. 강력한 진정제 주사가 이미 효과를 나타내고 있었기 때문입니다. 저는 더 이상 두렵지 않았고 그저 암에서 벗어나고만 싶었는데, 이것은 그 과정에서 필요한 단계였습니다. 그 후 주변이 캄캄해졌고 더는 아무것도 기억나지 않습니다.

마취과 의사가 제 목에서 호흡용 튜브를 빼낼 때 정신을 차렸습니다. 잠시 구역질이 났다가 끝났습니다. 숨 쉬는 것? 그럴 마음도 없었고 너무 힘들었습니다. 의사가 저에게 말을 걸어 무조건 폐에 산소를 채워야 한다고 설득했습니다. 하지만 저는 마취로 인해 기진맥진했고 진통제로 인해 몽롱한 상태여서, 그냥 그렇게 하고 싶지 않았습니다. 저를 그냥 내버려 두길 바랐습니다. 그리고 잠을 자고 싶었습니다. 혈중 산소 포화도가 위험할 정도로 낮아져서 의사는 결국 제 코에 튜브를 삽입해 산소를 공급했습니다.

수술은 오래 걸렸고 몹시 힘들었습니다. 아침 7시에 수술대에 올랐는데 오후 4시 반에 깨어났으니 전체 수술에 10시간 가까이 걸린 셈입니다. 제가 기억하는 첫마디는 성형외과 의사가 했던 "그분들이 제 예상보다 훨씬 큰 구멍을 남겼네요."라는 말이었습니다. 그게 무슨 말일까요? '그분들'은 누굴까요? 육종 전문의와, 두경부암 수술을 전문으로 하는 제 담당 외과 의사를 말하는 것이 분명했습니다. 앞에서 말씀드렸듯이 육종은 혈관을 따라 발생하기 때문에, 그들은 오른쪽 아래 눈꺼풀 가장자리부터 오른쪽 윗입술까지, 오른쪽 콧방울부터 귀까지 종양 주변의 비교적 넓은 부위를 무조건 제거하려고 했던 겁니다. 아주 깊게 절개했는데 말 그대로 뼈만 빼고 근육과 신경을 모두 제거해야 했습니다. 그리고 나서야 비로소 성형외과 의사들이 와서 어떻게 하면 저를 다시 꿰매어 고칠 수 있는지 확인했습니다. 이는 전문 분야 간 갈등의 전형적인 사례입니다. 암 전문 외과의사는 암에 초점을 맞추어 가능한 한 많이 잘라 내려고 했고, 이에 더 많은 조직을 발견하고 싶어 하는, 즉 '구멍'이 더 작기를 바라는 성형외과 전문의는 조금 압박감을 느꼈습니다.

성형 수술이라고 하면 리프팅이나 코 성형, 유방 확대를 연상하는 사람이 많습니다. 하지만 성형 수술은 그 이상으로, 믿기지 않을 정도로 더 큰 의미를 지닙니다. 성형 수술은 사람들에게 잃어버린 신체 기능을 되찾아 주고, 고통에서 벗어나게 해 주며, 자신을 남들에게 드러낼 수 있다는 느낌이 들게끔 격려해 줍니다. 저는 성형외과 의사들에게 큰 빚을 졌고 지금도 영원히 빚을 지고 있습니다. 양쪽 얼굴에 두 번의 암 수술을 받고도 자신감 있게 외출하고 사람들을 만날 수 있는 것도, 부끄러움 없이 주눅 들지 않고 환자들과 마주 앉거나 학생들을 가르칠 수 있는 것도 모두 성형외과 의사들 덕분입니다. 저는 첫 번째 암 수술 후 총 다섯 차례에 걸친 다양한 후속 수술을 통해 흉터를 교정하고 얼굴의 대칭을 되찾았습니다.

두 번째 암 수술 후에도 저는 추가 수술을 받아야 했습니다. 외모는 제 기분과 기능에 결정적인 영향을 미칠 뿐만 아니라 제 행동과 태도에도 영향을 미칩니다. 그리고 성형외과 의사들은 제가 다시 절반 정도는 정상으로 느끼고 행동할 수 있게 해 주었습니다.

수술 후 얼굴이 띵띵 부어 오르고 기진맥진해서 말도 몇 마디 할 수 없을 정도로 안면 근육을 제대로 제어할 수 없을 때 어떻게 자신의 바람과 필요를 전달할 수 있을까요? 의사로서의 경험을 통해 저는 환자들이 수술 후 병원에서 이러한 무력감으로 인해 얼마나 많은 고통을 겪는지 잘 알고 있습니다. 그래서 그게 수술 자체보다 훨씬 더 두려웠습니다. 제 친구 트리시는 환자들의 헌신적인 대변인입니다. 수술 후 가장 힘든 처음 48시간 동안 트리시는 간호사 및 의사들과 협력하여 제가 충분한 진통제를 받을 수 있도록 도와주었습니다. 과도한 검사와 방해를 막아서 제가 잠을 잘 수 있도록 해 줬습니다. 제가 음식을 미처 먹기도 전에 식사를 치우지 않도록 배려해 주었습니다. 제가 놓친 것이 있거나 하고 싶은 말이 있을 때 적을 수 있는 작은 화이트보드도 준비해 주었습니다. 제가 일어설 수 있게 되자 제 팔을 잡고 병동 복도를 조금 걷게 해 주었습니다. 트리시는 15년 전 같은 병원에서 수련을 받을 때 배운 대로 환자를 중심에 두고, 불만 사항을 듣고, 문제를 평가하고, 다음 날을 위한 신뢰할 수 있는 계획을 세우는 등 의료진에게 저의 회복 상황과 요구 사항, 불만 사항을 요약해 주었습니다.

트리시는 제 대변인이자 통역사이자 옹호자였습니다. 물론 트리시는 제 치료의 필요성을 인정하면서 제 이익을 대변해 주었습니다. 그건 수술 후 첫날 밤 병실로 옮겨졌을 때 이미 분명해졌습니다. 저는 집중 치료는 필요 없었지만, 여전히 케이블과 튜브 여러 개에 연결되어 있었습니다. 진통제는 이른바 환자 조절 진통제라고 불리는, 어느 정도 스스로 조절할 수 있는 주사로 맞았습니다. 제 맥박과 혈액의 산소 포화도를 확인하는 장치가 몸에 연결되어 있었고, 한쪽 팔엔 혈압을 측정하기 위해 커프*가 감겨 있었고, 코엔 산소를 공급하는 튜브가 끼워져 있었고, 배뇨관을 통해 소변을 배출하고 있었습니다. 처음엔 혼자서 숨 쉬는 것조차 어려웠지만, 어느새 제 혈중 산소 포화도가 다시 완전히 정상으로 돌아왔습니다. 하지만 기계는 여전히 수치를 측정하며 계속 삐삐거려서 도무지 잠을 잘 수가 없었습니다. 트리시는 산소 호흡기가 아무 소용 없고 제게 필요한 휴식을 빼앗고 있다며 산소 호흡기 전원을 꺼 달라고 요구했습니다. 산소 호흡기에 의학적 근거는 없었는 데다 그저 의사가 여섯 시간 전에 내린 지시를, 새로운 지시가 없으면 계속 고집스럽게 따르는 시스템이 유지되고 있었기 때문이었습니다. 저는 중환자실에 있지 않아서 밤에는 의사가 다녀가지 않았기 때문에 기계에서 계속 삐 소리가 났습니다.

트리시는 간호사를 설득해 의사에게 물어보라고 했습니다. 실제로 피곤한 기색이 역력한 외과 레지던트가 와서 트리시가 이미 확인한 대로 제 호흡이 완전히 정상이라는 것을 확인했습니다. 의사는 산소 튜브를 제거하고 계속되던 신호음을 꺼 버렸습니다. 저는 환자로서 가장 긴 하루를 보내느라 완전히 지쳐서 곧바로 깊은 잠에 빠졌습니다.

지금 생각해 보면 우리가 급성 입원 환자를 치료할 때 환자와 함께 최선의 조치를 생각해 내는 대신, 일방적으로 환자에 대한 조치

---

* Cuff. 혈압계에서 팔 윗부분에 감는 주머니 모양 벨트.

를 결정하는 경우가 얼마나 많은지 모릅니다. 제 병실에 제 이익을 대변해 줄 전문직 종사자가 있었다는 것은 정말 굉장한 일이었습니다. 새로 지은 병원은 대부분, 특히 산부인과 병동에는 보호자가 지낼 수 있는 병실이 제공됩니다. 하지만 당시에는 일반 병동에 이런 공간이 흔하지 않았습니다. 트리시가 있었기 때문에 간호 직원들이 저에게 더 많은 관심을 기울이고 제게 실제로 필요한 부분에 집중할 수 있었습니다. 현재는 미국의 일부 외래 치료 센터에 '환자 내비게이터'라고 부르는 간호사가 배치되어 환자가 시설에서 길을 찾도록 돕고 만성 질환 환자가 수행해야 하는 다양한 일을 관리합니다. 연구에 따르면 그것이 환자 만족도를 높일 뿐만 아니라 실제로 삶의 질 향상과 기타 치료 성공률에도 영향을 미치는 것으로 나타났습니다. 이는 무엇보다 암 환자를 대상으로 한 입원 치료에서도 검증되었으며 매우 좋은 결과를 얻었습니다.

제 경우에는 제가 병원에 혼자 있을 것을 걱정할 필요 없이 아내 헬레가 아이들을 계속 돌볼 수 있다는 것이 큰 장점으로 작용했습니다. 아이들은 당연히 제 수술에 대해 불안해하고 긴장했습니다. 하지만 친구들의 지원 덕분에 헬레는 중요한 시간을 제 곁에서 함께 보낼 수 있었습니다. 빠르게 변화하는 세상에서 언제든 의지할 수 있는 좋은 친구들이 있다는 사실이 매우 기쁩니다.

길고 힘든 수술이었지만 저는 단 사흘 만에 퇴원하여 집으로 돌아갈 수 있었습니다. 모든 장기가 정상적으로 작동하고 모든 기능이 정상이며 진통제가 잘 조절되었고 식사도 가능했기 때문입니다. 저는 수련 과정에서 환자가 먹고, 소변을 배출하고, 배변이 가능하면 집으로 퇴원해도 된다고 배웠습니다. 궁극적으로는 항상 기본적인 신체 기능이 가장 중요합니다.

집에 도착하자 조금 불안했습니다. 아이들이 병원에 와서 저를 본 적이 없어서 제 모습을 보고 어떻게 반응할지 궁금했습니다. 헬레가 차를 진입로에 주차하자 당시 다섯 살이었던 탈리아가 주저하지 않고 뛰어나와 저를 꼭 껴안았습니다. 아이가 저를 바라보며 이렇게 말했습니다. "아빠, 정말 이상해 보여요. 그래도 사랑해요." 그러고는 돌아서서 다시 놀려고 뛰어갔습니다.

저는 몇 주가 지난 후에야 제 얼굴이 진짜 말 그대로 얼마나 '이상하게' 보이는지, 얼마나 비대칭이 되었는지 직접 보기로 되어 있었습니다. 헬레는 친구의 권유에 따라 집 안의 모든 거울을 용의주도하게 덮어서 가려 놓았습니다. 어느 정도 시간이 지나 치유가 더 진전되면 제가 제 모습을 보더라도 더 잘 견딜 수 있을 거라는 희망을 품었기 때문입니다.

하지만 며칠 후 실수로 거울에서 천 하나가 떨어지는 바람에 제 얼굴을 보게 되었습니다. 오른쪽 상악 신경, 즉 오른쪽 위턱의 신경이 제거되어 얼굴 반쪽과 윗입술과 잇몸이 마비된 채 통증이 계속되고 있었습니다. 그래서 저 자신에 대한 감각이 전혀 없었습니다. 거울에서 커버가 떨어졌을 때, 저는 제 모습을 받아들일 마음의 준비가 되어 있지 못했습니다. 거울 속에서 낯선 사람이 저를 바라보는, 너무나 기괴하고 끔찍한 순간이었습니다. 제 모습이 너무나 낯설었습니다. 저를 쳐다보는 얼굴에 제 눈은 있었지만 그게 다였습니다. 다른 모든 것은 제가 아니었습니다. 얼굴의 절반은 여전히 띵띵 부어 있었고, 입은 45도 각도로 비뚤어져 저를 향해 웃고 있었습니다. 정말 기괴하고 충격적인 모습이라 완전히 불안해졌습니다.

우리는 모두 자기 얼굴을 알고 있습니다. 자기 얼굴을 좋아하지 않아 성형 수술로 자신이 바라는 모습으로 만들려는 사람도 있을 수 있습니다. 그렇다 해도 우리는 모두 자기 얼굴에 익숙해져 있고 자기 외모를 잘 알고 있습니다. 이렇게 당연한 것을 잃는다는 것은 마치 나 자신을 잃는 것과 같습니다.

저는 재빨리 고개를 돌렸지만, 공포는 깊숙이 자리 잡았습니다. 헬레가 즉시 거울을 덮고 있는 모든 커버를 확인하고 다시는 이런 일이 일어나지 않도록 단단히 고정했습니다. 제가 다시 용기를 내서 제 얼굴을 바라보기까지는 몇 주가 더 걸렸습니다.

판정

외과 의사들이 제 오른쪽 뺨의 종양을 수술하고 성형외과 의사들이 제 얼굴을 다시 짜맞춘 지 열흘 후, 저는 제 담당 종양 전문의와 후속 진료 예약을 잡았습니다. 여전히 통증이 있고 얼굴은 잔뜩 부어 있었지만 조금 더 제 모습을 찾은 것 같았습니다. 저는 상당히 낙관적이어서 경과가 상당히 만족스러웠습니다. 헬레와 함께 상담실에 들어섰을 때 종양 전문의뿐만 아니라 방사선 치료사, 성형외과 의사, 암 전문 외과 의사 두 명, 담당 주치의가 저를 기다리고 있었습니다. 그들 모두 한자리에 모여 있었습니다. 이렇게 많은 사람이 모일 줄은 몰랐기 때문에 무척 긴장되었습니다. '도대체 왜 이렇게 많은 사람이 모인 거지?' 뭔가 찜찜한 기분이 들었습니다. 종양 전문의는 제가 잘 회복되고 있는지, 통증이 얼마나 심한지, 식사를 할 수 있는지, 배변은 어떻게 되는지 등을 질문하기 시작했습니다. 뭔가 잘못되고 있었습니다. 대화가 이상하게도 모호하고 무의미

했지만 그 이유를 알 수 없었습니다.

종양 전문의가 마침내 본론에 도달했습니다. 그는 수술과 병리 검사 결과에 관해 이야기했습니다. 종양을 제거할 때 여러 가지 이유로 한 명 또는 여러 전문가가 조직을 병리학적으로 검사하는 것이 표준 관행입니다. 진단을 다시 확인하고 싶을 것이고, 무엇보다도 외과 의사가 실제로 종양 전체를 제거할 수 있었는지 확인하고 싶기 마련입니다. 이것은 모든 암 수술에서 절대적으로 중요하고 필수적인 사항입니다. 암은 극단적인 수술 후에도 어떤 식으로든 재발할 수 있습니다. 그 이유 중 하나는 수술 당시 종양 세포가 이미 혈액 속에서 자유롭게 순환하고 있었거나 림프샘과 같은 다른 조직에 자리를 잡고 있었기 때문일 수 있습니다. 따라서 수술 후 경우에 따라 체내에 남아 있는 암세포를 죽이기 위해 보조 화학 요법을 받는 환자가 많습니다.

암이 재발할 수 있는 훨씬 더 명백한 이유는 수술 중에 암을 완전히 제거할 수 없기 때문입니다. 암세포가 조직에 남아 있으면 환자가 국소 재발을 겪을 가능성이 매우 큽니다. 제 경우에 가장 큰 문제는 외과 의사가 종양 세포를 모두 확실히 제거하기 위해 제 얼굴을 특별히 넉넉하게 잘라 낼 수 없었다는 점이었습니다. 장이나 유방에 생긴 종양의 경우에는 일반적으로 충분한 공간이 있어서 조직을 광범위하게 절제할 수 있습니다. 하지만 제 종양은 눈, 코, 입술 바로 가까이에 있는 뺨에 자리 잡고 있었습니다. 훨씬 더 극단적인 처치는 불가능했을 것입니다. 저는 이 모든 사실을 오래전부터 알고 있었는데, 그때도 머릿속에 계속 떠올랐습니다. 병리학 보고서는 최종 판정으로, 오류가 없습니다. 그것이 미래를 결정합니다.

　종양 전문의는 상처의 더 깊은 가장자리에는 암이 없다는 것이 좋은 소식이라고 했습니다. 가장자리란 제거한 조직의 안쪽, 기저층, 근육 및 뼈와 접촉하는 부분을 말합니다. 외과 의사들은 광대뼈 쪽까지 가능한 한 깊게 잘라 냈고 거기엔 암이 남아 있지 않았다고 했습니다. 저는 다른 쪽 가장자리에 관해 물었습니다. 그는 다른 두 곳에도 암이 없다고 대답했습니다. 계산은 어렵지 않았습니다. 제거한 조직의 상처 가장자리라면 위, 아래, 왼쪽, 오른쪽, 안쪽의 다섯 군데인데 세 군데가 멀쩡하다면 두 군데만 남게 됩니다. "나머지 두 곳은요?" 제가 물었습니다. 제 목소리가 갈라져서 이상하게 낯설었고 목이 잠긴 것처럼 들렸습니다. 제 귀에는 그렇게 들렸습니다. 그에 대한 대답은 지난 석 달간의 화학 요법과 의사들이 상상할 수 있는 가장 극단적인 수술이 성공적이었는지 여부를 나타낼 것입니다. 암세포가 없는 깨끗한 가장자리는 성공을 의미하며 완치, 생명, 미래 전망과 관련이 있습니다. 양성 소견, 즉 암세포가 남아 있다는 것은 실패를 의미합니다. 재발. 죽음. 성공 또는 실패, 치료 또는 질병, 삶 또는 죽음. 답을 기다리는 동안 제가 생각할 수 있는 것은 그것뿐이었습니다. "한쪽에는 암세포가 상처 가장자리까지 거의 다가가 있습니다."라고 의사가 말했습니다. 이는 조직 샘플의 1밀리미터도 안 되는 공간에 암세포가 있었다는 뜻이고, 따라서 제 얼굴에도 암세포가 아직 남아 있을 수 있다는 뜻입니다. "상처의 다른 쪽 가장자리는 확실히 양성입니다."

제 종양 전문의는 이 특정 유형의 암에 대해 국제적으로 인정받는 전문가이자 최초로 진단을 내렸던 병리학자와 함께 조직 샘플을 직접 살펴봤다고 했습니다. 의심의 여지가 없는 판정이 내려진 것입니다. 저는 어지러웠습니다. 발밑의 땅이 갈라지는 듯한 느낌이 들었습니다. 하지만 그것이 다가 아니었습니다. 병리학자는 죽은 암세포를 거의 발견하지 못했다고 했습니다. 그건 수술 전 석 달 동안 메스꺼움, 발열, 발한, 통증, 식욕 부진, 기력 상실, 무감각, 호흡 곤란을 동반했던 화학 요법이 완전히 무용지물이었다는 뜻이었습니다. "양성." 머리가 핑 돌았습니다. 이 얼마나 어처구니없는 말인가요.

의학에서 '양성'이라는 말은 우리가 생각하는 것과 정반대 의미일 때가 많습니다. 양성 소견은 환자에겐 나쁜 결과입니다. 저에게는 나쁜 소견입니다. '양성'이라는 말은 끔찍하고, 나쁘고, 파괴적입니다. 저는 모든 의사가 한 가지 이유, 즉 우리가 목표를 달성하지 못했기 때문에 여기 모여 있다는 사실을 순식간에 깨달았습니다. 우리는 원래의 길에 대한 대안, 새로운 계획이 필요했습니다. 아마도 더 많은 치료가 필요할 것입니다.

당시에는 몰랐지만, 그 방에 있던 모두가 저만큼이나 충격을 받았다는 것을 나중에야 비로소 깨달았습니다. 이 의사들은 저를 위해 싸우고 있었고 제가 그들의 동료였지만, 그들은 무엇보다도 한 인간으로서의 저를 위해 싸우고 있었습니다. 그들처럼 저도 의사로서 제 환자들을 위해 싸웠고 지금도 싸우고 있습니다. 저는 그들이 건

강해지기를 바랍니다. 저는 그들의 삶과 미래, 그리고 그들의 가족을 걱정합니다. 그리고 이 의사들, 즉 저와 함께 거기 모였던 제 의사들도 저를 걱정했습니다. 그들은 긴장한 것 같았습니다. 설득력 있는 답이 아예 없는 것처럼 보였습니다. 지금까지는 우리에게 계획이 있었고, 그 계획이 효과가 있으리라는 믿음으로 거기에 충실했습니다. 그것이 지난 석 달 동안 모든 고통을 이겨 내고 불확실성과 두려움을 극복하는 데 도움이 되었습니다. 저는 검사, 항암 치료 일정, 수술을 모두 거쳤습니다. 이 모든 것을 망설임 없이 해냈습니다. 계획이 있는 한, 다음 단계가 항상 임박해 있었습니다. 즉 미래가 있었습니다. 계획이 없다는 것은 나쁜 일입니다. 하지만 실패한 계획은 훨씬 더 나쁩니다. 그건 환자와 의사 모두에게 치명적인 타격이 됩니다.

저는 경험을 통해 이를 잘 알고 있습니다. 제 환자들은 대부분 암이 이미 치료가 어려울 정도로 진행된 환자들입니다. 완치 희망이 없는 환자도 꽤 있고, 아주 많은 환자가 사망했습니다. 가장 어려운 순간은 치료가 효과가 없을 때, 약물이 원하는 효과를 내지 못할 때입니다. 암이 임상 치료에 더 이상 반응하지 않거나, 줄어들기는커녕 오히려 커지는 경우입니다. 최악의 상황은 다른 계획도, 새로운 시도도, 다른 치료 가능성도 더 이상 없을 때입니다. 환자가 "박사님, 더 이상 저를 위해 해 주실 수 있는 게 없다는 뜻이군요……"라고 말할 때 저는 실패자처럼 느껴집니다.

최근 몇 년 동안 암 치료에서 사람들의 임종을 더 쉽게 해 주기 위해 매우 많은 접근법을 개발해 온 것은 사실입니다. 우리는 환자들의 고통을 완화하고 불안을 줄여 줄 수 있습니다. 완화 의료와 호스피스 케어는 환자와 그 가족에게 도움이 되는 크고 의미 있는 발전을 이루었습니다. 이런 방식으로 삶의 마지막을 설계하는 일은 우리가 치료하는 의사로서 기본 업무로 일관되게 계속해 나가고 있습니다. 그 성과는 인상적이고 매우 가치 있습니다. 그렇지만 궁극적으로 우리가 원하는 것은 아닙니다. 그것은 삶의 종말입니다. 우리는 생명을 이어 가기 위해 싸웠습니다. 그리고 승리하지 못했습니다.

그게 지금 저의 경우에도 마찬가지일까요? 제 암은 불치병일까요? 저는 그것을 받아들일 준비가 전혀 되어 있지 않았습니다. 저는 젊었고, 자녀가 넷 있었으며 아이들과 아내, 연구, 경력 등 인생의 계획이 너무나 많았습니다! 저는 여기에, 삶에 계속 머물고 싶었고, 어떤 대가를 치르더라도 이겨서 제 삶을 지키고 싶었습니다.

빌레펠트에서 보스턴으로

그 순간에 제 삶이 영화처럼 눈앞을 스쳐 지나갔습니다. 의학의 길로 들어선 것, 즉 미국에 이민 와서 뛰어난 기관에서 암 연구자이자 전문의가 된 것, 이 모든 것은 결코 미리 구상했던 것이 아니었습니다. 저는 동(東)베스트팔렌의 빌레펠트 출신으로 학교에서는 오히려 노력파였고 음악에 전적으로 집중했습니다. 피아노를 많이 쳐서 피아노 솔리스트와 반주자도 했고, 트롬본 합주단과 청소년 오케스트라에서 트럼펫도 연주했으며, 합창단에서 노래도 불렀습니다. 저는 우리 집안에서 가장 먼저 고등학교를 졸업하고 대학에 진학했습니다. 아버지는 열네 살에 인쇄소에서 실습생 생활을 시작해서 나중에 장인이 되었습니다. 전쟁 직후 제 할아버지가 비교적 젊은 나이에 돌아가신 후 아버지가 가족을 부양해야 했습니다. 8남매 중 막내였던 어머니는 교구 성가대를 이끌며 오르간을 연주하셨습니다.

저는 고등학교를 졸업한 후 병역 대체 근무 기간에 빌레펠트 베텔에 있는 병원의 신경외과 병동에서 간호조무사로 2년 동안 일했습니다. 이 기간에 환자들과 대화하며 그들을 돕고 그들의 걱정을 조금이나마 덜어 주는 것이 얼마나 즐거운 일인지 알게 되었습니다. 이러한 경험이 의사가 되는 계기가 되었습니다. 원래는 물리학, 특히 이론 물리학을 공부하려고 했습니다. 수학, 숫자, 방정식 등 예측 가능하고 변하지 않는 것에 매료되었기 때문입니다. 그건 사람을 대하는 일과는 정반대였습니다. 하지만 뇌나 척추 수술 후 회복 중인 환자들에게 이렇게 긍정적으로 다가가는 법을 발견하고는 저 자신도 놀랐습니다. 또한 통증 관리와 완화 치료를 난생처음 접하게 되었는데, 이는 나중에 암 전문 의사로서 일하는 데 필수적인 개념이 되었습니다.

궁극적으로 인간 중심적인 측면이 저를 의학으로 이끌었습니다. 그래서 나중에 비텐/헤르데케(Witten/Herdecke)대학교에 들어갔는데, 이 대학은 당시만 해도 아직 신생 기관으로, 실습 중심의 의학 교육이라는 새로운 개념을 연구하고 있었습니다. 제가 대학교 6학년일 때도 모든 게 미완성인 초기 단계였지만 인상적이었습니다. 저는 통증 의학과 완화 의학을 더 많이 배우고자 인턴십을 마쳤고, 남아프리카공화국 케이프타운대학교에서 몇 학기를 보냈습니다. 1990년대 초에는 넬슨 만델라가 막 출소하여 대통령이 되는 길을 걷던 시기였습니다. 분위기는 개방적이고 낙관적이었습니다. 하지만 저는 가난과 폭력, 에이즈로 인한 참담한 결과도 경험했습니다. 이곳에서 저는 환자 및 환자의 질병과 고통에 전적으로 집중하는 법을 배웠습니다. 그리고 문제를 극복할 수 없을 것 같을 때에도 포기하지 않는 법을 배웠습니다.

　나중에 임상에서 환자 중심의 실습을 하게 되었는데도 저는 숫자와 과학적인 작업 전반에 계속 매료되었습니다. 이러한 관심은 대학에서 공부하는 동안 약학 강좌들을 통해 충족할 수 있었습니다. 저는 약물이 신진대사를 통해 어떻게 처리되는지, 어떻게 작용하는지, 어떻게 체내에서 배출되는지 반드시 알아보고 싶었습니다. 이러한 열정이 결국 저를 보스턴으로 이끌었고, 그곳에서 브리검&여성병원 연구 팀에서 일할 기회를 얻게 되었습니다. 이곳은 하버드의대 수련 병원 중 하나입니다. 이 연구 팀은 주로 약물과 체내 노폐물을 대사하는 간 기능에 관해 연구했습니다. 저의 계획은 1년 동안 머물면서 특정 절차에 익숙해진 다음 독일로 돌아가는 것이었습니다. 하지만 상황이 달라졌습니다. 저는 연구 체류 기간을 1년 더 연장했습니다. 새로운 도시와 다른 문화를 경험하는 것도 마음에 들었지만 연구실에서 하는 흥미로운 작업과 미국과 독일의 의료 시스템의 차이에 훨씬 더 매료되었습니다.

　저는 독일로 돌아와서 학업을 마치고 소꿉친구인 헬레와 결혼했습니다. 그 후 얼마 지나지 않아 헬레와 함께 보스턴으로 이사했습니다. 저는 연구 활동에 집중하는 동시에 전문의 수련을 시작하고 싶었습니다. 독일에서 미술사 박사 학위를 취득한 헬레는 방향을 바꿔 법학을 공부하기 시작했습니다. 처음에는 가족들이 지식을 넓히고 교육 기회를 얻기 위해 한시적으로 체류하려던 것이 시간이 지나면서 완전히 다른 의미로 바뀌었습니다. 우리는 아마 미국에서 평생을 보내게 될 것입니다.

저는 보스턴에서 처음에는 내과 전문의, 그다음에는 종양 전문의와 위장병 전문의로서 학문과 임상 수련을 모두 마쳤습니다. 일반 내과 수련 중 인상적인 경험을 통해 종양학에 입문하게 되었습니다. 그 경험이 공교롭게 골수 이식 병동에서 시작되었기 때문입니다. 급성 백혈병 환자들은 엄격하게 격리되어 있었기 때문에 그곳의 분위기는 이상하고 약간 초현실적이었습니다. 어느 날 저녁 저는 젊은 교사이자 세 딸의 엄마였던 수전의 침대 옆에 앉아 있었습니다. 우리는 수전의 가족, 죽음에 대한 두려움, 치료에 대한 두려움, 어떻게든 살아남겠다는 결심에 관해 이야기했습니다. 그날 밤에 저는 그게 바로 제가 원하는 일임을 깨달았습니다. 생존의 위협에 처한 환자들을 돕고 그들이 싸움에서 이길 수 있도록 돕는 것입니다. 요즘도 저는 종종 제 경력의 나머지 부분을 결정지었던 이날의 결정적인 야간 근무, 즉 고통에 빠진 환자 수전과의 만남을 떠올리곤 합니다.

미지의 영역

지금 여기, 현재 저는 저 자신과의 싸움에서 이겨야 했습니다. 이제 저는 종양 전문의, 외과 의사, 방사선 치료사 등 온갖 전문 지식을 가진 사람들이 집결해 있는 앞에 서 있었습니다. 저는 방금 우리가 성공하지 못했다는 소식, 동료들의 노력과 화학 요법과 수술로 인한 저의 고통이 허사가 되었다는 소식을 직접 들었습니다. "이제 우린 어떻게 해야 하나요? 그게 무슨 뜻입니까?" 의사들에게 물었습니다. 저와 같은 케이스에 대한 마스터플랜도 없었고, 검증된 전통적인 치료 방안도 없었습니다. 몇 가지 가능성이 있긴 하지만 모두 심각한 부작용을 동반했고, 성공을 보장할 수 있는 치료법은 없었습니다. 의사들이 제시한 제안은 각자의 분야에서 겪은 개별적인 경험을 바탕으로 한 것이었습니다.

한 가지 선택지는 수술을 한 번 더 시행하여 이전 수술 부위보다 약 0.5센티미터의 조직을 더 제거하는 것이었습니다. 그러려면 외과 의사들이 눈꺼풀에 아주 가까이 접근해야 합니다. 그런데 얼마나 접근해야 할까요? 눈꺼풀을 손상하거나 심지어 파괴하면 중장기적으로 심각한 결과를 초래할 수 있습니다. 눈물샘이 손상되면 건조해져서 실명에 이르거나 심지어 눈을 잃게 될 수도 있습니다.

수술을 한 번 더 하게 되면, 성형외과 의사들이 지금까지 이루어 놓은 좋은 결과를 망쳐 버릴 수도 있습니다. 더 나아가 얼굴을 재건하는 전략을 완전히 바꿔야 합니다. 피부를 당기는 대신 이식을 하게 될 겁니다. 가령 등 같은 신체 부위에서 피부를 떼어 내 얼굴에 다시 붙이는 방식입니다. 그러면 상처 치유 과정이 지체되거나 감염이 발생할 위험이 적지 않았습니다. 더 많은 고통, 더 많은 문제가 발생할 겁니다. 아마도 제 얼굴이 심각한 미적 손상을 입게 될 것이고, 기능에도 문제가 생길 것입니다. 불과 30분 전까지만 해도 저는 모든 것이 끝났고 고통은 지나갔으며 미래가 앞에 놓여 있다고 생각했는데 말입니다.

그런데 가능한 대안이 논의되기도 전에 저의 즉흥적인 반응은 "그래요, 해 봅시다."였습니다. 저는 제 환자들에게서도 이런 반응을 자주 목격했습니다. "박사님, 저는 건강만 회복된다면 무엇이든 할 준비가 되어 있습니다. 목표에 도달할 수만 있다면 무엇이든 견딜 수 있어요." 암 환자들은 어떤 대가를 치르더라도 살아남길 원합니다. 심지어 잠재적으로 치명적인 부작용이 있다 하더라도 감수해요. 그러나 궁극적으로 결과는 불확실합니다. 어떤 치료법이 다른 치료법보다 더 고통스럽다는 사실과 성공 가능성은 전혀 상관이 없습니다.

마침내 논의한 한 가지 대안은 방사선 치료였습니다. 외과 의사들이 제 얼굴을 더 잘라 내는 이유와 방법을 설명한 후, 방사선 종양학자인 필립 데블린(Phillip Devlin)이 말했습니다. "혈관 육종은 치료가 엄청나게 어렵다는 건 경험을 통해 잘 알고 있어요. 하지만 몸에 남아 있는 암세포는 제가 처리할 수 있어요. 당신은 완치될 수 있습니다."

이 점은 고백할 수밖에 없겠습니다. 사실 그가 정확히 이렇게 말한 건 아니었습니다. 그는 대다수 종양학자가 꺼리는 '완치'라는 단어를 사용하지 않았습니다. 그는 "우리는 영구적인 국소 통제를 달성할 수 있습니다."라고 말했습니다. 암의 재발을 더 오랜 기간 막을 수 있다는 뜻이었습니다. 그런데 저에겐 그 말이 '완치'처럼 들렸습니다.

방사선 치료는 방사선이 빠르게 분열하는 암세포의 DNA를 손상시켜 암세포가 죽거나 성장을 멈추게 한다는 사실에 근거합니다. 암세포는 세포 분열이 활발하기 때문에 분열이 활발하지 않은 정상 세포보다 훨씬 더 민감하고 죽이기 쉽습니다. 필립은 제 오른쪽 얼굴 피부에 베타 광선이라고 불리는 광선을 조사할 계획이었습니다. 이는 혹시나 아직 존재할지도 모르는 암세포를 모두 파괴할 수 있는 고에너지 광선입니다. 이 광선은 조직에서 속도가 빠르게 줄어들기 때문에 주로 피부에 직접 조사합니다.

흥미롭게도 제가 독일 의대에서 수업을 들었던 교수님 중 한 분이 현대 방사선 치료의 창시자 중 한 분이셨기 때문에 저는 이 이론에 매우 익숙했습니다. 의사가 되기로 결심하기 전에는 물리학자가 되는 것을 고려했었기 때문에 물리적 과정에도 매료되었습니다. 그럼에도 불구하고 당시에는 단순히 결과가 더 극단적으로 보였기 때문에 수술이 더 좋아 보였습니다. 제 환자들처럼 저도 눈에 보이지 않는 광선보다 결과를 더 잘 볼 수 있다는 이유만으로 외과 의사의 칼이 더 효과적이라고 생각했던 것일까요? 그것은 전문가에겐 정말 이상한 생각임을 깨달았습니다.

동료들이 각자 방안을 제시했을 때, 제 암의 희귀성 때문에 어떤 치료법이 가장 좋을지 아무도 확실하게 말할 수 없는 과학적, 의학적 미지의 영역에서 제 치료가 이루어질 거라는 게 분명해졌습니다. 유방암, 전립선암, 대장암과 같이 빈번하게 발생하는 암의 경우에는 전문가 위원회가 개발한 치료 알고리즘을 통해 모든 단계와 특수성을 인식하고 그에 따라 조처를 할 수 있습니다. 심각한 결정도 보다 과학적인 근거에 따라 내릴 수 있고 이해하기도 더 쉽다는 뜻이지요. 의사와 환자 모두 수백만 건은 아니더라도 수십만 건의 치료를 통해 축적된 풍부한 경험의 보고를 활용할 수 있습니다. 또한 지역이나 대학 병원과의 근접성과 관계없이 다양한 센터와 진료소의 치료를 표준화하고 비교할 수도 있습니다.

하지만 표준도 없고 관련 경험도 없다면 어떻게 될까요? 수많은 연구와 방대한 데이터를 보유하고 있음에도 불구하고 이러한 상황에 부닥치는 경우가 종종 있습니다. 궁극적으로는 환자 개개인의 신체 상태, 생활 습관, 치료에 대한 반응을, 단지 사소한 차이일지라도 개별적으로 살펴봐야 합니다. 종양 전문의는 환자의 신뢰를 잃지 않으면서도 소신을 표명하고 불확실성을 솔직하게 인정해야 합니다. 어려운 일이지요. 제가 자주 받는 질문 중 하나는 "만약 당신의 어머니나 아내나 자녀라면 어떻게 치료하시겠습니까?"입니다. 환자를 가족처럼 돌보는 것은 제가 수련 기간에 배운 것의 핵심이자 제가 매일 계속하고 싶은 일입니다.

제 의사들은 저를 직장 동료가 아니라 친구나 가족처럼 대했습니다. 그런데도 그날 저녁 모임에선 아무런 치료 계획도 세우지 못하고 아주 갑자기 회의가 끝났습니다. 그때는 5월 말이었고, 동료들은 대부분 매년 봄마다 그랬던 것처럼 2013년 미국종양학회의 최대 암 콘퍼런스가 열리는 시카고로 가기 위해 곧장 공항으로 향해야 했기 때문입니다. 제 의사들은 무엇보다 저의 케이스에 관해 거기에서 다른 전문가들과 상담하여 여러 전공 분야를 포괄하는 국제적인 전문 지식을 우리가 추가로 이용할 수 있도록 하려는 계획이었습니다. 좋은 기회였지만, 구체적인 치료 계획이 나오지 않은 상태라서 저는 화가 치밀었습니다. 게다가 헬레는 막내를 축구 연습에 데려다주기 위해 바로 떠나야 했습니다. 이 회의가 두 시간도 넘게 걸릴 것이라고는 아무도 예상하지 못했습니다.

그렇게 갑자기 저는 전적으로 혼자 남겨졌습니다. 양성 판정이 난 상처와 함께 혼자, 두려움을 느끼며 혼자. 헬레가 돌아오기를 기다리는 동안 저는 20년 동안 공부하고 일해서 수많은 사람을 알고 있는 하버드의대의 진료소를 지나 롱우드메디컬센터를 돌아다녔습니다. 센터 건물 하나하나가 제게 익숙했습니다. 저는 이곳에서 수많은 야근을 하며 환자들과 대화하고 연구 실험을 계획했습니다. 도서관에선 시험공부를 하고 강의실에선 강연과 강의를 하기도 했습니다. 이곳이 제가 속한 곳이자 제가 날마다 직장 생활을 하는 곳입니다. 하지만 이제 모든 것이 달라져 있었습니다. 저는 갑자기 더이상 이 공동체의 일원이 아니었습니다. 5월의 포근한 늦은 저녁이었지만 저는 으스스했습니다. 수술 부위가 양성이었고, 치료는 실패한 것 같았으며, 저 역시 마찬가지였습니다. 이 병원의 의사로서 저에겐 미래가 없었고, 제 인생에도 미래가 전혀 없었습니다.

다른 상황과 마찬가지로 감정적 격변은 판단력에도 영향을 미쳐서 모든 것을 가장 불길하고 암담한 검은색으로 보이게 만들었습니다. 세상으로부터 버림받은 기분이 들었습니다. 실제로는 전혀 그렇지 않았어요. 의사들은 저를 위한 최선의 치료법을 찾기 위해 고심하며 다른 동료들과 상의하고 있었습니다. 헬레는 탈리아를 연습장에 내려주고 이미 저를 데리러 오는 중이었습니다. 모든 것이 더할 나위 없이 좋았습니다. 저는 감사하고 희망에 차 기뻐해야 했습니다. 하지만 그날 저녁에는 그럴 수 없었습니다. 도저히 자신감을 가질 수가 없었습니다. 계획도 없었고, 앞으로 나아갈 길도 보이지 않았으며, 미래가 없어 보였습니다. 제 인생에서 가장 외롭고 비참한 시간이었습니다.

우리 의사들이 실제로 환자의 외로움, 두려움과 절망에 관해 얼마나 잘 알고 있을까요? 저는 항상 스스로를 공감하는 의사, 즉 저에게 치료를 맡긴 사람들의 걱정과 필요를 알아주며 응답하는 의사라고 생각해 왔습니다. 병원에서 근무하지 않을 때도 항상 환자를 위해 존재하려고 노력합니다. 제 호출기는 항상 대기 중이고 많은 환자가 제 휴대 전화 번호를 알고 있습니다. 하지만 투병을 하는 최근에는 그때만큼 환자들이 얼마나 외롭고, 버림받은 느낌이 들고, 낙담하고 있는지 알 수가 없습니다. 우리가 인지하고 있는 환자들의 감정은 빙산의 일각에 불과합니다. 우리는 그들의 암울한 감정에 관해 전혀 알지 못하는 경우가 많아요. 그들이 마음속 동요를 가슴에 묻어 두고 있다는 것을 이제는 저도 제 경험에 비추어 잘 헤아릴 수 있습니다.

저는 제 두려움, 걱정, 필요로 의사들에게 부담을 주고 싶지 않았습니다. 반드시 그들을 배려해서 그런 것은 아닙니다. 아니, 단순히 이기심 때문이었습니다. 그들이 제 암을 치료하고 생명을 유지하는 가장 중요한 목표에 집중하는 데 그 어떤 것도 방해가 되는 걸 원하지 않았던 겁니다.

버림받았다는 느낌은 어떤 사람에겐 엄습하고 어떤 사람에겐 해를 끼치지 않는 심리적 약점이 아닙니다. 이 느낌은 질병의 일부입니다. 그러니 그에 맞서 싸우는 것이 중요합니다. 환자로서 저는 저를 도와주고 제 말을 귀 기울여 들어 줄 사람이 있다는 것을 확신해야 합니다. 그래야만 계속 견뎌 나갈 에너지를 충분히 얻을 수 있습니다. 하지만 그건 참 어렵고 혼자서는 해낼 수 없습니다.

외로운 느낌에 압도당했을 때도 그렇습니다. 사실 그 느낌은 속은 거였습니다. 전 절대 혼자가 아니었습니다. 주변 사람들이 열심히 노력하고 있었기 때문에 계속 나아갈 수 있었던 겁니다. 하지만 제 질병이 종종 그렇듯, 가이드라인이나 연구 보고서에 명시된 명확한 결정은 없었습니다. 저는 제 담당 의사들이 학회에서의 토론을 통해 가져올 통찰력을 기다렸습니다. 바로 이런 이유로 저는 제 상황에 관해 다시 한번 공개적으로 직접 이야기하고 가능한 한 많은 사람과 함께 이야기하는 것이 최선이라고 여겼습니다.

저는 "조직이 양성이고 추가 치료가 필요하지만 어떤 것이 최선인지는 모르겠어."라고 동료들과 친구들에게 설명하며 토론을 시작했습니다. 마음을 터놓으니 기분이 좋았습니다. 제 불행을 공유하고 애정과 조언을 받을 수 있어서 기분이 좋았습니다. 어쩌면 '좋다'는 표현은 너무 긍정적인 표현일지도 모르겠습니다. 물론 상대방에게 항상 쉬운 일은 아니었지만, 저는 다른 선택의 여지가 없다고 확신했습니다.

수술 후 병리학적 소견에 관해 이야기하자 한 친구는 즉시 눈물을 터뜨렸습니다. 하지만 저는 눈물을 한 번도 흘리지 않았고 앞으로도 흘리지 않을 겁니다. 그러나 아마도 친구가 받은 충격은 연구 결과에서 보고된 4%의 생존 가능성을 확인하는 것처럼 보이는 소견에 대한 유일하게 적절한 반응이었을 것입니다. 하지만 저는 다르게 보았습니다. 언제나 수학과 숫자, 방정식에 매료되어 있던 저지만 그 숫자와 통계는 제쳐 두고 친구들과 동료들의 역량에 집중했습니다. 그들과 수많은 대화를 나누었고, 어떤 방침에 찬성하거나 반대하는 모든 논거에 관해 몇 번이고 의견을 주고받았습니다. 제가 바랐던 바가 마침내 정확히 실현되었습니다. 어떤 선택지가 있는지 명확히 알게 되었습니다. 이미 언급했듯, 방사선 치료와 함께 추가 수술을 받거나 방사선 치료만 받는 것, 정확히 두 가지 선택지가 있었습니다. 터놓고 솔직히 말하자 마음이 무척 편해졌습니다. 믿음직한 친구들로부터 조언과 아이디어를 얻은 것이 큰 도움이 되었습니다. 다양한 시나리오를 검토하면서 자신감이 생겼습니다. 결국 우리는 추가 수술을 하지 않고 방사선 치료를 하기로 함께 결정했습니다. 수술 상처가 반쯤 아물자마자 가능한 한 빨리 치료를 시작하기로 했습니다. 그게 치료의 끝이기를 바랐습니다.

제가 왜 다른 옵션이 아닌 이 옵션을 선택했을까요? 과학적으로 근거를 댈 수 없었기 때문입니다. 제 질병에 관한 데이터가 거의 없어서 어느 한쪽이 유리하다고 단언할 수 없었기 때문입니다. 그래도 제 입장에서는 당연한 결정이었습니다. 지난번 수술로 너무 지쳐서 더는 견딜 수 없었습니다. 처음 진단을 받았을 때는 망설임도 두려움도 의심도 없이 단 몇 초 만에 치료 계획을 따르기로 결정했었습니다. 수술 후 회의를 했을 때도 처음에는 수술을 거듭하는 것에 대해서만 생각할 수 있었습니다.

그러나 마음 깊은 곳에서 저는 이미 겪은 모든 것에 지쳐 있었습니다. 마취에서 깨어나 다시 고통을 느끼게 될 순간이 두려웠습니다. 훨씬 더 심하게 손상되고 일그러진 얼굴로 훨씬 더 많은 기능이 제한된 삶을 살아가는 것은 상상할 수도 없었고 상상하고 싶지도 않았습니다. 하지만 제가 방사선 치료를 선택한 것이 '더 쉬운' 길을 선택한 건 아니었다는 사실은 나중에야 비로소 밝혀졌습니다.

지금은 치료에 지친 환자들을 훨씬 더 잘 이해할 수 있습니다. 그들은 포기하는 것도 아니고, 겁쟁이도 아니며, 치료를 피하려는 것도 아닙니다. 단지 에너지나 의지가 없을 뿐입니다. 종양학자로서 우리는 특히 이미 상당히 진행된 암이나 난치성 암 환자의 경우 이러한 피로를 인식하고 종종 받아들이기도 해야 합니다. 우리가 치료법을 제시하거나 임상 시험을 권유할 수는 있겠지만, 낙관적으로 생각하더라도 호전이나 완치가 될 전망이 극히 희박할 때는 이 점을 염두에 두어야 합니다. 우리 의사들은 항상 다른 치료법을 더 찾고 있으며, 치료법을 발견하면 종종 이를 제시합니다. 하지만 환자들이 종종 말없이, 더는 버틸 수 없다는 신호를 보내는 것을 간과할 때가 있는 것 같아요.

저도 결국 치료에 지쳐서 치료법을 결정했습니다. 돌이켜 보면 제 치료 팀은 이에 대한 합리적인 근거를 제시해 주었습니다. 한 명 한 명 다 안아 주고 싶을 정도로 그들에게 감사한 마음입니다.

불로 암에 대항하기

많은 유형의 암을 방사선 요법으로 치료합니다. 이 요법은 심지어 화학 요법보다 훨씬 더 오래전부터 사용되어 왔습니다. 빌헬름 콘라트 뢴트겐(Wilhelm Conrad Röntgen)은 1895년에 자신의 이름으로 불리게 되는 방사선인 엑스선을 발견했고, 1년 후 앙리 베크렐(Henri Becquerel), 마리 퀴리(Marie Curie)와 피에르 퀴리(Pierre Curie)는 방사능의 잠재력을 인식했습니다. 방사선 치료법은 처음 시작된 이래계속 개선되어 왔습니다. 오늘날에는 선량을 좀 더 신중하게 조절하고 있으며, 영상 기술을 통해 목표물에 더욱 정확하게 조사할 수 있습니다. 물론 방사선 치료가 어떤 효과를 가져올 수 있는지는 제 환자들에게서 많이 보았기 때문에 잘 알고 있습니다. 제 분야에서는 식도암이나 직장암과 같이 종양을 축소하여 수술 가능성을 높이기위해 수술 전에 방사선 치료를 하는 경우가 많습니다. 처음에는 수술이 불가능하다고 여겨지던 췌장암 환자도 방사선 치료를 통해 종양을 축소하여 수술할 수 있게끔 합니다. 방사선 치료는 일상적으로 이루어지는데 이따금 뼈나 척수, 뇌로 전이된 경우 부득이하게 하기도 합니다. 저는 방사선과 동료들과 종종 마주 앉아 환자 치료에 관해 논의하곤 했습니다. 방사선 치료의 문제점은 암세포뿐만 아니라 건강한 세포도 많이 죽일 수 있다는 것입니다. 저는 그 장단점에 관해 잘 알고 있었습니다. 하지만 방사선 치료를 직접 받기 시작하고 나서야 방사선 치료의 의미와 그 힘을 실감했습니다.

건강한 조직과 암 조직은 방사선 치료에 대한 민감도에 차이가 있긴 하나 세포는 건강하든 질병에 걸렸든 상관없이 궁극적으로 방사선에 의해 죽게 됩니다. 의료진의 목표는 암을 죽일 수 있을 만큼 충분히 높으면서도 주변 조직의 손상은 최소화할 수 있을 만큼 낮은 방사선량을 엄밀하게 산출하는 것입니다. 방사선의 종류에 따라 조직에 침투하는 정도가 달라집니다. 뢴트겐, 베크렐, 퀴리 부부의 발견 이후 많은 발전이 있었지만, 방사선 치료도 수술 및 화학 요법과 마찬가지로 진정한 치료 기회와 희망을 얻으려면 매우 심각하고 종종 극심한 부작용을 감내해야 합니다. 제 생각에 방사선 치료사는 지극히 힘든 일을 하고 있는 것 같습니다. 그들 눈앞에는 어느 정도 괜찮다고 느끼는 환자가 있기 때문입니다. 따라서 그들은 종종 높은 선량을 설정하지만, 그것은 극심한 통증과 장기간의 불편함을 유발합니다. 환자에게 해를 끼치지 않을 것, 이것이 바로 우리 의사들이 히포크라테스 선서를 할 때 약속하는 것입니다. 그러나 암을 방사선으로 치료한다는 것은 대개 암을 제거하기 위해 환자가 견딜 수 있는 만큼의 손상을 입힌다는 것을 의미합니다.

제 경우에는 손상이 상당하리라는 것이 이미 예견된 상태였습니다. 제 담당 방사선 종양학자는 예상되는 부작용 규모를 저에게 확실하게 설명하기 위해 다소 충격적인 이미지를 선택했습니다. "저는 당신을 벼랑 끝으로 데려갈 겁니다. 그런 다음 당신의 발목을 잡고 심연 위에 매달리게 할 거예요. 그런 다음…… 다시 안전한 곳으로 데려다줄 겁니다. 그러니 저를 믿는 것 외에 다른 방법은 없습니다."

기본적으로 그 의사는 방사선 치료의 본질뿐만 아니라 제 전체 치료의 본질을 요약해서 말해 주었습니다. 우리는, 즉 의사들과 저는 잔인한 길을 택했습니다. 그 길은 실제로 저를 육체적으로나 정신적으로 벼랑 끝으로 이끌었고 저는 심연을 들여다보았습니다. 저를 누군가가 붙잡고 있었는지, 아니면 이미 자유 낙하를 하고 있었는지 확신할 수 없는 길고 고통스러운 순간들이 있었습니다. 제가 직접 경험하기 전까지는 제 환자들이 공격적인 치료를 받을 때 어떻게 느끼는지 짐작만 할 수 있었을 뿐 실제로 파악할 수는 없었습니다. 그때까지만 해도 그 부담감의 크기가 심지어 순교라고 말할 정도인지 깨닫지 못했습니다. 그런데 이제 제가 그 심연을 직접 들여다보며 그 위에 매달려 있었습니다.

방사선 치료는 여러모로 전체 치료 과정에서 고통의 정점이었습니다. 항암 치료를 받는 동안 저는 식욕, 손가락과 발가락의 촉각 및 폐 기능 일부를 잃었습니다. 수술로는 얼굴을 잃었습니다. 적어도 처음에는 그렇게 보였습니다. 수술은 제 외모와 표정을 바꾸고 감각을 제한했습니다. 그런데 방사선 치료는 제 얼굴과 입과 두피를 태 웠습니다. 밤에는 깨어 있지만 동시에 마비된 것같이 식탁에 앉아 있었는데, 한순간도 잠을 잘 수 없었고 통증과 피로가 너무 극심했 습니다. 눈물이 얼굴로 흘러내리면서 화상 입은 피부에서 흘러나오 는 피와 섞였습니다. 저는 종종 제가 끝났다고, 포기해야 한다고 생 각했습니다. 하지만 결국 포기하고 물러난 것은 제가 아니라 암이었 습니다. 저는 살아남았습니다. 가족의 일원으로 살아남았습니다. 치 료 기간은 화학 요법을 시행할 때 가장 길었고 부작용이 계속 심해 지면서 암 환자라는 것이 무엇을 의미하는지 배웠습니다. 반대로 수 술은 빠르고 고통스러웠습니다. 하지만 방사선 치료는 최악이었고 극도로 고통스러웠으며 그 영향도 극심했습니다. 다행히 그건 저를 다시 건강하게 만들어 줄 마지막 치료 단계였기 때문에, 그렇게 다 시 희망을 품을 수 있었습니다.

방사선 치료를 할 때는 가능한 한 정확한 선량을 조사해야 하 며, 이는 전체 치료 부위에 걸쳐 균일하게 유지되어야 합니다. 이러 한 조건은 이해하기는 쉽습니다. 하지만 실제로 이를 실현하는 것은 매우 어렵습니다. 방사선 전문의가 저를 위해 계획했던 베타 방사선 은 방사성 금속인 코발트를 소스로 생성되는 것이었습니다.

대다수 암 유형에서 방사선 치료는 며칠 또는 몇 주에 걸쳐 시 행됩니다. 이를 '분할 치료'라고 하며, 총방사선량을 더 작은 단위로 나눕니다. 모든 암세포가 동시에 분열하는 것은 아닙니다. 며칠 또 는 몇 주에 걸쳐 방사선 치료를 분산하면 모든 암세포를 세포 주기

중 취약한 단계에서 차례로 잡을 확률이 높아집니다. 그 외에도 만약 전체 선량을 한 번에 투여하면 주변 조직이 견디지 못할 수 있습니다.

방사선 치료의 효과는 처음에는 거의 눈에 띄지 않지만 점차 증가합니다. 첫 번째 치료를 받는 동안 저는 5주에 걸쳐 17회로 분할하여 치료를 받았습니다. 이렇게 분할함으로써 공휴일과 제 전반적인 상태를 고려할 수 있었습니다. 각 방사선 치료 세션은 본래 40분 동안 진행되지만, 전체 절차는 1시간 30분 이상 걸릴 때가 많았습니다. 제 방사선 치료사인 필립 데블린은 원래 종양이 있던 부위를 중심으로 한 번에 7센티미터씩 방사선 구역을 계산했습니다. 이 구역은 제 얼굴의 오른쪽 전체, 제 왼쪽 얼굴의 안쪽, 이마, 오른쪽 관자놀이, 그리고 위험한 부분인 오른쪽 위아래 눈꺼풀을 아우르는 부위였습니다. 방사선 치료 팀은 제 얼굴에 맞추어 정밀한 마스크를 제작했습니다. 여러 플라스틱 튜브가 방사선 치료기에서 마스크로 연결되어 있었습니다. 방사성 선원이 이 튜브에 배치되어 정확하게 정해진 시간 동안 한곳에 머물다가 다음 위치로 이동합니다. 방사선 종양학자가 설명했듯, 우리가 일정한 선량을 계산할 수 있었던 것은 "최근 〈스타워즈〉 영화의 영상에 사용되었던 소프트웨어와 하드웨어" 덕분이었습니다. 정말 고무적이었습니다! 그게 할리우드에 도움이 되었다면 저에게도 분명 도움이 될 거라는 생각이 들었습니다.

그래서 저는 매번 치료 테이블에 누울 때마다 마스크를 착용하고 끈으로 팽팽하게 얼굴에 고정하여 날마다 같은 자세로 있으면서 광선이 항상 정확히 같은 지점에 닿도록 했습니다. 오른쪽 눈을 보호하면서도 눈꺼풀은 광선에 닿을 수 있도록 납으로 만든 보호막을 눈꺼풀 속으로 밀어 넣어 각막 바로 위에 배치했습니다. 왼쪽 눈에도 마찬가지로 이러한 보호막을 장착했지만, 왼쪽은 눈꺼풀 위에 위치하여 작업이 한결 쉬웠습니다.

오른쪽 눈과 눈꺼풀 사이에 보호막을 배치하는 것은 정말 끔찍했고 그야말로 고문과도 같았습니다. 말하자면 위아래 눈꺼풀이 납 보호막 위로 닫혀야 했기 때문입니다. 이 모든 것을 조금 더 쉽게 하려고 마취제를 눈에 몇 방울 떨어뜨렸습니다. 그러나 그게 상당히 따끔거린다는 단점이 있었습니다. 부작용 없이는 효과도 없습니다. 저는 조금이라도 통제력을 되찾기 위해 직접 투여할 수 있는지 물었습니다. 특히 첫 주부터 타는 듯이 따가웠던 기억이 납니다. 그 당시만 해도 저는 그것이 방사선 치료의 가장 나쁜 점이라고 생각했습니다.

환자는 방사선을 조사받는 동안엔 어쩔 수 없이 혼자 있어야 합니다. 팀원들은 몇 걸음 밖에, 납으로 된 벽과 창문 뒤에 서 있습니다. 방 안에는 감시 카메라가 설치되어 있고 무슨 일이 생기면 간호사가 즉시 들어올 수 있습니다. 물론 저도 그걸 알고는 있었습니다. 그러나 치료실 안에는 저 혼자 누워 있었습니다. 저 말고는 아무도 없었습니다. 저와 기기뿐이었습니다. 테이블에 묶인 채 눈을 감고 납으로 얼굴을 가린 채, 얼굴에 마스크를 쓰고 누워 있는 제 모습은 정말 으스스했습니다. 전선에 연결된 방사성 고발트 선원이 한 위치에서 다른 위치로 원격으로 이동하느라 방사선 조사 기계가 윙윙거리는 소리가 들렸습니다. 저는 주의를 분산시키기 위해 코발트 시료가 돌아다니는 여러 위치를 세어 보았습니다. 다른 곳보다 따뜻한 느낌이 들었기 때문에 어느 지점에 방사선이 조사되고 있는지 느낄 수 있다고 생각했습니다. 필립은 광선이 각막 앞의 납 보호막을 통과할 가능성을 단호하게 배제했지만, 저는 그 광선을 망막에서 흰색 섬광으로 인식했다고 맹세할 수 있습니다.

그러니까 이 치료법은 과학 소설에나 나올 법한 비인격적인 무균 치료법이었습니다. 가끔은 음악을 듣기도 했고, 시간이 빨리 지나가는 데 도움이 되는 다른 것을 듣기도 했습니다. 처음에는 상황이 불편하고 약간 소름 끼치기도 했습니다. 하지만 시간이 지나고 부작용이 심해지면서 점점 더 치료가 두려워지기 시작했습니다. 심지어는 두려움이 온몸을 휘감고 뒤흔드는 것 같았습니다.

방사선 치료를 받은 지 일주일 정도 지나자 더 이상 단단한 음식을 먹을 수 없었습니다. 그 일이 일어난 정확한 순간이 기억납니다. 큰딸 라비니아의 열두 번째 생일이었습니다. 라비니아가 생일 파티에 친구 몇 명을 초대했습니다. 우리 부부는 제가 치료받는 동안에도 아이들이 가능한 한 정상적으로 생활하기를 바랐습니다. 그래서 아이들을 위해 집에서 생일 파티를 열어 주고 싶었습니다. 특별한 계획이나 거창한 프로그램은 없었습니다. 피자와 주스로 마무리했습니다. 남은 피자 한 조각을 제가 집어 무심코 입에 넣었는데, 마치 면도날을 깨물기라도 한 것처럼 날카롭게 느껴지고 칼에 베이는 것 같아서 순간 멍했습니다. 극심한 통증과 함께 입안에서 피가 솟구쳤습니다. 방사선 치료가 구강 점막을 완전히 녹여 버린 것 같았습니다. 구강 점막은 신체에서 가장 민감한 조직 중 하나이기 때문에 방사선 치료로 인해 특히 고통받습니다. 그러나 기술적으로는 이런 일이 일어날 수 없었습니다. 방사선은 피부 표면 아래 최대 5밀리미터에 도달하도록 설계되었기 때문입니다. 그래서 피자 한 조각 때문에 그 정도로 피를 흘렸다는 것이 이상했습니다.

　몇 가지 검사 끝에 어디에 문제가 있었는지 밝혀졌습니다. 바로 제 치아, 더 정확히 말하자면 어렸을 때 받은 수많은 치아 치료 때문이었습니다. 식수에 불소가 없던 1970년대 독일에서 자란 제게 금으로 된 크라운과 금속 치아 충전물은 특이한 것이 아니었습니다. 금은 입안에서 방사능 광선을 '강탈'해서 또 다른 형태의 방사성 고에너지 광선인 저지 방사선을 발생시켰습니다. 이 광선은 입안에서 계속 빙빙 돌아다니며 잇몸과 점막을 손상했습니다. 그 결과 고통스러운 염증이 생긴 겁니다. 의대생 교과서에서나 나올 법한 대수롭지 않은 일처럼 들리지만, 실제로는 깨진 유리나 지독하게 매운 고추를 뱉어 낼 수 없는 것 같은 느낌이 들었습니다.

　딸의 생일 파티에서 먹은 피자는 시작에 불과했습니다. 그 뒤 6주 동안 그 어떤 단단한 음식도 입에 넣지 못했습니다. 게다가 입안이 온통 헐었을 뿐만 아니라 얼굴 피부도 방사선에 심하게 손상되었습니다. 이렇게 연상하면 가장 잘 와닿을 겁니다. 햇볕에 연달아 화상을 입어 피부가 새빨갛게 달아오르고 물집으로 뒤덮인 상태에서 다시 뜨거운 햇볕에 나가는 겁니다. 그리고 또 나갑니다. 그리고 또다시. 피부가 뜨거워지고 염증이 생기고 진물이 나기 시작했습니다. 공포 영화에나 나올 법한 상황이었습니다.

이 지옥의 한가운데서 제 친구 크리스토프가 독일에서 찾아왔습니다. 우리는 의대 시절부터 알고 지낸 사이로 그 당시 금세 친구가 되었습니다. 저는 그의 들러리를 섰고 그의 아내는 헬레의 들러리가 되었습니다. 크리스토프는 유럽, 남아프리카공화국, 미국에서 수련받고 일한 뛰어난 의사이자 훌륭한 학자입니다. 그의 전문 분야는 다제 내성* 결핵 환자 치료입니다. 그는 우리 집에 도착하자마자 제 얼굴을 한 번 슥 쳐다보더니 헬레에게 이렇게 말했습니다. "아들들은 내가 데리고 갈게요. 아이들이 여기 있으면 안 돼요. 우리와 함께 스웨덴으로 휴가를 가야겠어요." 헬레와 크리스토프는 두 시간 만에 항공권을 예약했고, 이튿날 당시 일곱 살, 아홉 살이었던 펠릭스와 레안더는 그의 가족과 함께 여행을 떠났습니다.

다른 암 환자들과 마찬가지로 저희도 치료의 부작용에 대한 준비가 되어 있지 않았고, 특히 아이들에게 어떤 영향을 미칠지는 예상조차 하지 못했습니다. 한 학년이 끝나자 아이들은 처음에는 마을에서 운영하는 일일 방학 프로그램에 참여했지만, 그것은 장기적인 해결책은 아니었습니다. 딸들을 위한 해결책은 곧 찾았습니다. 라비니아는 뷔르츠부르크에 있는 친구네 집에, 탈리아는 빌레펠트에 있는 할머니에게 보냈습니다. 하지만 할머니는 한 명 이상은 돌

---

* 여러 가지 약물에 대하여 내성을 보이는 성질. 치료가 어려워진다.

볼 수 없었기 때문에 아들들은 여전히 우리와 함께 집에 있었던 겁니다. 구원의 천사 크리스토프가 오기 전까지는요. 크리스토프 덕분에 아이들은 당시 제 암 치료가 얼마나 잔인하고 파괴적인지 계속 볼 필요가 없었습니다. 아이들은 더 이상 제가 얼마나 황폐하게 보였는지 알 수 없었습니다. 제가 고통스럽게 비명을 지르고 우는 소리를 들을 필요도 없었습니다.

아이들이 떠난 후 헬레는 전적으로 저에게만 집중했습니다. 아내는 휴가를 내고 저를 돌봐 주었는데, 이는 엄청난 일이었습니다. 얼굴에 붙인 드레싱이 완전히 마르기 전에 쿨링 젤 층을 8시간마다 교체해야 했는데, 이 과정은 고통스러울 정도로 길고 통증이 심했습니다. 헬레는 제 얼굴을 조심스럽게 닦아 주고 각질을 제거해 주었습니다. 또 제가 항상 진통제를 제시간에 복용하도록 신경 써 주었고, '부수적으로' 다른 수천 가지 일을 처리해 주었습니다.

정말 신기한 것은 이 모든 고통과 걱정에도 불구하고 이 몇 주간에 관해 부분적으로나마 좋은 기억이 있다는 것입니다. 상황이 매우 좋지 않았지만, 이 시기는 헬레와 저에게 아이들이 태어난 이후로 다시는 경험하지 못했던 사생활과 친밀감을 갖는 시간이 되었습니다. 그 이후로 다시는 그런 시간을 갖지 못했습니다. 이 기간에 우리는 질병이 주는 실존적 위협에 관해서는 거의 이야기하지 않았는데, 이는 어쩌면 의외일지도 모르겠습니다. 우리는 회피할 생각도 없었고, 서로 숨기지도 않았습니다. 하지만 누구나 이런 위기에 대처하는 자기만의 방식이 있습니다. 그리고 우리 둘 다 모든 것을 다 말한 것 같은 인상을 받았습니다. 목표는 분명했습니다. 살아남는 것이었습니다.

물론 헬레는 걱정하고 있었고, 남편 없이 아버지 없는 미성년 자녀 넷을 데리고 사는 미래가 어떤 모습일지 상상도 해 봤을 것입니다. 하지만 우리 사이에서 그런 얘기는 거의 나오지 않았습니다. 그 모든 일에도 불구하고 우리는, 이상하게 들릴지 모르지만 주어진 시간을 누렸습니다. 어렸을 때처럼 마음 가볍게 웃으며 그 순간을 함께 나누었습니다. 병이 우리를 단단히 붙잡고 있었지만, 몇 년 동안 갖지 못했던 자유를 만끽했습니다. 예를 들어 24시간 동안의 이야기를 한 시간짜리 에피소드 24편으로 구성한 미국 스파이 시리즈 「24」의 전 시즌을 실제로 24시간 동안 쉬지 않고 시청하기도 했습니다. 이는 잠을 잘 수 없을 때 잠시나마 고통을 잊는 데 도움이 되었습니다. 헬레도 잠시나마 걱정을 떨쳐 버릴 수 있어서 매우 만족스러워했습니다.

몇 주간의 방사선 치료는 절대적인 공포이긴 했지만, 신경을 분산하기 위해 텔레비전을 계속 보는 것 이외에 우리 일상에 다른 긍정적인 영향도 주었습니다. 미국에 살면서부터 우리는 항상 전속력으로 달렸습니다. 처음에는 둘 다 수련을 받거나 대학 공부를 했고, 그 후에는 각자의 커리어로 바빴습니다. 저는 병원에서 수많은 밤을 보냈습니다. 교대 근무가 36시간 동안 지속되는 경우도 많았고, 당직 근무 중에는 거의 잠을 자지 못했습니다. 첫딸 라비니아가 태어난 직후 헬레는 보스턴대학교 로스쿨에서 법학 공부를 시작했습니다. 라비니아와 나중에 태어난 동생들을 돌보는 데 우리의 얼마 되지 않는 여가 시간을 쏟아부어야 했습니다. 너무너무 많은 업무로 인한 빡빡한 일정 때문에 하루하루가 아침 일찍 시작해서 밤늦게 끝나는 분주한 나날이었습니다. 정말 기진맥진하고 놀라운 시간이었습니다. 우리는 끊임없이 달리는 것처럼 느껴졌지만 행복한 가족이었습니다.

진단을 받은 후 우리는 본격적으로 속도를 늦춰야 했습니다. 방사선 치료를 받는 동안에는 아예 완전히 멈춰 버렸습니다. 그러니까 이제 12년 만에 처음으로 둘만 남았습니다. 아이들은 잠시 집을 비웠고, 저는 돌봐야 할 환자가 없었고, 헬레는 새로운 형사 사건을 맡지 않았습니다. 저는 연구 프로그램을 신청할 필요도 없었고, 논문을 쓸 필요도 없었고, 콘퍼런스를 준비할 필요도 없었고, 직원 회의를 진행할 필요도 없었습니다. 저는 「24」의 24편을 한 번에 몰아서 보는 것 외에도 뭐든 할 수 있었습니다. 그건 방학도 아니었고 절대 목가적인 분위기도 아니었지만 방사선 치료 일정, 거즈 갈기, 약 복용 등 외에는 일상의 변화가 적은 새롭고 평온한 하루를 함께 보내며 그 시간을 누릴 수 있었습니다. 이 강렬한 친밀감 덕분에 모든 것이 더 견딜 만해졌습니다.

제 멘토인 렌 존(Len Zon)은 대개 아이스커피 한 잔을 손에 들고 병실에 정기적으로 들렀습니다. 저는 그의 연구 팀에서 박사 후 연구를 끝마쳤는데, 발달 생물학 및 암 발생의 유전적 모델로서 제브라피시를 연구하는 법을 그에게 배웠었지요. 그가 찾아오면 우리는 연구 아이디어를 교환하거나 트럼펫 연주 같은 공통 관심사나 자식들에 관한 이야기를 나눴습니다. 제 연구실 동료들도 찾아와서 볼 만한 영화를 추천해 줬습니다. 동료인 트리스타는 먹을 것을 가지고 저를 들여다보기도 했습니다. 트리스타는 연구실에서 진행 중인 공동 연구 작업의 진행 상황을 알려 줬습니다. 제 얼굴이 끔찍한 데다 염증이 난 상태여서 더욱 혐오스러워 보일 거라는 걸 알면서도 저는 쑥스러워하지 않았습니다. 이런 방문을 통해 제가 버려지지 않았다는 느낌, 모두가 여전히 저를 배려하고 있다는 느낌을 받았습니다. 저는 그 짧은 순간에나마 신경을 딴 데로 돌릴 수 있어서 행복하고 기뻤습니다.

거의 8년 후에 암이 재발했을 때는 처음 암이 생겼을 때와 많은 부분이 같았지만 완전히 달라진 부분도 많았습니다. 해부학적으로 보면 처음 암의 거울 이미지에 가까웠습니다. 첫 번째 암이 오른쪽에 있었던 반면 새로운 암은 왼쪽에 눈꺼풀 바로 아래, 집중적으로 방사선을 조사했던 부위에서 불과 몇 밀리미터 떨어진 곳에 생겼습니다. 이번에도 진단은 갑작스럽게 내려졌습니다. 코로나19 팬데믹의 첫해에 암이 저를 덮쳤습니다. 이번에도 저는 준비가 되어 있지 않았습니다. 나쁘다 못해 심지어 재앙과 같은 뉴스에 익숙해질 수 있는 사람이 누가 있겠습니까?

물론 많은 치료 절차와 부작용은 환자로서의 첫 경험을 통해 익숙하게 알고 있었습니다. 그 이후로 분명히 아주 많은 것을 배웠습니다. 암이 재발했을 때 새로운 점은 제가 육종 환자를 대상으로 화학 요법과 면역 요법의 조합을 시험하는 임상 시험에 참여했다는 것입니다. 이때도 첫 번째 화학 요법을 받을 때와 마찬가지로 수술 전에 우선 종양을 줄여야 했습니다. 그런데 첫 번째 발병했을 때 화학 요법을 받고도 실망했던 것과는 달리, 불가능하다고 여겼던 일이 일어났습니다. 치료를 시작한 지 몇 주 만에 벌써 이번에는 왼쪽 눈꺼풀 아래의 덩어리가 작아지는 것을 느낄 수 있었습니다. 다행히도 MRI를 통해 제 주관적인 인식이 맞았다는 것을 확인할 수 있었습니다. 6주간의 치료 결과 종양이 46% 감소했습니다. 저는 희망으로 가득 찼습니다. 더 정확히 말하자면 열정으로 가득 차 있었습니다. 종양은 계속 줄어들었고 종양이 줄어들자 제 희망은 하늘 높이 치솟았습니다.

그러다가 암세포가 더는 줄어들지 않자 종양 전문의가 이제 수술을 진행할 때가 되었다고 말했습니다. 첫 번째 수술 후 암세포가 여전히 존재한다는 결과를 들었을 때 얼마나 가슴이 무너져 내렸는지 너무 잘 기억하고 있었기 때문에 이번에는 기대치를 최대한 낮췄습니다.

예상치 못한 일

극적인 변화가 없다고 불평할 수 있는 암 환자는 아마 없을 것입니다. 질병의 진행 과정에는 명확한 패턴이 없으며, 사람에게 일어날 수 있는 모든 일이 암 이야기 위에 얹히게 됩니다. 하지만 그런 점을 고려하더라도 두 번째 암 수술을 받기 며칠 전의 사건은 제게는 꽤 특별해 보였습니다.

수술은 화요일로 예정되어 있었습니다. 그 전 목요일은 임상 시험에서 면역 화학 요법 병용 치료를 받는 날이었습니다. 하지만 수술 직전에는 이 치료를 받지 않고, 그 대신 다른 방사선 검사가 예정되어 있었습니다.

수술 전 마지막 검진에서는 얼굴의 MRI와 목, 가슴, 복부, 골반의 CT 스캔을 통해 암이 신체의 다른 부위로 퍼졌는지 확인했습니다. 퍼졌다면 수술 계획을 수정해야 했기 때문에, 의료 팀은 극도로 조심스럽고 꼼꼼하게 확인했습니다. 수술에서 암이 퍼진 부위를 모두 확실히 제거하기 위해 제 얼굴 왼쪽 대부분을 제거해야 했습니다. 하지만 암이 이미 다른 곳으로 퍼졌다면 모든 게 헛수고가 될 것입니다. 완치 가능성도 없어지니 그렇게 소모적인 수술을 하는 게 완전히 무의미해질 겁니다.

검사는 순조롭게 진행되었고, 수술 전 마지막으로 암 센터에서 종양 전문의와 상담하기 전까지 몇 시간 정도 여유가 있었습니다. 사무실에 앉아 동료 몇 명과 이야기를 나누고 있는데 휴대 전화 벨이 울렸습니다. 제 담당 의사와 긴밀히 협력하며 저를 돌봐 주던 종양학 전문의 캐시였습니다. "배는 좀 어떠세요?"라고 묻는데, 그 목소리가 당황한 듯 긴장한 것처럼 들렸습니다. 한편으로는 참 이상한 질문이었습니다. 암은 얼굴에 생겼지, 장에 생긴 게 아니었으니까요. 다른 한편으로 저는 지난 이틀 동안 오른쪽 아랫배에 모호하고 약한 통증이 있었지만 무시하고 있었습니다. 스캔 결과 전이는 발견되지 않았습니다. 다행이었습니다! 그렇지만 충수염이 꽤 진행된 상태임이 드러났습니다. 정말 마른하늘에 날벼락 같은 일이었습니다. 발열, 오한, 메스꺼움, 복벽의 변화 등 일반적인 증상이 전혀 나타나지 않았기 때문입니다. 하지만 이제 급성 맹장염에 걸렸다는 것이 분명해졌습니다. 그것도 하필 지금, 암 수술을 닷새 앞둔 시점에! 정말 미칠 것만 같았습니다.

저는 매사추세츠종합병원 응급실에서 수년 동안 야간 근무를 하면서 맹장염 환자를 수십 명 진단하고 즉시 수술을 의뢰하곤 했습니다. 맹장염 증상을 속속들이 알고 있었고 급성 염증을 알아차리는 방법도 잘 알고 있었습니다. 그런데 어째서 저 자신의 경우엔 알아차리지 못했을까요? 어떻게 이런 일이 일어날 수 있을까요? 정확히는 모르겠지만 앞서 언급했듯 암 환자에게는 정상적인 맹장염조차도 정상이 아닙니다. 맹장염 환자는 대부분 10~30세이니 저는 전형적인 연령대에도 속하지 않았습니다. 증상도 아주 경미했습니다. 중요한 것은 캐시의 전화를 받기 전까지는 맹장이 문제를 일으킬 수 있다는 생각조차 하지 못했다는 것입니다. 물론 곧 있을 암 수술에 전적으로 집중하고 있었기 때문일 겁니다. 캐시로부터 복통에 대해 직접 질문을 받고 나서야 제 통증이 이해가 되었습니다.

맹장염은 그 자체로 문제입니다. 일부 연구에 따르면 항생제로 치료할 수 있는 환자도 더러 있긴 하지만, 대부분은 맹장을 꺼내야 한다고 되어 있습니다. 저도 맹장을 제거하고 싶었습니다. CT 스캔에서 염증을 직접 눈으로 보는 순간 증상이 심해졌기 때문입니다. 그뿐만 아니라 어떤 위험도 감수하고 싶지 않았고 어떤 대가를 치르더라도 암 수술이 지연되는 것을 피하고 싶었습니다. 저는 가능한 한 빨리 맹장 수술 일정을 잡을 수 있도록 담당 주치의, 암 전문 외과의, 심지어 외과 과장에게까지 연락을 취했습니다. 효과가 있었습니다. 일을 조금 지연시킨 유일한 것은 그사이에 의무화되어 있던 코로나19 검사였습니다. 극히 희귀한 유형의 암, 코로나19 기간에 일어난 재발, 가장 부적절한 시기에 발생한 (본래는 대수롭지 않은) 맹장염 등. 이 모든 게 실제로 한꺼번에 몰려왔습니다. 도저히 믿기지 않아서 영화 대본으로도 상상할 수 없는 일이었습니다.

맹장은 대장 뒤편 하복부의 가장 뒤편 구석에 숨겨져 있어서 수술이 오래 걸렸습니다. 네 시간이 넘어서야 비로소 끝났습니다. 제 암 담당 외과의인 찬 라우트(Chan Raut)가 수술에 참관인으로 참여했습니다. 찬은 이 기회를 이용해 제 복부 내부와 장과 간의 표면을 자세히 살펴보고 암의 징후가 있는지 확인했습니다. 물론 전이는 없었고 찬은 맹장에 염증이 생긴 것만 나타난 스캔 결과를 먼저 확인했습니다. 그러나 그는 영상이 아니라 직접 눈으로 확인할 기회를 놓칠 수 없었습니다. 아는 길도 물어 가는 편이 안전하니까요. 그가 그렇게 헌신적이어서 매우 기뻤습니다. 그가 없었다면 제 맹장은 제거하지 못했을 것입니다. 찬은 의사가 된다는 건, 단순히 진료가 끝난 뒤 가운을 옷걸이에 걸고 나가면 끝나는 직업이 아니라는 것을 배운 대로 실천한 의사였습니다. 언제나 환자를 위해 최선을 다한다는 뜻입니다.

맹장을 제거하고 며칠 후, 실제 암 수술을 하는 데는 아무런 문제가 없었습니다. 수술 계획은 첫 번째에 했던 대대적인 수술과 약간 달랐습니다. 면역 요법으로 종양이 이미 많이 줄어들었고 왼쪽 눈과 눈꺼풀에 매우 가까이 있었기 때문에, 찬과 그의 동료들은 첫 번째 수술보다 덜 공격적인 수술을 하기로 했습니다. 근육과 신경을 가능한 한 살렸습니다. 그럼에도 불구하고 수술로 인해 제 얼굴과 외모가 또다시 바뀌었습니다. 그리고 수술은 코로나19 팬데믹의 한가운데에서 시행되었습니다. 친구 트리시가 또 수술 후 저를 도와주기 위해 미국을 가로질러 오고 있었는데, 코로나19 제한 소치 때문에 오는 과정이 쉽지 않았습니다. 처음 발병했을 때보다 저는 이번 수술을 더 의식적으로 준비했습니다. 체중이 줄지 않도록 노력했고, 아침마다 헬레와 함께 조깅을 하며 적당한 체력을 유지했습니다. 그래서 몸 상태가 좋았고 8시간에 걸친 수술 후 회복도 빨라서 48시간 만에 벌써 퇴원할 수 있었습니다.

저는 집에서 계속 기운을 차리고 있으면서 병리학 결과를 애타게 기다렸습니다. 첫 번째 수술 경험의 트라우마는 깊숙이 자리 잡고 있었습니다. 코로나19 팬데믹으로 인해 첫 번째 수술 때처럼 병원에 가서 직접 결과를 듣고 모든 의사와 함께 큰 회의실에서 논의할 수 없었습니다. 그 대신 수술 일주일 후 제 담당 종양 전문의인 제프 모건에게 전화를 받았습니다. 제프는 믿기지 않는 소식을, 믿을 수 없을 정도로 좋은 소식을 전해 주었습니다. 우리가 종양의 진원지라고 생각하여 충분히 제거한 조직 부위에 암세포가 전혀 없다는 겁니다. 숫자로는 0입니다! 전부 깨끗했습니다. 화학 요법과 면역 요법의 효과는 우리의 예상을 뛰어넘었습니다. 물론 저는 파괴된 암세포가 많이 발견되기를 바랐습니다. 하지만 암 자체가 완전히 사라졌을 것이라고는 상상조차 하지 못했습니다. 모건은 처음엔 자기도 지금 저처럼 아무 말도 하지 못했다고 말했습니다. 저는 그를 안아 주고 싶었습니다. 그는 그럴 자격이 있었습니다. 저도 그럴 만했습니다. 몇 분 지나지 않아 제 담당 암 전문 외과의인 찬 라우트에게서 연락이 왔는데, 좋은 소식에 완전히 신이 나 있었습니다. 우리는 전화로 함께 웃었으며, 말로나마 서로의 어깨를 두드려 주었습니다.

지금도 그 순간을 생각하면 가슴이 벅차고 깊은 감사를 느낍니다. 제 인생에서 가장 중요하고 아름다운 경험 중 하나이자 결혼과 자녀의 탄생만큼이나 의미 있는 일입니다. 저는 마치 다시 태어난 것 같은 기분이 들었습니다. 적어도 새로운 삶에 대한 진정한 기회가 주어졌으니까요. 첫 번째와 두 번째 결과의 극명한 차이를 이렇게 경험하면서 모든 암 환자가 투병 과정에서 겪는 감정적 롤러코스터를 다시 한번 명료하게 알게 되었습니다. 희망과 절망, 승리와 패배, 생존과 죽음은 서로 매우 밀접한 관계에 있습니다. 환자를 치료하는 의사도 환자만큼 고통스러울 때가 많습니다. 저도 어떤 환자에겐 완치되었다고 생각해도 좋다고 말한 뒤 몇 분 후 다른 환자에겐 더 이상 해 줄 수 있는 게 없다고 말해야 했던 적이 얼마나 많았는지 모릅니다. 저는 지난 몇 년간 제 환자들의 희로애락을 직접 경험했습니다. 그런데 이번에는 저 자신이 승리의 기쁨과 낙관주의, 희망으로 가득 차서 승리에 취해 있었습니다.

　　행복감을 꺾은 것은 곧 받게 될 첫 번째 방사선 치료, 그 끔찍한 경험에 대한 생각이었습니다. 저는 그게 가장 두려웠습니다. 치료실에서의 외로움, 통증, 화상, 상처에 끝없이 추가되는 상처 등 모든 것이 끔찍했고 미리부터 불안감이 일었습니다. 이전과 같은 베타 방사선 치료였고, 같은 팀이자 몇 년 동안 계속 연락을 주고받았던 같은 전문의인 필립 데블린에게 치료를 받게 되었습니다. 선량만 약간 달라져서 7주 동안 22번의 방사선을 조사받게 되었습니다. 눈을 보호하는 절차는 이전과 같았고 치료대 위에 고정하는 방법도 같았습니다.

자신에게 무슨 일이 일어날지 미리 알면 기쁠 때도 있지만, 이 상황에서는 전혀 도움이 되지 않았습니다. 저는 이 치료의 영향이 얼마나 충격적이고 파괴적이며 오래 지속되는지 다시 한번 깨달았습니다. 제가 겪었던 공포와 고통에 대한 기억이 바로 다시 떠올랐습니다. 저는 두려움과 불안감에 휩싸였고, 그저 빨리 지나가기만을 바랐습니다.

그런데 저는 방사선 치료가 과연 올바른 조치인지 의문이 들었습니다. 지난번과는 상황이 완전히 달랐고, 상처 가장자리가 양성이 아니었으며, 얼굴에서 잘라 낸 조직에서 살아 있는 암세포가 하나도 발견되지 않았습니다. 그렇다면 방사선 치료가 달성해야 할 목표는 무엇일까요? 하지만 제 담당 의사들은 모두 방사선 치료가 필요하다고 단호하게 말했습니다. 지난번 치료가 매우 효과적이었기 때문에, 종양이 원래 치료 부위 바로 바깥쪽에 재발했기 때문이라고 했습니다. 모두가 제가 살기를 원하기 때문이라고도 했습니다. 물론 저도 그러기를 바랐기 때문에 제 운명에 따르기로 했습니다. 저는 마치 불속을 걷는 것 같아서 반대편에 도달하기만을 간절히 바랐습니다.

지난번보다 방사선 치료 일정이 더 많아졌지만, 방사선 조사 부위가 더 작고 베타선을 방출하는 방사선원, 즉 코발트가 새것이었기 때문에 개별 세션은 절반 정도만 진행되었습니다. '더 뜨겁기' 때문에 필요한 방사선량을 더 빨리 전달할 수 있었습니다.

이번에는 지난번 치료 과정을 토대로 치료 상황을 통제할 수 있을 것 같은 착각이 일었는데, 물론 전혀 그렇지 않았습니다. 모든 것에도 불구하고 두 번째 방사선 치료 또한 충격적이었습니다. 얼굴은 다시 붉어졌고 아팠습니다. 누군가가 저를 조금 강렬하게 쳐다보기만 해도 피부에서 피가 날까 봐 두려웠습니다. 방사선과 간호사들과 의사들, 필립, 헬레, 그리고 저 자신까지 모두가 저를 안타까워했습니다. 우리는 치료를 중단할지 아니면 완전히 끝낼지 여러 번 논의했습니다. 하지만 저는 치료를 계속하기로 결정했고 그냥 다 해내야 한다고 생각했습니다. 그래서 계속 진행했습니다.

통증

수술과 방사선 치료는 제 몸을 변화시켰고 눈에 보이는 흉터를 남겼습니다. 하지만 이제야 비로소 암의 경험이 장기적으로 정서적, 심리적 영향도 미쳤다는 것을 깨달았습니다. 암 진단의 충격, 화학 요법과 수술의 결과, 방사선 치료의 파괴적인 불길, 검사 결과에 대한 불안감, 암이 재발할 수 있다는 두려움 등이 그것입니다.

첫 번째 암 치료가 끝난 후 몇 달 동안 저는 한밤중에 악몽을 꾸다 화들짝 놀라 깨어나곤 했습니다. 특히 아이들이 제 얼굴을 만지려고 할 때면 움찔했습니다. 내내 낙천적이고 강한 회복력을 보였지만 저도 치료로 인해 상처를 입었습니다. 누군가가 제게 너무 가까이 다가오거나 좁고 시끄러운 공간에 있으면 과민하고 불안해졌습니다. 그제야 저는 투병 경험이 얼마나 큰 부담이었는지 깨달았습니다. 이러한 반응과 감정은 정상적인 것이며, 잔인한 수술을 받고 신체적으로 훼손된 다른 환자들도 마찬가지 감정을 느낄 겁니다. 의사로서 우리는 이러한 영향을 더 잘 이해하고 치료 중에 이를 고려하기 위해 암 치료의 심리적 영향에 훨씬 더 많은 주의를 기울여야 합니다. 이러한 트라우마적 경험은 환자의 삶의 질에 현저한 영향을 미치고 정상적인 생활로 돌아가는 것을 어렵게 만들기 때문에 이는 환자에게 매우 중요합니다.

첫 번째 방사선 치료를 받는 동안 제 얼굴의 통증은 말로 표현할 수 없을 정도로 심했고, 치료를 받을 때마다 더 심해졌습니다. 첫 번째 안면 수술 후 극심한 고통을 견디며 어느 정도 통증에 익숙해져 있었지만 그땐 달랐습니다. 통증이 최고조로 시작했다가 서서히 가라앉았습니다. 그런데 이번에는 그 반대였습니다. 방사선 치료 중 통증은 끔찍했는데, 치료가 끝난 후에 통증이 훨씬 더 심해졌습니다. 일주일 후 필립은 저에게 오피오이드* 성분을 함유한 진통제를 복용할 것을 권유했습니다. 저는 중독의 위험성을 너무 잘 알고 있었기 때문에 망설였습니다. 미국을 비롯한 여러 나라에서 진통제 중독은 가정과 지역 사회 전체를 파괴하는 큰 문제입니다.

부작용과 장기적인 손상이 두려웠기 때문에 저는 그 제안을 거절했습니다. 하지만 고문과도 같은 고통을 더는 견딜 수 없어서 결국 굴복했습니다. 다음 방사선 치료를 받기 위해 집을 나서기 30분 전, 저는 옥시코돈 10밀리그램을 복용했습니다. 이 약물은 오피오이드 계열에 속하며 모르핀보다 통증에 더 효과적입니다. 저는 그 첫

---

* 강력한 진통 효과를 나타내지만 심각한 중독성이 있는 마약성 성분이다. 모르핀, 펜타닐, 옥시코돈 등이 여기에 속한다.

알약에서 느꼈던 느낌을 절대 잊지 못할 것입니다. 기분이 확연히 좋아졌고 불안감이 사라졌으며 통증이 없어졌고 용기와 자신감이 솟아났습니다. 완전히 다른 사람이 된 것 같았고, 정말 놀라웠습니다!

이 알약 한 알로 오피오이드의 위험성에 관해 대학에서 공부하고 수련한 모든 과정에서보다 더 많은 것을 배웠습니다. 순식간에 중독될 것이 분명했습니다. 그런데 그게 너무 빠르게 이루어졌습니다……. 저는 함정에 빠질까 봐 두려웠지만, 이 약이 저에게 주는 평안한 느낌은 믿기지 않을 정도였고 따라서 매우 유혹적이었습니다. 처음에는 다음 방사선 치료 일정 전에 딱 한 알만 삼켰습니다. 저는 곧 문헌에 설명되어 있는 대로 반응했습니다. 통증이 가라앉고 기분이 나아질 때를 손꼽아 기다렸습니다. 치료가 진행되는 동안 통증이 점점 더 심해지자, 저는 복용량을 늘리고 더 오래 작용하는 약으로 바꾸어 결국 24시간 내내 오피오이드를 복용했습니다. 통증 완화를 위해 그게 필요했습니다. 그게 없었다면 치료를 견디지 못했을 것입니다. 말하자면 제 의존도가 어느 정도인지 직접 경험한 셈입니다.

마지막 방사선 치료 후 몇 주가 지나자 드디어 피부가 회복되기 시작했고 통증도 서서히 가라앉았습니다. 하지만 저는 진통제를 천천히 단계적으로 줄이는 대신 갑자기 복용을 중단했습니다. 헬레가 자선 자전거 경주에 참가하려고 해서 제가 헬레를 출발 지점까지 데려다주기로 되어 있었습니다. 위험을 감수하지 않기 위해 운전하기 이틀 전에 오피오이드 복용을 중단했습니다. 돌아오는 길에 메스꺼움을 느꼈고 집에 도착하자 설사를 심하게 했습니다. 진통제로 인해 몇 주 동안 변비가 생겼었는데 완전히 새로운 증상이 나타난 겁니다. 그러다 팔과 다리의 털이 계속 쭈뼛쭈뼛 서는 것을 깨달았는데, 온몸에 소름이 돋았기 때문이었습니다. 게다가 신체적으로 힘든 일이 전혀 없었는데도 모든 근육이 아팠습니다. 요컨대 전형적인 금단 증상을 겪었습니다. 저 혼자 집에 있었는데, 이러다 무슨 일이 일어날지 누가 알겠습니까! 저는 애써 침착함을 유지하며 제 증상을 관찰하려고 노력했습니다.

만일을 대비하여 친구에게 전화를 걸어 응급 상황에서 저를 돌봐 줄 수 있는지 물었습니다. 다행히 외부의 도움은 필요하지 않았고, 이후 24시간 동안 증상이 안정적으로 유지되고 나아졌습니다. 수술이나 기타 심각한 시술 또는 심각한 질병에서 회복 중인 환자 수천 명이 이와 같은 경험을 합니다. 제 동료 중에도 여전히 진통제 의존성의 결과를 부차적인 것으로 여기는 사람이 많습니다. 하지만 저는 이 달콤한 독이 저 자신에게 미치는 영향을 직접 경험하고 나서야 스스로를 얼마나 위험에 빠뜨리고 있는지 깨달았습니다.

저는 더 이상 옥시코돈에 손을 대지 않았습니다. 암이 재발하고 두 번째로 방사선 치료를 받았을 때 저는 비(非)오피오이드 진통제를 복용하고 침술 및 이완 기법으로 거의 관리했습니다. 옥시코돈을 끊은 것은 영웅적인 행동이 아닙니다. 순수한 두려움 때문이었습니다. 진통제 중독으로 인해 해결되는 문제보다 더 많은 문제가 초래될 수 있다는 두려움이었습니다. 암과 다른 질병의 치료법을 개선하는 데 믿기지 않을 정도로 엄청난 노력을 기울이고 있는데 암 수술이나 방사선 치료 후 절실히 필요한 통증 치료의 경우, 우리는 여전히 200년 전의 발견에 머물러 있습니다. 우리 시대의 아이러니입니다. 1805년 파더보른(Paderborn)의 약사 프리드리히 빌헬름 제르튀르너(Friedrich Wilhelm Sertürner)가 아편에서 모르핀을 분리하는 데 성공했습니다. 지금도 여전히 모르핀을 주로 진통제로 사용하고 있으며, 이는 그동안 거의 변하지 않았습니다. 2021년 노벨 생리학·의학상은 온도와 압력을 감지하는 수용체를 규명한 두 과학자에게 돌아갔습니다. 이것이 통증 치료의 과학적 근거입니다. 그러나 임상 통증 치료에 중요한 약리학적 발전은 아직 유보적입니다.

암 환자의 통증 치료에 마취제를 사용하는 것을 악마화하는 것은 옳지 않으며 결코 제가 의도하는 바도 아닙니다. 마취제 성분 자체는 크게 변하지 않았지만, 오늘날 우리는 마취제가 어떻게 작용하는지에 관해 예전보다 훨씬 더 많이 알고 있습니다. 암 환자들을 돕기 위해 더 정확한 투여 계획을 세우고 정교한 처방을 할 수 있습니다. 그리고 환자 대부분은 저처럼 신체적으로 의존하는 것에 대해 걱정할 필요가 없습니다. 암 전문의가 부작용을 철저하게 설명하고, 직접 치료하며, 진통제 복용을 중단한 후에도 환자를 돌보는 것이 중요합니다.

진실의 날들

혈액 검사나 CT 스캔 결과를 확인하기 위해 대기실에 앉아 기다리면서 다른 환자들을 바라보고 있노라면 다양한 심리 상태를 볼 수 있습니다. 운명의 동지 중에서도 불안해하거나 초조해하거나 우울해하는 사람이 있는가 하면 희망에 차 있거나 고통에 휩싸인 사람도 있습니다. 화학 요법을 받는 사람은 일반적으로 매번 치료 전에, 즉 링거 주입 전에 혈액을 검사하여 수치가 화학 요법을 견딜 수 있을 만큼 충분한지 확인해야 합니다. 수치가 정상적이지 않으면 치료를 연기하거나 화학 요법 용량을 줄입니다. 환자들은 종종 치료가 지연되거나 용량이 적어지면 암과 효과적으로 싸울 수 없게 될까 봐 두려워합니다. 따라서 혈액 검사는 화학 요법 시행 여부를 결정짓는 요소이며, 이는 곧 승패와도 같다고 생각하는 사람이 많습니다.

이런 걱정을 충분히 이해할 수 있습니다. 지금도 저는 혈액 수치가 정상인지 아닌지 검사할 때마다 극도로 긴장합니다. 하지만 다른 많은 환자와 마찬가지로 혈액 검사보다 더 두려운 것은 영상 촬영입니다. 종양이 커졌는지 작아졌는지, 전이되었는지 아닌지를 정확하게 보여 주기 때문입니다. 종양이 커졌다면 치료가 효과가 없으니 치료를 중단해야 한다는 뜻일 수 있습니다. 그러면 많은 종양 전문의가 보고서에 "환자 치료에 실패했다."라고 기록합니다. 하지만 그럴 땐 "치료법 XY가 실패했다."라고 적어야 마땅합니다.

저에게 있어 투병 기간과 그 후의 스캔 일정은 항상 심판의 날과 같았습니다. 아무 짓도 하지 않았는데 판사 앞에 서서 판결을 기다리고, 처벌을 기다리는 기분이었습니다. 치료를 받는 동안에도 스캔하는 날은 이미 힘든 날이었지만, 그 이후에는 악몽과도 같았습니다. 검사 결과가 나올 때까지 2주 동안엔 암이 재발해 전이되고, 새로운 치료법이 필요하지만 모두 실패하고, 죽을지도 모른다는 악몽을 꾸다 새벽 2시에 잠에서 확 깰 정도였습니다.

MRI나 CT 스캔 결과를 절대적인 진실로 받아들이는 것은 문제가 될 수 있습니다. 실생활에서와 마찬가지로 이미지는 매우 설득력이 있어요. 객관적이고 반론의 여지가 없는 것처럼 보입니다. 신체 내부에서 무슨 일이 일어나고 있는지 볼 수 있으니까요. 그러나 궁극적으로 이것은 종종 우리가 본다고 생각하는 것일 뿐입니다. 종양 전문의와 저는 대조군 스캔을 중단할 것을 고려했는데 이는 스캔에 대한 도를 넘는 두려움 때문이 아니었습니다. 제가 진단받은 지 2년 후인 2015년 2월에 시행한 후속 스캔 때문이었습니다. 그 당시에는 모든 것이 잘 진행되고 있었습니다. 저는 건강하고 활력이 넘쳤고, 연구 작업도 성공적으로 마쳤으며, 클리닉에서 다시 환자를 치료할 수 있다는 사실에 행복했습니다. 제 얼굴도 정상이라고 느껴졌고 몸도 정상이었고 건강에 문제가 없었습니다. 스캔 당일에는 모든 것이 평소와 같이 계획대로 진행되었습니다.

아침 6시에 병원에 도착해 혈액 검사를 받은 후에 이어서 얼굴 MRI를 찍고 흉부, 복부, 골반 CT를 촬영했습니다. 그러고 나서 암 방사선 전문의와 함께 모든 스캔 결과를 검토한 제 담당 종양 전문의 로버트 '밥' 메이어를 만났습니다. 밥은 대기실에서 악수로 저를 맞이하고 미소를 지으며 "좋아 보이네요."라고 먼저 말하곤 했습니다. 상황의 압박감에서 벗어나는 데 그 말 한마디면 충분했습니다.

하지만 이번엔 그가 웃지 않았습니다. 저와 악수를 하고 함께 상담실로 들어가는 동안 헬레와 아이들의 안부를 물었습니다. "밥, 무슨 일이에요? 뭐가 잘못되었나요?" 저는 단도직입적으로 물었습니다. 스캔 결과가 좋지 않다고 대답하는 그의 목소리가 갈라졌습니다. 전적으로 좋지 않았습니다. 폐에 결절이 무수히 많다는 것이 밝혀졌습니다. 온통 결절투성이였습니다. 대부분 직경이 5밀리미터도 안 되는 아주 작은 결절이었습니다. 서너 달 전만 해도 결절이 하나도 없었는데 지금은 이렇게 바뀐 것입니다. 정말 나빠도 몹시 나쁜 상황이었습니다. 혈관 육종이 퍼지면 폐로 전이되는 경향이 있기 때문입니다. 이제 우리는 어떻게 해야 할까요? 언제나 그렇듯이 저는 계획이 필요했습니다. 밤은 전이된 것일 수 있다는 점을 인정하면서도 완전히 정상일 수도 있고 숨어 있는 폐렴처럼 대수롭지 않은 것일 수도 있다는 점을 고려해야 한다고 했습니다. "기침이 있었나요? 열은요? 가슴 통증은요? 숨이 가빴던 적이 있었나요? 가족 중 아픈 사람이 있었나요?" "아니요, 모든 게 평소와 다름없었습니다." 그런데 그게 바로 문제였습니다.

제 종양 전문의의 계획은 간단하면서도 끔찍한 것이었습니다. 희망을 품고, 기다리면서, 지켜보는 것이었습니다. 영상 검사 결과가 맞는지 확인하는 일반적인 방법은 조직 검사를 하는 것입니다. 저는 즉시 검사를 받을 마음의 준비가 되어 있었고, 그래서 그 자리에서 바로 조직 검사를 받고 싶었습니다. 하지만 한 가지 어려움이 있었습니다. 결절이 너무 작아서 하나를 떼어 내 검사하는 것이 거의 불가능했습니다. 그래서 기다리며 지켜보는 수밖에 없었습니다. 암이 전이된 거라면 결절이 커질 것입니다. 하지만 염증이나 감염이 나은 징후라면 결절이 작아지거나 사라질 것입니다. 이것은 틀림없는 임상 논리였으며 침습적 시술을 피할 수 있는 방법이기도 했습니다. 하지만 6주나 기다려야 해결될 수 있었습니다. 그건 공포의 시나리오였습니다. 어쩌면 암이 치료 불가능한 단계에 이르렀다는 사실을 방금 알게 된 것, 죽음이 임박했다는 것을 확인하게 된 것일지도 모릅니다. 아니면 아무것도 아닐 수도 있습니다. 그런데 이런 생각을 4주 동안이나 품고 살아야 한다는 겁니까? 실험실 검사 결과를 기다리는 데 한 시간, 스캔 결과를 기다리는 데 하루, 조직 검사 결과를 일주일간 기다리는 것 정도는 새로운 증상을 명확히 하기 위해 견딜 수 있습니다. 하지만 이미 진단을 받은 상태에서 판정을 4주 동안이나 기다리는 것은 재앙입니다.

그 한 달은 제 인생에서 최악의 한 달이었습니다. 우리는 아이들과 함께 일주일간의 스키 휴가를 계획하고 매사추세츠주 서부의 버크셔에서 스키를 타기로 했습니다. 그림책 같은 날씨, 파우더 스노*, 숙소에서 15분 거리에 있는 리프트 등 모든 것이 완벽했습니다. 저는 노르딕 스키 트랙을 거의 혼자서 다녔고, 가끔 헬레와 함께 투어를 가기도 했습니다. 한번은 스노 슈즈를 신고서 산에 올라간 적도 있었습니다. 눈 덮인 풍경이 수 마일에 걸쳐 펼쳐져 있어서 정말 멋졌습니다. 하지만 저는 죽음 외에는 아무 생각도 들지 않았습니다. 이 모든 것을 다시는 볼 수 없을 거라는 생각에 사로잡혀 있었습니다. 이 모든 것이 마지막이 될 수도 있다는 생각이었습니다.

밤에는 제가 죽어 가는 모습을 보거나 제 장례식에 참석하는 악몽을 꾸었습니다. 완전히 기진맥진한 채로 지치고 불안한 상태에서 깨어나면 끔찍한 이미지가 다시 떠오를까 봐 잠자리에 들기가 두려웠습니다. 헬레와 저는 그 주에 어떻게 지냈는지 기억이 너무나 생생해서, 지금까지도 공포감 때문에 버크셔엔 다시 가기가 꺼려집니다. 그런데 그것은 6주 중 겨우 한 주에 불과했습니다.

그 와중에 저는 콘퍼런스에 참석하기 위해 푸에르토리코로 날

---

* powder snow. 습기가 많지 않고 가벼운 눈으로, 스키를 탈 때 부드러우며 빠른 속도를 낼 수 있다.

아갔습니다. 그해의 하이라이트라고 할 수 있는 행사였습니다. 흥미로운 강연과, 다양한 분야의 연구자들 간 토론에 참여하는 것은 물론이고 이따금 해변에서 휴식을 취할 수도 있었습니다. 당시에 저는 연구 작업에 막 복귀한 상태였고 우리의 연구 결과를 발표할 날을 고대하며 동료들과의 토론도 기대하고 있었습니다. 하지만 이젠 그 어떤 것도 제게 의미가 없었습니다. 저는 두려움의 소용돌이에 휩싸인 채, 예기치 않게 임박한 작별의 고통에 시달리고 있었습니다. 제 생각은 오직 한 가지, 죽음에 집중되어 있었습니다. 제 죽음에 대해서요.

이미 분명해졌을 겁니다. 저는 죽지 않았습니다. 제 병은 치명적으로 끝나지 않았습니다. 다음 스캔에서는 결절이 사라지고 없었습니다. 사진은 절대적으로 정상이었고 모든 게 깨끗했습니다. 우리는 제가 가벼운 폐렴에 걸렸던 게 아닐까 추측했습니다. 증상을 일으키거나 어떻게든 느끼기에는 너무 약하게 앓았던 거지요. 4주 더 일찍 또는 4주 더 늦게 CT 검사를 받았더라면, 아무 일도 일어나지 않았을 것입니다. 하지만 제가 하필 결절이 선명하게 보이는 시점에 스캔을 했던 겁니다. 물론 "아무 일도 없었고 심지어 폐 조직 검사도 피할 수 있었으니 모든 게 대단히 잘됐네요."라고 말할 수도 있을 겁니다. 저도 결국 모든 걱정이 사라진 것 같아 너무 다행스러웠고 감사했습니다. 하지만 저는 인생의 한 달 이상을 잃었습니다. 제가 걸리지도 않은 암으로 죽을까 봐 두려워하며 보내기엔 정말 긴 시간이었습니다. 제 담당 의사 중 누구도 "혈관 육종이 전이되었으니 폐암으로 사망할 것입니다."라고 말한 적은 없었습니다. 하지만 암 환자에게는 암이 재발**할 수도 있다는 가능성,** 심지어 전보다 더 나빠질 낌새만으로도 재앙이 될 수 있습니다. 최악의 상황이 이제 현실로 다가왔다고 생각할 수밖에 없습니다. 물론 제가 과장하는 것일 수도 있지만, 너무 두려워했다는 것은 기꺼이 인정합니다. "걱정하는 것이 무엇인지 정확히 알고 있을 때만 걱정해야 한다."라고 했던 옛 병리학 교수의 조언을 따를 걸 그랬나 봅니다. 하지만 돌이켜 보면 말은 쉽게 할 수 있지만, 인생은 교과서에 나온 것처럼 돌아가지 않습니다. 사람은 논리적으로 프로그래밍이 된 완벽한 로봇처럼 행동하지 않습니다. 감정은 제멋대로 흐를 뿐 이성의 규칙을 따르지 않습니다.

의사인 우리는 노력을 많이 기울이지만, 모든 최첨단 시술과 기술적 보조 장치에도 불구하고 때때로 무슨 일이 일어나고 있는지 알 수 없을 때가 있습니다. 이는 환자에게 극심한 부담이 됩니다. 이를 예방하기 위해 우리가 할 수 있는 일은 거의 없습니다. 우리는 환자를 위해 시간을 내어 이 불확실한 시기를 함께 이겨 내려고 노력할 수 있습니다. 하지만 궁극적으로는 명확한 진단만이 도움이 될 것입니다. 하지만 우리라고 항상 그런 진단을 내릴 수는 없습니다.

죽는다는 것

폐결절 사건이 있었던 후였는지, 아니면 첫 수술에서 상처 가장자리가 양성으로 확인된 후였는지는 기억나지 않습니다. 어쨌든 제가 곧 죽을 수도 있다는 생각은 엄청난 충격으로 다가왔습니다. 생각한 육체적 위험이 제 생명을 위협하고 있었습니다. 하지만 저는 모든 에너지를 치료에, 살아남으려는 의지에 집중했습니다. 치료하면 집행이 단지 몇 년 동안이라도 연기되는 것처럼 보였습니다. 이 책을 쓰는 지금도 저는 죽음에 관해 생각하기가 어렵습니다. 아이들은 말할 것도 없고 아내와도 죽음에 관해 이야기하기가 어렵습니다.

환자들과 죽음을 주제로 한 이야기를 꺼내는 방법을 개발한 게 바로 저였는데도, 실제로 환자들과 죽음 이야기를 할 만큼 가까워지는 데는 시간이 꽤 걸릴 때가 많았습니다. 게다가 막상 제가 환자 입장이 되어 보니 저는 죽음을 떠올리는 것조차 감당할 수가 없었

습니다. 무조건 살아남아야겠다는 생각뿐이었습니다. 다른 생각은
없었습니다.

저는 왜 그렇게 죽음이 두려웠을까요? 죽을 때 예상되는 통증이
나 고통 때문이 아니었고, 심지어 죽음의 최종성 때문도 아니었습니
다. 네, 저는 아직 존재하고 있습니다. 제 인생을 아직 마치지 않았
고, 제 삶은 아직 끝나지 않았습니다. 저는 아내와 더 많이 산책하
고 싶고, 친구들과 저녁을 먹고 싶고, 메인주의 해안에서 파도치는
소리와 뉴햄프셔의 산에 휘몰아치는 바람 소리를 듣고 싶습니다. 겨
울에는 북동풍이 피부에 닿는 것을 자주 느끼고 싶고 봄에는 수선
화를 보고 싶습니다. 우리는 아직 가족들과 특별한 여행을 가 본 적
도 없고, 아이들과 충분히 놀아 주지도 못했고, 콘서트도 아직 못
가 봤고, 야구 경기도 아직 본 적이 없습니다. 저는 제자들이 박사
학위를 받을 때 그 자리에 함께하고 싶었습니다. 조교들이 처음으로
대학 교수직이나 연구직을 맡았을 때 축하해 주고 싶었습니다. 연
구실에서 흥미로운 프로젝트들이 한창 진행 중이어서 그 결과를 알
고 싶었습니다. 저는 아내와 아이들을 돌보기 위해, 친구와 동료, 제
자들과 환자들을 위해 존재해야 한다는 책임감을 느꼈습니다. 저는
존재하는 것을, 살아가는 것을 아직 그만둘 수 없었습니다.

저는 제 환자들과 죽어 가는 과정이나 삶의 마지막에 관해 이야
기하지 죽음에 관해 이야기하지 않습니다. 저는 환자에게 이 마지막
몇 주, 며칠, 몇 분 동안 혼자가 아니라는 확신을 심어 줍니다. 그리
고 호스피스를 통해 가족을 지원할 수 있다는 점을 알리고 증상을

완화하고 고통을 피할 수 있다고 안심시켜 줍니다. 하지만 이 모든 것이 죽음이 다가오고 있다는 사실을 바꾸지는 못합니다. 사람들은 매우 다양한 방식으로 죽음을 맞이합니다. 저는 죽음을 두려워하지 않는 환자들이 있다는 사실에 종종 놀랐습니다. 이 사람들은 신앙이 아주 확고하거나 정신력이 강해서 완전히 평온하고 침착합니다. 죽음이 임박한 상황에서 죽음의 가능성을 부정하는 환자들도 있습니다. 모든 것을 정확하게 계획하고, 아주 세세한 부분까지 마지막을 정리하며, 그 속에서 평온과 위안을 찾는 환자들도 있습니다. 일부는 공포와 두려움에 휩싸이기도 합니다.

어쨌든 저는 '죽음을 거부한 사람들' 중 한 명입니다. 첫 수술 후에 암세포가 여전히 존재한다는 사실이 밝혀졌을 때도, 폐에서 결절이 발견되었을 때도, 몇 년 후 암이 재발했을 때도 저는 암 발병의 결과 중 하나가 죽음일 수 있다는 사실을 단 한 번도 받아들이지 않았습니다. 왜냐고요? 물론 그 순간을 비롯해 다른 많은 순간에 겁이 많이 나긴 했습니다. 하지만 항상 죽음을 피하는 데만 신경을 썼습니다. 의사에게 죽음 자체에 관해 이야기한 적이 한 번도 없었고, 언제나 죽음을 피할 수 있는 가능성에 관해서만 이야기했습니다.

첫 방사선 치료가 끝난 직후, 첫 진단을 받은 지 1년도 채 되지 않았을 때 제 담당 종양 전문의가 미국의 대각선 반대편인 워싱턴주로 이사했습니다. 그래서 저는 새로운 의사를 찾고 있었습니다. 이 시점에 저는 그냥 전문의가 아니라 저를 모니터링하는 데 도움을 줄, 경험이 풍부한 전문의가 필요하다고 느꼈습니다. 그래서 새로운 의사와 저는 반복되는 스캔이 주는 심리적 부담과 두려움에 관해 이야기를 나누었고, 조기 발견의 잠재적 이점을 고려할 때 그것을 감수하는 게 나을지 논의했습니다. 저는 암이 제 얼굴에 재발하게 되면, 그것이 국소적인 재발이라면 육안으로도 확인할 수 있을 거라고 확신했습니다. 그리고 폐와 같은 다른 곳에 재발하면 어차피 희망이 없습니다. 그래서 우리는 3년 후에 스캔을 중단했습니다.

5년 후에 저는 두 가지 이유로 또다시 추적 검사를 받았습니다. 왼쪽 얼굴이 약간 붓는 것을 느꼈고, 그밖에 책임이 따르는 새로운 일을 시작하려고 하는데 걱정할 필요가 없기를 바랐기 때문입니다. 스캔 결과는 정상이었습니다. 그래서 제 담당 종양 전문의, 방사선 종양 전문의, 암 전문 외과 의사와 함께 다시 정기 검진을 하기 시작했습니다. 스캔 결과와 죽음을 걱정하는 대신 저는 삶에 집중했습니다.

재건

첫 번째 암 수술은 순전히 기능적인 관점에서 볼 때 성공적이었는데도 불구하고, 저는 여전히 외과 환자였고 암 환자였습니다. 수술 과정에서 외과 의사들은 종양 대부분이 있는 피부 표피층뿐만 아니라 근육, 신경, 지방 조직, 뼈 일부까지 전부 제거했습니다. 그런 다음 성형외과 의사들이 상처를 치료해야 했습니다. 이어진 방사선 치료도 원래 수술 결과에 영향을 미쳤습니다. 조직에 훨씬 더 심한 흉터가 생겼고 얼굴의 모든 털, 눈썹 및 머리털이 모두 없어졌습니다. 그래서 추가 수술과 시술이 필요했습니다. 재건은 여러 단계에 걸친 작업이었으며 성형외과 의사들은 눈꺼풀의 기능, 개별 근육, 외모 모두를 중점적으로 치료했습니다. 이 모든 과정이 여러 해에 걸쳐 계속되었습니다. 그사이에 모든 것이 치유되고 제 얼굴이 변화에 익숙해질 때까지 계속해서 기다려야 했지요. 거의 매년 수술을 했습니다.

시간이 지남에 따라 각각의 수술 준비, 계획, 마취 및 그 결과, 통증, 약물로 인한 메스꺼움, 부기 및 더딘 치유가 일상이 되었습니다. 흉터를 매끄럽게 하고, 눈썹을 재건하고, 헤어 라인을 교정하고, 무엇보다 제 복부의 피하 지방 조직에서 얻은 지방 세포를 얼굴 피부 아래에 이식했습니다. 지방 세포는 겨울철 찬 바람을 막아 주고 그 위의 피부 표면을 더 부드럽고 유연하게 만들어 주었습니다. 두 번째 대대적인 암 수술을 받은 지 1년 후에는 왼쪽 눈꺼풀 교정을 위해 수술을 한 번 더 받았습니다.

이러한 성형 수술은 허영심을 위한 것이 아니라 순전히 기능 개선과 증상 완화를 위한 것이었습니다. 이러한 외과 수술의 횟수와 시간 간격은 제 상황과 질병에 맞게 개별적으로 이루어지긴 했지만, 많은 암 환자가 겪는 여정은 대체로 같습니다. 대부분의 경우 초기의 집중 치료는 환자로서 경험하는 가장 중요하고 성과가 큰 부분일 수 있지만, 그 이후 역시 마찬가지로 힘든 시간입니다. 치료는 신체적, 정서적 흉터를 남기며 이러한 흉터는 추가 치료와 모니터링이 필요할 수 있습니다. 여기에는 재검진, 혈액 검사 및 다양한 전문의와의 추가 진료 일정이 포함됩니다. 치료로 인한 장기 손상은 신체 기능과 삶의 질에 지속적인 영향을 미칠 수 있습니다. 유방암 수술을 받은 환자는 경우에 따라 평생 팔의 림프 부종과 싸워야 할 수도 있습니다. 몇 년 전에 저는 말초 신경병증으로 손가락 끝의 감각이 없어져 더는 공구를 잡을 수 없게 되었고, 그래서 자동차 정비사라는 직업을 포기해야 했던 한 대장암 환자를 치료한 적이 있습니다.

그는 방사선 치료의 장기적인 결과로 녹내장 및 다양한 유형의 피부암이 발생할 위험성이 더 높아졌습니다. 정서적 상처도 깊었습니다. 외상 후 스트레스 장애와 암 재발에 대한 두려움은 종종 완치라는 실제 승리를 가릴 수 있습니다. 이런 의미에서 암 투병은 치료 결과만으로 절대 끝나지 않습니다.

제 입의 기능은 미용 수술의 핵심이었습니다. 저는 궁극적으로 대중 앞에서 연설하고, 환자를 돌보고, 학생들을 가르치고, 강연을 하고, 학회에서 연구 결과를 발표하고 토론하는 일을 계속하고 싶었습니다. 의사소통 능력이 제 정체성의 일부이기도 했지만 이러한 활동을 할 수 있어야 삶의 재정적 기반을 형성할 수 있으니까요.

그리고 한 가지가 더 있었는데, 그건 개인적으로 매우 중요한 것이었습니다. 저는 음악을 다시 연주하고 싶었습니다. 저는 일곱 살 때부터 트럼펫을 연주했으니 거의 평생 트럼펫을 연주한 셈입니다. 제가 자란 동베스트팔렌에서는 19세기 후반부터 전통적으로 교회 관악대가 있었는데, 주로 아마추어들이 연주했습니다. 저는 교회와 학교 관악대, 지역 청소년 오케스트라에서 연주했고, 연방 정부가 주최하는 경연 대회인 '전독일청소년음악경연대회'에도 여러 번 참가했습니다. 유럽과 미국에서 순회공연을 하기도 했습니다. 어린 시절에는 피아노를 많이 연주했지만, 결국 트럼펫 연주에 집중하게 되었지요. 수년에 걸쳐 트럼펫은 제 일부이자 제 정체성의 일부였습니다. 심지어 제 성격이 이 악기의 본질적인 특징을 닮은 것 같기도 합니다. 트럼펫 소리처럼 저는 단호하고 명확하며 때로는 시끄럽습니다.

더 나아가 음악은 저에게 다른 사람들과 소통할 기회도 주었습니다. 처음 보스턴에 왔을 때 음악 활동을 통해 인맥을 쌓고 좋은 친구들을 사귀었습니다. 저는 주로 보스턴 주위의 의사와 의료 전문가로 구성된 지역 오케스트라인 롱우드심포니오케스트라에 연주자로 지원했습니다. 이 오케스트라에서는 일 년에 네 번, 뉴잉글랜드음악원의 아름다운 콘서트홀에서 연주회를 했습니다. 여름에는 도시 한복판의 강가에서 야외 콘서트를 열기도 했습니다.

처음 발병했을 때 저는 이 오케스트라 단원으로 20년째 활동하고 있었습니다. 수술하기 한 달 전에 화학 요법 때문에 이미 머리가 빠진 상태에서 했던 마지막 공연에서 저는 큰 솔로 곡을 연주해야 했습니다. 연습을 많이 했고 연주도 정말 잘되었지요. 연주회가 끝나고 오케스트라에서 송별회를 열어 줬습니다. 동료들은 제가 치료 후에는 트럼펫을 입에 대지 못할 것임을 알고 있었습니다. 저도 저 자신에 대해 잘 알고 있었습니다. 연주할 수 있는 모든 것을 연주해 보았으니, 이제부터는 이전처럼 음악을 듣는 것을 즐기겠다고 생각했습니다. 현역 트럼펫 연주자로서 제 인생이 잘 마무리된 것 같았습니다.

그게 제 확고한 신념이었지만 저는 저 자신에게 속고 있었습니다. 그 오랜 세월을 트럼펫과 함께했는데 그냥 그만둘 수는 없었습니다. 저는 다시 연주하고 싶었습니다. 문제는 어떻게 하느냐였습니다. 저는 오른쪽 윗입술과 오른쪽 잇몸, 오른쪽 혀끝이 마비되었는데, 이는 삼차 신경의 가지를 제거했기 때문이었습니다. 처음에는 입술과 뺨을 통제할 수 없어 자주 헛소리를 내기도 했습니다. 이런 상황에서도 많은 걸 해낼 수 있었지만, 결정적으로 트럼펫을 연주할 수는 없었습니다. 공교롭게도 트럼펫 연주는 이제 저의 절실한 소망이었습니다. 저는 다시 연주할 수 있기를 간절히 바랐습니다. 제 능력의 한계가 저를 절망으로 몰고 갔습니다.

수술 후 6개월이 지난 뒤 저는 처음으로 다시 과학 콘퍼런스에 참석했습니다. 개최지는 하노버였는데 보스턴에서 보기엔 고향에서 매우 가깝게 느껴졌습니다. 저는 이 기회를 이용해 빌레펠트오케스트라의 트럼펫 수석으로 정년 퇴임한 옛 트럼펫 스승 한스 요아힘 크노케(Hans-Joachim Knoke)를 방문했습니다. 1년 전 어머니를 깜짝 방문했을 때 그분이 여든 번째 생일을 맞아 세레나데를 연주했고 그때 잠깐 만나긴 했지만, 그 후로는 자주 연락을 드리지 못했습니다. 이번 방문은 과거로의 여행이었지만 미래를 살짝 엿볼 수 있는 기회이기도 했습니다.

우리는 지하에 있는 그의 스튜디오에서 만났습니다. 그곳에서 저는 30년 전에 그에게 레슨을 받기 시작했었지요. 그 당시 저는 야심차고 트럼펫에 대한 열정이 넘쳤으며 젊은이답게 활력이 넘쳤습니다. 크노케는 엄격하고 까다로웠지만 동시에 동기 부여를 잘해 주었고 배려가 넘쳤습니다. 오로지 기교에만 집중하는 선생님은 아니었습니다. 그는 재능도 좋지만 매일 연습하는 것이 더 좋은 결과를 가져온다는 것을 깨닫게 해 주었습니다. 또 프로 음악가로서 연주회를 하려면 정신적 준비가 상당히 중요하며, 좋은 준비는 공연하는 순간에 모든 힘을 동원하고 최선을 다할 수 있는 전제 조건임도 가르쳐 주었습니다. 비록 제가 그의 발자취를 따르지는 않았지만, 그는 다른 어떤 선생님보다 제 인생과 경력에 깊은 영향을 미쳤습니다. 트럼펫 연주에 관해 그에게 배운 모든 것은 나중에 의대생과 의사가 된 후에도 큰 도움이 되었기 때문입니다.

이번에 그분을 방문했을 때는 모든 게 전과 달랐습니다. 크노케는 이미 오래전에 은퇴한 상태였고 저는 육체적으로 많이 쇠약해져 있었습니다. 지난날의 모든 기억 및 성공에 대한 기억 때문에 그를 마주하는 것이 어려웠습니다. 적어도 겉으로 보기에는 제가 완전히 다른 사람이 되어 있었기 때문입니다. 하지만 외모가 낯설어지고 시간 간격이 있었음에도 불구하고 우리는 곧바로 과거와 다시 연결될 수 있었습니다. 제가 현관에 들어서자 그는 저를 따뜻하게 안아 주었습니다. 우리 둘 다 다시 만나서 기뻤습니다. 그런 다음 우리는 지하 연습실로 갔습니다. 저는 가져간 마우스피스로 그의 트럼펫 중 하나를 연주했습니다. 하지만 이 말은 잘못된 표현입니다. 정확하게 표현하자면 저는 연주하지 못했습니다. 바로 그게 문제였습니다. 얼굴이 뻣뻣하고 이상하게 나무처럼 느껴졌습니다. 마우스피스를 어디에 대야 할지 감이 오지 않았습니다. 입김을 불어도 입술이 제대로 닫히지 않는 게 문제였습니다. 뺨을 부풀려도 공기를 머금고 있을 수가 없었고 방귀 소리와 비슷한 비참한 휘파람 소리와 함께 공기가 피식 빠져나갔습니다.

크노케가 언젠가 이런 '학생'을 앞에 둔 적이 있었는지 모르겠습니다. 그는 놀라지 않았습니다. 그는 호흡, 턱의 위치, 치아, 입술, 혀에 주의를 기울였습니다. 그는 혀가 길을 막지 않도록 입속을 통과하는 공기의 경로를 알려 주며 인내심을 갖고 침착하게 격려해 주었습니다. 저는 몇 가지 소리를 내기 위해 몇 번이고 반복해서 노력했습니다. 한 번 또 한 번. 우리는 지하실에서 세 시간을 보냈습니다. 제가 힘들이지 않고 쉽게 연습곡들을 연주하던 바로 그 장소에서요. 이제 더는 제대로 되지 않았습니다. 아무것도 할 수가 없었습니다. 저는 깊은 우울감에 빠지다 못해 거의 굴욕감을 느꼈습니다. 이번 방문은 완전한 실패였고, 어리석은 생각이었습니다. 발전하기는커녕 아무리 노력해도 허사라는 것은 제가 더는 아무것도 할 수 없다는 것을, 이전의 제 삶은 끝났다는 것을 알려 줬습니다. 저는 이제 포기할 준비가 되었습니다. 마지막으로 딱 한 번만 더, 마우스피스 위치를 몇 밀리미터만 바꿔 보았습니다. 그리고 그때 소리가 났습니다. 제가 한 음을 연주한 겁니다. 딱 한 음이었습니다. 전혀 좋은 소리는 아니었지만, 끽끽거리는 소리도 아니었고 빽 소리도 아닌 진짜 트럼펫 소리였습니다.

저는 정말 행복했습니다. 안도감과 행복감에 울고 싶었습니다. 한 음을 소리 냈다면 더 많은 음이 나올 수 있으니까요. 모든 것을 잃은 건 아니었습니다. 그날 오후, 저는 트럼펫처럼 들리는 소리를 더는 낼 수 없었습니다. 그럼에도 불구하고 희망이 깨어났습니다. 크노케는 포기하지 말고 계속 노력하라고 격려했습니다. 그는 집에서

해 볼 수 있도록 우리가 연습했던 호흡법과 준비 동작을 색인 카드에 적어 주었습니다.

그때 마지막으로 보고 나서 넉 달 후 그는 세상을 떠났습니다. 저는 그에게서 새로운 관점, 가능성에 대한 새로운 믿음 등 많은 것을 배웠기 때문에 그를 결코 잊지 못할 것입니다. 저는 이 마지막 만남에서 얻은 선물을 고이 간직하려고 그 색인 카드를 액자에 넣어 제 책상 위에 두었습니다. 날마다 이 색인 카드를 보며 지원과 인내가 있다면 뭐든지 이룰 수 있음을 상기합니다.

그 후 보스턴의 음악원에서 트럼펫을 가르치는 스티브 에머리(Steve Emery)라는 환상적인 트럼펫 선생님을 새로 만났습니다. 함께 작업하면서 그분은 제가 다시 음악으로 돌아갈 수 있도록 도와주었습니다. 저는 음악을 연주하는 것이 정말 즐겁습니다. 제 인생에서 이 부분을 되찾았다는 사실이 행복합니다. 예전 오케스트라에서도 다시 연주할 수 있게 되었고 심지어 이따금 금관 5중주단으로도 연주할 수 있게 되었습니다.

항암 치료로 인한 인지 장애

제가 평생 의지할 수 있었던 것은 바로 기억력입니다. 좋은 기억력 덕분에 저는 학교에서 배운 라틴어나 그리스어 어휘, 음악 작품 익히기, 서로 관련 없는 세부 사항 수천 개를 외워야 했던 의학 시험 등을 비롯해 여러 가지 일을 훨씬 쉽게 하곤 했습니다. 환자의 병력, 검사 결과 및 기타 중요한 세부 사항을 쉽게 기억할 수 있기 때문에 환자를 돌보는 것도 마찬가지로 수월했습니다. 하지만 첫 치료 후 몇 달이 지나자 모든 것이 사라졌습니다. 기억력은 여전히 작동하긴 했지만 신뢰할 수 없었습니다. 정말 두려웠습니다. 가끔 약 이름이 기억나지 않을 때도 있었습니다. 저는 그것이 무엇에 쓰이는 약인지 정확히 알고 있었고, 이미 수백 번이나 처방했으며, 얼마큼의 복용량을 처방하는지도 알고 있었습니다. 그런데 그 이름만, 하필이면 이름만! 기억나지 않았습니다. 아무리 해도 그 단어가 떠오르지 않았습니다.

표준 정보뿐만 아니라 일부 사건도 기억 상실의 영향을 받았습니다. 헬레에게 병원에서 있었던 일을 들려주다가 전날 똑같은 이야기를 했다는 지적을 받을 때가 있었습니다. 당황스럽고 화가 났지만 무엇보다 불안했습니다. 제 기억력이 약해진다면 환자들의 안전을 위협하는 것은 아닐까요?

제 담당 종양 전문의를 만나러 갔더니 "음, 항암 치료로 인한 인지 장애군요."라고만 했습니다. 그는 신경 심리학자에게 연락해 검사를 받도록 했습니다. 살아오면서 수많은 검사를 받아 봤지만 신경 심리 기능 검사는 처음이었습니다. 정말 두려웠습니다. 기억력이 영구적으로 손상되었다면 어떻게 될까요? 연구에 따르면 화학 요법 후 인지 능력이 손상된 사례가 많이 보고되고 있으며, 다양한 치료와 관련된 외상 경험도 집중력과 기억력 장애의 원인이 될 수 있습니다. 뇌가 더 이상 제대로 기능하지 않고 당연시했던 것들에 대한 기억력마저 떨어지면 의사, 연구자, 교수로서 저는 어떻게 될까요? 어떻게 결정을 내려야 할까요? 실험을 계획하고, 학생들을 가르치고, 채점하는 일을 어떻게 해야 할까요?

신경 심리 기능 검사는 반나절이 걸리는 지루한 검사였습니다. 1980년대에는 의과 대학 입학에 적합하다는 것을 증명하기 위해 주의력, 장단기 기억력, 시각적 지각력, 문제 해결 능력을 평가하는 비슷한 테스트를 통과해야 했습니다. 저는 이번 인지 장애 테스트에서도 많은 영역에서 매우 우수한 성적을 거두었습니다. 그 결과가 과연 얼마나 의미 있을지 은근히 궁금했습니다. 그러나 비교 대상, 즉

'항암 치료 전' 검사 결과가 없었기 때문에 치료로 인해 제가 실제로 얼마나 많이 잃었는지 정확히 알 수는 없었습니다.

신경 심리학자는 규칙적으로 운동하고, 잠을 충분히 자고, 뇌를 계속 사용하라고 조언했습니다. 특히 마지막은 훌륭한 조언이었는데, 저는 다른 계획도 없었거니와 어차피 다른 선택지도 없었습니다. 하지만 그가 옳았습니다. 정기적인 '훈련'이 도움이 되었고, 그 후 몇 달 동안 저는 일시적인 기억 상실 횟수가 점점 더 줄어들었습니다. 직장에서 같은 이야기를 반복해서 하는 경향도 병에 걸리기 전 수준으로 떨어졌습니다. '항암 치료로 인한 인지 장애'에 대한 의심이 처음에는 극적이고 놀라웠고 다시 한번 제 삶을 위협했지만, 다행히 시간이 지나면서 이 위협은 사라졌고 제 삶에 장기적인 영향을 미치지는 않았습니다.

두 번째 치료할 때는 다른 약을 복용했는데, 그 이후에는 기억력이나 집중력 문제를 느끼지 못했습니다. 그 점에서는 제가 정말 예전 그대로였습니다. 코로나19 기간에는 새로운 치료 경험보다는 많은 가상 세션과 온라인 과제에 더 집중했던 것 같습니다. 연구 팀을 확장하고, 결과를 발표하고, 학생들을 가르치고, 암 환자를 치료하고, 추가적인 학술 지도 과제들을 맡아 성공적으로 해낼 수 있었던 지난 9년간을 돌아보면, 기억력이 완전히 회복되었다고 자신 있게 결론 내릴 수 있습니다.

증거

첫 번째 암 발병 때에는 7개월간 치료를 끝낸 뒤 직장에 복귀했습니다. 캐나다의 산악 지대에서 가족과 함께 멋진 휴가를 보내고 난 후였습니다. 저는 일터로 돌아갈 날을 학수고대했지요. 하지만 처음에는 연구실에서만 근무했습니다. 제가 아직 환자들의 투병 과정을 함께할 수 있는 상태는 아니었기 때문입니다. 첫 근무 날 활기차게 시작은 했지만, 두 번의 회의가 끝나자 너무 지친 나머지 사무실 바닥에 드러누울 수밖에 없었고 그 채로 잠이 들어 두 시간이나 곯아떨어졌습니다. 일상으로 돌아가고 싶은 마음은 굴뚝 같았지만 몸은 아직 준비되어 있지 않았던 겁니다. 제가 기대했던 것만큼 몸이 따라 주지 않았습니다.

오늘 저는 방사선 치료가 이런 지속적이고 영구적인 피로를 유발했을 수 있다는 걸 깨달았습니다. 그전까지만 해도 제 몸이 기능을 잘하고 제 의지대로 잘 따라 주었기 때문에 '자기 관리'를 해야 한다는 말은 들어 본 적이 없었던 것 같습니다. 자기 관리가 필요하지도 않았고 그걸 할 이유도 없었습니다. 하지만 지금은 상황이 달라졌습니다. 제 에너지와 지구력이 증발해 버린 것만 같았습니다. 그래서 생애 처음으로 헬스클럽에 갔습니다. 저는 하프 마라톤은 여러 번 뛰었고 보스턴 마라톤은 두 번이나 뛰었던 사람입니다. 하지만 일반 체력을 위한 정기적인 훈련 프로그램은 해 본 적이 없었습니다. 이제 모든 것이 바뀌었습니다. 근력과 지구력을 키우기 위해 헬스클럽의 트레이너와 매주 세 번씩 새벽 트레이닝 세션을 시작했습니다. 그 결과는 놀라웠고, 저는 거의 중독될 정도로 트레이닝에 빠져들었습니다. 가장 반가운 효과는 중간에 쉬지 않고도 하루를 너끈히 버틸 수 있을 정도로 체력이 생긴 것입니다. 최고의 영광은 몇 년 후 뉴욕에서 친구와 함께 뛰었던 첫 하프 마라톤이었는데, 암을 이겨 낸 삶의 승리였습니다.

암이 재발했을 때, 평소에 단련해 둔 운동 루틴이 큰 도움이 되었습니다. 항암 치료로 인해 발에 감각이 없어지고 어떤 날은 기진맥진해서 숨도 제대로 쉴 수 없었지만, 치료 중에도 규칙적인 운동 프로그램을 유지하기 위해 최선을 다했습니다. 마지막 방사선 치료를 받던 날, 저는 암과 제 몸에 제가 여전히 할 수 있다는 것을 보여 주기 위해 헬레와 함께 8킬로미터를 달렸습니다. 해방감도 들었고 용기도 얻었습니다.

그 이후로 저는 제 환자들에게 신체 활동을 하는지 더 많이 물어보고 가능하면 몸을 움직이도록 동기를 부여하고 있습니다. 그게 그리 간단치 않다는 건 저도 잘 알고 있습니다. 암과 치료로 인한 극도의 피로감을 저도 너무 잘 알고 있으니까요. 그리고 환자들이 제 기대를 충족시킬 수 없다고 느끼지 않았으면 좋겠습니다. 하지만 저 자신의 경험을 통해 환자들에게 동기를 부여하려고 계속 노력할 겁니다.

일반적으로 제 전공 분야에서는 암 생존자뿐만 아니라 다른 성인에게도 규칙적인 신체 활동을 권장합니다. 매우 많은 데이터와 연구에 따르면 운동을 하는 암 환자가 더 오래, 더 잘 산다고 합니다. 하지만 제가 현재 느끼는 진정한 보람은 운동이 하루를 견디는 데 도움이 된다는 것입니다.

운동이 단지 신체적 효과만 있는 건 아닙니다. 특히 사이클링은 저에게 또 다른 정서적 효과를 가져왔고 공동체 형성에도 긍정적인 영향을 미쳤습니다. 제가 연구 팀을 꾸린 지 얼마 지나지 않아 한 환자의 아버지로부터 간암 연구에 특별한 관심이 있어서 제 연구 작업에 기부하고 싶다는 연락을 받았습니다. 그는 매년 5000명 이상의 자전거 라이더가 함께 매사추세츠주 전역의 300킬로미터를 이틀 동안 달리는 팬매스챌린지(Pan Mass Challenge)에 참가하는 어느 라이더 팀의 주장이었습니다. 이 자전거 투어는 완벽하게 조직된 국민 체육 행사일 뿐만 아니라 처음부터 다나파버암연구소의 연구 기금을 마련하는 데 기여해 왔습니다. 저도 바로 참가하기 시작해서 매년 참여했으며, 방사선 치료를 받던 해에만 쉬었습니다.

친구들과 동료들은 주말에 모여 훈련하는 경우가 많은데, 이 행사 자체만으로도 훌륭한 공동체가 형성됩니다. 암과 싸우는 연구자, 암 환자, 의사, 친구, 환자 가족 등 다양한 사람이 모입니다. 헬레도 마찬가지로 참여했으며, 맏딸 라비니아도 처음엔 자원봉사자로 참여했다가 나중에는 적극적인 참가자가 되었습니다. 같은 생각을 가진 사람들로 구성된 이 대규모 그룹의 일원이 된다는 것은 매년 저에게 큰 힘이 됩니다. 그런데 제가 병에 걸리면서 이 행사는 아주 다른 의미를 하나 더 갖게 되었습니다.

첫날 행사가 끝나면 암을 직접 경험하고 극복한 모든 참가자가, 즉 라이더들과 봉사자들이 한자리에 모여 단체 사진을 찍고 샴페인으로 건배를 합니다. 삶을 위한 건배입니다. 암이 실재하지만 암 연구가 진정한 열매를 맺고 있고 혁신적인 치료법들이 성공하고 있다는 것에 관한 생생하고 유쾌한 증거입니다. 그것은 삶이 죽음을 이기고, 치유가 질병을 이기고, 희망이 절망을 이긴다는 최고의 증거였습니다.

매년 수백 명의 암 환자와 생존자가 사진을 찍기 위해 줄을 서는 그 몇 분 동안, 저는 동료 라이더들의 얼굴에서 인간 감정의 모든 스펙트럼, 즉 구간을 끝낸 뒤의 피곤함, 삶을 축하하는 기쁨, 이전 치료의 흔적들, 미래에 대한 걱정을 비롯해 무엇보다도 지울 수 없고 이론의 여지가 없고 부인할 수 없는 삶에 대한 의지를 봅니다. 주위를 둘러보면 눈물이 납니다. 잘 울지 않는 제 얼굴에도 눈물이 흐르고 있습니다. 희망과 두려움, 고통과 승리, 성공과 실패의 롤러코스터를 함께 타며 같은 상처를 안고서 서로를 '이해하는' 사람들이 모인 공동체에 속해 있다는 것은 큰 힘이 되고 위로가 됩니다. 암 자조 그룹은 암 센터와 진료실에서 종양 전문의와 치료 팀이 제공하는 전문적인 치료 이상으로 암 환자에게 도움을 줄 수 있는 곳입니다.

2021년 코로나19 팬데믹 기간에는 단체 사진을 찍지 못했습니다. 온라인으로만 만났지만 그럼에도 불구하고 똑같은 정신과 똑같은 동지애를 느낄 수 있었습니다.

희망

두 번의 혹독한 암 치료 기간을 거치며 얼굴 양쪽을 잃고 여러 차례 수술 후유증을 겪었지만, 그럼에도 불구하고 지금까지 제가 지탱할 수 있었던 것은 저뿐만 아니라 다른 환자들에게도 좋은 일이 계속 일어날 거라는 희망과 확고한 신념입니다. 기본적으로 저는 극한 역경이 있어도 모든 것이 긍정적인 결과에 이르게 될 것이라 믿는 낙관적인 사람입니다. 투병 경험, 역경을 딛고 살아남은 경험을 통해 저는 훨씬 더 낙관적이고 희망에 찬 사람이 되었습니다. 고통스러울 때, 먹지도 자지도 못할 때마다 저를 지탱해 준 것은 바로 이 희망이었습니다. 치료 중 때때로 상황이 안 좋아 보일 때도, 심지어 암이 재발했을 때조차도 저는 계속 희망을 붙잡고 분발했습니다. 신뢰할 만한 증거는 없었지만, 이 희망은 생존, 치유, 가족과의 미래에 초점을 맞춘 진짜 희망이었으며, 여전히 진짜입니다. 희망이 도움이 된다는 사실은 주관적인 판단이 아닙니다. 심리학 연구에 따르면 희망은 사회적, 정신적, 신체적 안녕에 긍정적인 영향을 미칠 수 있다고 합니다.

제가 처음 발병하고 얼마 되지 않았을 때, 암을 직접 경험하고 극복한 우리 유전학 연구 부서의 상사가 저에게 보스턴의 종양학자인 제롬 그루프먼(Jerome Groopman)이 쓴 『희망의 힘』이라는 책을 선물로 주었습니다. 이 책에서 그루프먼은 회복 가능성이나 생존 가능성이 거의 없는 암 환자였다가 병을 이겨 낸 사람들 이야기를 들려줍니다. 이 책은 오늘날 우리가 알고 있는 대부분의 표적 치료와 면역 요법이 임상에서 알려지거나 사용되기 훨씬 전인 2003년에 영어로 출판되었습니다. 이 책 속 여러 이야기에서는 환자들을 살릴 수 있었던 보편적인 의학적 접근 방식이 아니라 오히려 희망이 중심 요소로 제시됩니다. 이 책은 당시 저에게 깊은 인상을 남겼습니다. 제가 이 책에 나오는 사람들과 매우 비슷한 상황에 처해 있었기 때문입니다. 5년 이내에 사망할 확률이 96%나 되었으니까요.

희망은 단순한 개념이 아닙니다. 그렇다면 희망이란 과연 무엇일까요? 이에 대한 명확한 정의나 신경 생물학적 설명은 없습니다. 희망이 사고 과정인지 감정인지도 명확하지 않습니다. 희망이 미래에 초점을 맞춘다는 것은 당연한 일입니다. 하지만 객관적으로 볼 때 미래가 없다면 어떨까요? 뭔가를 바란다는 게 과연 가당키나 한 걸까요? 그리스 신화에서는 판도라가 상자를 열었을 때 모든 나쁜 것과 악한 것이 빠져나갑니다. 단지 희망만이 남아 우리 안에 있는 유일한 악이 되었다고 하지요. 이 신화에서 희망은 궁극적으로 얻을 수 없는 것을 얻고자 하는 욕망으로 해석됩니다. 우리는 환상을 쫓고 있다는 것입니다.

종양학자, 윤리학자, 철학자 등은 환자, 특히 암 환자에게 희망이 무엇을 의미할 수 있는지에 관해 많은 생각을 합니다. 어떤 이들은 '거짓 희망'에 대해 경고하는데, 이는 일부 환자가 임상적 근거도 없이 비현실적인 기대를 품는다는 의미입니다. 예를 들어, 의학적으로 무의미한 치료임에도 불구하고 무조건 치료를 더 받을 수 있기를 간절히 원하는 환자들이 있지요.

이 논쟁에는 여러 측면이 있고 제가 모든 것을 설명할 수 있는 입장은 아닙니다. 저는 살아남기 위해 희망이 필요했다는 것만 말할 수 있습니다. 거의 불가능에 가까운 성공 사례, 모든 통계적 확률을 뛰어넘는 치료의 가능성에 관한 이야기가 필요했습니다. 그래서 다른 암 생존자들의 이런 이야기들이 저에게는 큰 도움이 되고 힘이 되었습니다. 저도 저절로 완치될 것이라고 믿지는 않았습니다. 저는 환상주의자가 아닙니다. 하지만 이 전기들은 결국 성공할 수 있다는 가능성을 보여 주었습니다. 그들은 기회의 끝자락을 보여 주었습니다. 바로 그 점이 저를 분발하게 해 주었습니다. 아무리 희미하더라도, 제게 아직 긴 인생 행로가 남아 있다는 걸 상상할 수 있도록, 이런 전망이 필요했습니다. 저는 책에 나오는 환자들처럼 되고 싶었습니다. 바로 그들처럼, 저도 불가능해 보이는 놀라운 목표에 도달하고 싶었습니다.

저에게 무작정 적용하는 것이 문제가 될 수 있다는 것을 저도 알고는 있습니다. 하지만 저는 결코 헛된 희망을 품은 게 아니었습니다. 제 회복이 근본적으로 불가능한 것은 아니었고, 단지 통계에서 말하는 회복 가능성과 달랐을 뿐입니다. 전이만 되지 않는다면, 아무리 작더라도 현실적으로 회복 가능성이 존재한다는 것을 항상 의식하고 있었습니다.

희망이 감정 상태라면 연습할 수 있습니다. 확실하지 않은 상황에서도 희망을 품고 긍정적인 결과에 집중하도록 스스로 훈련할 수 있다고 확신합니다. 일부 심리학자들은 제 의견에 동의하며 이런 종류의 '학습된 자신감'이 더 나은 감정 상태로 이어질 수 있고 따라서 삶에 대한 더 나은 전망으로도 이어질 수 있다고 주장합니다. 환자에게는 어려운 길입니다. 그러므로 우리 종양 전문의들이 이러한 희망을 장려하는 것이 중요합니다.

2013년에 덴마크에서 90년에 걸친 장기 연구가 발표되었는데, 이 연구에서는 사람들에게 미래에 대해 낙관적인지, 중립적인지, 비관적인지에 관한 각자의 인생관을 물었습니다. 그 결과, 특히 여성의 경우 낙관적인 인생관이 생존 기간을 연장하는 것으로 나타났습니다. 긍정적인 사고는 삶의 질뿐만 아니라 수명에도 영향을 미치는 것으로 보입니다. 그러나 또한 냉정하게 사실을 직시해야 합니다. 이는 좁은 능선을 따라 하이킹하는 것처럼 균형 잡기가 매우 어려운 일입니다.

어떻게 희망을 일깨울 수 있을까요? 회복과 생존 가능성이 희박하더라도 희망은 존재합니다! 우리의 치료 계획은 대부분 이러한 가능성을 극대화하는 데 맞춰져 있습니다. 우리는 환자에게 치료 목표를 알려서 환자가 우리의 접근 방식을 이해할 수 있도록 해야 합니다. 쉽지 않은 일입니다. 저조차도 의사들이 저를 치료하기 위해 가장 공격적인 치료법을 제안했다는 사실을 완전히 이해하는 데 어려움을 겪었습니다. 제 생각에 의사는 통계에 초점을 맞추지 말고, 가능성을 강조하되 과장하지 않으면서 환자가 장밋빛 미래를 믿게끔 만들어야 한다고 합니다. 이렇게 하면 극복할 수 없을 것 같은 장애물 앞에서도 희망을 품을 수 있다고 확신합니다.

저는 종종 저 자신의 상황을 예로 들어 설명하는데, 환자들은 그 점을 높이 평가합니다. 저는 첫 번째 암에서 '평균적인 환자'보다 훨씬 더 오래 살아남았고, 암이 재발하여 추가 수술과 치료가 필요해져 새로운 고통을 겪었지만, 다시 한번 삶의 기회를 얻었습니다. 비슷한 상황에 처한 다른 환자들과 달리 제가 살아남을 수 있었던 이유가 뭔지는 아무도 모릅니다. 하지만 환자들도 제가 그런 질문에 과학적으로 정확하게 답변할 수 없다는 것을 알고 있어서 이에 대한 정보를 기대하지는 않습니다. 그러나 그들은 제 이야기의 핵심 메시지, 즉 아직 기회가 존재하는 한 싸울 가치가 있다는 것에는 공감할 수 있을 겁니다.

그러나 때로는 이러한 기회조차 더 이상 존재하지 않아서 희망을 포기해야 할 때도 있습니다. 하지만 그게 언제일까요? 암과의 싸움을 멈추고 질병의 진행 경과에 굴복할 수밖에 없는 적절한 시점은 언제일까요? 희망의 정의가 불분명하기 때문에 이 질문에 대한 답도 없습니다. 그 언젠가 생존의 희망을 포기할 수밖에 없는 환자도 많습니다. 하지만 희망이 삶 아니면 죽음이라는 절대적인 양자택일만을 의미하는 건 아닙니다. 희망은 다른 것들, 즉 생존 기간과 삶의 질을 향한 것일 수도 있습니다. 누군가는 살아서 크리스마스 파티를 함께하거나 손주의 탄생을 보길 바랄 수도 있습니다. 혹은 증상과 통증이 줄어들기를 바랄 수도 있습니다. 우리 종양 전문의들은 환자 개개인의 희망과 기대를 이해하기 위해 매우 많은 노력을 기울여야 합니다. 이를 통해 우리는 환자가 달성할 수 있는 목표에 집중하도록 도울 수 있습니다.

간암 전문의로서 저는 너무나 많은 환자가 사망하는 것을 보았습니다. 전반적으로 제가 혜택을 받았던 것처럼 환자들도 조기 진단, 예방, 혁신적 치료의 혜택을 받아 앞으로 더 나은 삶을 살기를 희망합니다. 지난 25년 동안 종양학 분야에서는 엄청나게 많은 일이 일어났습니다. 예전에는 상상도 할 수 없었던 진단 기술과 분석 방법이 개발되었습니다. 치료 전략도 극적으로 개선되었습니다. 1990년대 후반의 화학 치료 요법은, 당시의 기준에서는 매우 탁월했지만, 새로운 표적 치료법과 면역 요법을 통해 형언할 수 없는 발전을 이루었습니다. 따라서 저는 훨씬 더 많은 것이 가능하고 그 결과 많은 사람이 훨씬 더 큰 희망을 펼쳐 나갈 수 있다고 확신합니다.

나의 부모님

이해하기 어려운 운명의 장난처럼, 제가 하버드에서 간암 연구실을 시작한 바로 그해에 아버지가 간암 진단을 받았습니다. 인쇄공이었던 아버지는 열네 살 때부터 유기 용제를 흡입했습니다. 또 약간 과체중이었고 당뇨병이 있었는데, 이 세 요인이 간에 부정적인 영향을 미쳤을 겁니다. 간경변 진단을 받은 지 7년 만에 진행성 간암 진단을 받았을 때 저는 아버지가 생존 가능성이 없다는 것을 알았습니다. 어머니와 동생에게 이 소식을 전하기가 무척 어려웠습니다. 하지만 가장 힘들었던 건 아버지께 이 소식을 전하는 것이었습니다. 저는 아버지의 의사가 아니라 아들입니다. 정서적 유대감이 환자와 치료자 사이의 유대감과는 완전히 달랐고, 훨씬 더 가까웠습니다. 그렇다고 해서 그 사실을 전하는 게 더 쉬워지지는 않았습니다. 저는 아버지와 수천 킬로미터 떨어진 곳에 살았고, 완전히 다른 의료 시스템에 속해 있었으며, 아버지가 진정으로 탁월한 치료를 받고 있으므로 끼어들지 않으려고 노력했습니다.

아버지가 암 진단을 받고 며칠 후 저는 독일로 달려가 아버지 병상 앞에 앉았습니다. 아버지는 의사들의 보살핌에 감사하며 생명력과 희망으로 가득 차 있었지요. 아버지는 전형적인 황달 증상을 보였습니다. 간 기능 장애로 인해 피부와 눈동자가 노랗게 변해 있었습니다. 헬레와 저는 아버지가 수술을 기다리는 일주일 동안 아버지와 함께 지냈습니다. 간 종양에 혈액을 공급하는 혈관을 차단해 종양을 축소하고 아버지가 살 수 있는 시간을 벌어야 했습니다. 아버지는 기다리는 시간을 병원 침대에서 보내지 않아도 되었고, 낮에는 외출이 허락되어 몇 가지 일을 함께할 수 있었습니다. 지금도 저는 함께 갔던 나들이, 함께 먹었던 식사, 우리가 방문했던 박물관에 대한 기억으로 위로받고 있습니다. 6월 말이어서 날씨가 화창하고 포근했습니다.

한번은 우리가 성곽 카페의 테라스에 앉아 신선한 딸기 케이크를 먹고 있었습니다. 저는 케이크 조각에 휘핑크림을 듬뿍 얹었지만, 아버지는 크림을 단호하게 거절하셨습니다. 체중에 좋지 않다는 이유였습니다. 저는 "체중이 무슨 상관이에요. 말기 암인데 먹고 싶은 거라도 마음껏 드세요."라고 말씀드리고 싶은 충동을 느꼈습니다. 하지만 꾹 참았습니다. 당시에는 제 자제력이 더 직관적이었나 봅니다. 지금은 휘핑크림 같은 사소한 것까지 아버지가 직접 통제할 수 있게 한 것이 옳았다는 것을 깨달았습니다. 4년 후 저도 아버지와 똑같이 통제를 위해, 생존을 위해 싸우고 있었습니다. 딸기 케이크를 먹을 때마다 아버지가 생각납니다. 그리고 크림을 한 숟가락 더 먹더라도 양심의 가책을 느끼지 않습니다.

우리는 아버지와 함께 보낸 며칠 동안 가능한 한 많은 추억을 만들었습니다. 그때 만든 추억을 지금도 소중히 간직하고 있습니다. 아버지는 여전히 희망을 품고 계셨지만 저는 그렇지 않았습니다. 저는 의학적 판단에 확신이 있었지만, 아버지께 말씀드리지는 않았습니다. 의사인 우리는 누군가에게서 희망을 빼앗아야 할까요? 만약 그렇다면 언제가 적절한 시기일까요? 앞서 말했듯 저는 제 환자들에게 매우 솔직하며, 그들이 임종을 준비할 수 있도록 돕습니다. 하지만 제가 잘못 생각한 적도 있고 틀린 적도 있습니다. 완전히 틀렸었죠.

안타깝게도 아버지에 대한 제 판단은 틀리지 않았습니다. 지금 생각해 보면 아버지를 병원에서 집으로 모셔다드리고, 힘들고 쓸모없는 치료는 취소했어야 했습니다. 하지만 그랬더라면 모든 희망이 깨져 버렸을 겁니다. 그리고 당시 저는 너무 감정에 휩싸여 있어서, 명확하고 이성적으로 결정을 내릴 수 없었습니다. 그건 그렇다 치더라도 제가 아버지의 의지에 반해 아버지를 퇴원시킬 수 있었을까요? 제가 아버지보다 아버지의 병에 관해 더 많이 알고는 있었지만, 그렇다고 해서 아버지를 위한 결정이나 아버지에 관한 결정을 제 마음대로 내릴 권한까지 생기는 걸까요? 저는 개입 여부가 혹은 개입을 포기하는 것이 아버지 병의 진행이나 아버지 삶의 질에 본질적인 영향을 미쳤을 거라고는 생각하지 않습니다.

아버지는 그로부터 6주 후에 어머니 곁에서 돌아가셨습니다. 마지막까지 아버지는 퇴원해서 손주들과 다시 놀 수 있기를 바랐습니다. 언제 희망을 포기해야 하는지, 치료에 대한 희망이나 고통이 줄어들기를 바라는 희망, 사랑하는 사람들과 함께하는 위로의 시간에 대한 희망을 언제 포기해야 하는지 그건 누구도 답할 수 없는 질문입니다. 저는 아버지가 보고 싶고 그리워서 고통스럽습니다. 아버지와 더 많은 시간을 함께 보내고, 아버지와 딸기 케이크도 더 많이 먹고, 아버지와 산책도 더 많이 했더라면 좋았을 텐데 하는 아쉬움이 많이 남아 있습니다.

어머니는 아버지가 돌아가신 지 12년 되던 해, 제가 두 번째 암 수술을 받은 지 6개월 만에 고향 빌레펠트에 있는 치매 요양원에서 코로나19 감염으로 돌아가셨습니다. 막 여든아홉 살이 되셨을 때였지요. 어머니의 치매 증상은 제가 첫 번째 암 진단을 받기 전부터 이미 나타나고 있었습니다. 제 병으로 인해 기억 상실을 겪고 있는 어머니와 우리 가족 모두가 극도로 힘들어 했습니다. 어머니는 기억이 계속 사라졌기 때문에, 아들이 암에 걸렸다는 소식을 매일매일 새롭게 '전해 듣는' 셈이었습니다. 저는 어머니가 걱정과 두려움을 되풀이해서 겪지 않도록 어머니와 대화할 때면 제 병이나 치료 과정에 대한 언급은 가급적 피했습니다. 하지만 항상 피할 수는 없었습니다.

어머니는 코로나19로 돌아가셨지만, 근본적으로는 사는 것을 멈추신 겁니다. 열 때문에 기력을 잃고 더 이상 먹지도 마시지도 못했지요. 어머니는 밤에 돌아가셨는데 한 간호사가 곁에 있긴 했지만,

자녀는 아무도 없었습니다. 가족 중 아무도 곁에 없었던 겁니다. 친구도 곁에 없었습니다. 저는 아주 먼 보스턴에 있었는데, 그건 코로나19가 없었어도 달라지지 않았을 것입니다. 하지만 제 동생조차 코로나19로 인해 어머니 면회에 제한을 받았습니다. 저는 어머니의 장례식에도 참석하지 못했습니다. 새로운 변종 바이러스가 확산하고 있는 상황에서 비행기에 타서 많은 사람과 밀폐된 공간에 몇 시간 동안 함께 앉아 있는 것은 너무 큰 위험이 될 수 있었기 때문입니다. 더군다나 저는 여전히 암 치료를 받고 있는 중이었고 방사선 치료에서 막 회복한 상태였습니다. 이성적으로는 분명한 결정이었지만, 감정적으로는 지극히 어려운 결정이었습니다. 암으로 인해 부모님 두 분의 죽음을 아주 다른 방식으로 맞이하게 되었습니다. 그런 상황을 피하지 못하고 부모님을 그렇게 보내드릴 수밖에 없어서 마음이 몹시 아픕니다.

평범함

미국의 시인 마이아 앤절로(Maya Angelou)는 "당신은 당신이 언젠가 보고, 듣고, 먹고, 냄새 맡고, 말하고, 잊어버린 모든 것의 총합이다. 모든 것이 다 있다."라고 썼습니다. 저는 이 말이 바로 이해가 됩니다. 의사로서 우리는 진료를 하기 위해 우리가 보고 들은 모든 것이 필요하며, 그래야만 환자에게 적절한 치료를 제공할 수 있습니다. 우리의 치료는 우리의 개인적인 경험뿐만 아니라 전체 전문 분야의 경험에도 영향을 받습니다. 질병, 특히 심각한 질병을 경험한 의사의 경우에는 더욱 그러합니다. 우리 자신의 질병은 환자를 돌보는 방식에 영향을 미칩니다.

환자로 지내는 동안 저는 종종 의사이자 담당자로서 제 경험을 확인하거나 심화시킨 것 같은 인상을 받았습니다. 완전히 새로운 인식을 얻기도 했고, 몇 가지 잘못 생각하고 있었던 것을 바로잡기도 했지요. 그 결과 환자를 대하는 태도가 바뀌었습니다. 저는 지금까지와는 다르게 환자들의 이야기에 귀를 기울이고, 그들의 가족을 더 많이 고려하고, 불안, 두려움, 외로움에 대한 제 기억을 공유합니다. 그렇게 함으로써 환자들과 더 긴밀한 관계를 구축할 수 있습니다. 저는 환자들에게 희망을 품게 하는 것을 가장 중요시합니다. 낙관적인 태도를 강조하면서 치료가 효과 있을 거라는 믿음을 갖도록 격려합니다.

저는 환자를 방문하거나 대화할 때마다 이 만남의 중요성에 상응하는 관심을 환자에게 기울이는 것이 중시합니다. 몇 년 전 하버드의대에서 학생들을 대상으로 한 강연에서 유명한 첼리스트 요요마가 했던 말이 이 점에 대해 깨달음을 주었습니다. 한 학생이 요요 마에게 청중 앞에서 똑같은 곡을 되풀이해서 연주할 수 있는 원동력이 어디서 나오는지 물었습니다. 요요 마는 매번 자신과 청중을 위해 유일무이하고 잊을 수 없는 체험을 선사하기 위해 노력한다고 대답했습니다. 저도 요요 마와 비슷한 방식으로, 환자들이 저를 만났을 때 유일무이하고 잊을 수 없는 체험을 하고 있다고 느끼기를 바랍니다. 모든 의사는 일상적으로 이루어지는 피상적인 진료를 하지 않도록 전력을 다해야 합니다. 저도 항상 성공하는 건 아니지만 최선을 다하려고 노력합니다. 제가 의대생들과 수련의들에게 제 경험에 관해 이야기할 때 가장 중점을 두는 부분은 환자와의 만남이 틀에 박힌 일상이 되도록 하지 말라는 것입니다.

진부하게 들릴지 모르겠지만, 암이 재발했을 때 첫 번째 투병 경험이 무엇보다 정서적인 측면에서 많은 도움이 되었습니다. 그 당시에는 통제력을 상실했다는 느낌이 극심한 스트레스로 다가왔습니다. 하지만 재발했을 때는 제가 처음부터 더 많은 계획을 세우고 어려움을 해결하려고 노력했으며, 무엇보다도 저 자신을 위한 시간을 가지려고 노력했습니다. 첫 번째 투병 기간에는 오랫동안 마치 예전처럼 건강한 척하며 마지막 순간까지 모든 업무를 완수했습니다. 하지만 두 번째에는 제가 행정 업무에 더 많이 관여하고 있었는데도 더 잘 계획하고, 공식적으로 병가를 받기 전부터 직원들과 동료들에게 업무를 위임했습니다. 코로나19 팬데믹이 적어도 이런 점에서는 제게 큰 도움이 되었습니다. 거의 모든 회의가 화상으로 진행되어서 컨디션이 좋지 않을 때는 집이나 침대에서도 문제없이 참여할 수 있었기 때문입니다. 또 처음부터 더 많이 휴식을 취했고 가족과 더 많은 시간을 보냈습니다. 신체 활동은 정신 상태와 정신력에 매우 긍정적인 영향을 미치기 때문에, 저는 가능한 한 날마다 5~8킬로미터씩 규칙적으로 달렸습니다. 도중에 문제가 생길 경우를 대비해 혼자 달리는 일은 거의 없었고, 대개 헬레와 강아지와 함께 달렸습니다.

저는 암을 계속 모니터링했습니다. 이전에 체력 훈련을 할 때 사용했던 피트니스 트래커(fitness tracker)*의 데이터를 사용하여, 암 치료로 인해 매주 제 몸에서 얼마나 많은 에너지가 소모되는지 정확히 추적할 수 있었습니다. 이 데이터는 대다수 암 환자와 마찬가지로 제가 느끼는 주관적인 허약감을 객관적으로 확인할 수 있는 자료였습니다. 저는 고집스럽게 모니터링을 계속했고, 규칙적인 체력 훈련

* 맥박, 운동량, 심박수 등을 측정해 주는 스마트 기기.

을 통해 수술 전까지 문자 그대로 버틸 수 있었습니다. 첫 번째 투병을 할 때보다 건강에 좋은 식습관을 유지하려고 더 많은 주의를 기울였고, 체중을 유지하려고 노력했습니다. 친구들과 동료들이 정기적으로 직접 만든 식사를 들고 우리 집에 찾아와 줘서 정말 좋았습니다. 그들은 제가 피곤하지 않도록 잠깐 담소를 나누고 바로 돌아갔는데, 그들이 가져온 음식은 다른 사람들이 우리를 생각하고 우리에게 신경 쓰고 있다는 물리적 '증거'였습니다. 저는 더욱 평온하게 치료에 전념할 수 있었고, 병원 진료에 헬레와 함께 가려고 노력했습니다. 그렇게 해서 정보를 잃어버리지 않았습니다. 이상하게 들릴지 모르지만, 저는 이미 이 병을 한 번 경험한 적이 있어서 더 나은 환자가 되었습니다. 그건 사실입니다. 암이 재발했던 제 환자들을 돌아보면, 그들이 병을 앓으면서 '성장'했다는 것을 깨닫게 됩니다. 그들은 치료에 대한 자신의 반응을 전문적으로 평가할 수 있었고, 자신에게 중요한 측면에 집중하며 통제력을 되찾았습니다. 저도 마찬가지였습니다. 저도 두 번째 발병했을 때는 전반적으로 다르게 경험했고, 소극적이었던 처음에 비해 더 적극적으로 치료에 임했습니다.

그 밖에 저는 우리 암 센터에서 제공하는 통합 치료도 받았습니다. 수술 전 몇 달 동안 화학 요법과 면역 요법을 병행하느라 지친 상태에서 메스꺼움, 두통, 입안이 허는 증상, 점점 심해지는 손발의 무감각을 완화하기 위해 일련의 침술 치료를 받았습니다. 또한 매주 어깨 통증과 긴장성 두통에 대한 마사지도 받았습니다. 이러한 통증은 아마 치료법 자체와는 아무런 관련이 없을 겁니다. 다른 배출구가 없는 스트레스와 압박감이 신체적 증상으로 나타난 것일 뿐이지요.

면역 요법과 침술은 흥미로운 대조 관계에 있습니다. 하나는 과학적 인식에 기반한 최신 치료의 전형입니다. 다른 하나는 수천 년의 전통과 경험을 바탕으로 현대 클리닉에서도 사용되고 있으며 점점 더 많은 임상 연구를 통해 뒷받침되고 있습니다. 암에 대한 통계 및 평균값과 마찬가지로 침술이 개인에게 어떤 이점을 주는지는 침술에 관한 연구로도 정확히 알아낼 수 없습니다. 적어도 저에게는 메스꺼움이 덜해지고 두통이 조금 가라앉았으며 입안의 통증을 약 없이도 견딜 수 있는 긍정적인 성과가 있었습니다. 저의 신경계와 관련된 증세가 더 빨리 개선된 것 같습니다. 그 외에도 저는 그 세션 자체를 즐겼습니다. 일주일에 몇 시간씩 치료실의 고요함 속에서 저 자신과 제 몸에 집중하고, 깊이 생각할 시간을 갖고, 휴식을 취하고 때로는 그저 잠깐 눈을 붙이기도 했습니다.

7년 9개월. 첫 번째 진단과 두 번째 발병 사이에 그렇게 많은 시간이 흘렀습니다. 그사이에 제가 많이 달라져서, 제 주변 사람 중에는 제 성격이 '도전적'으로 바뀌었다고 느끼는 경우가 많았습니다. 저도 그 점에 공감합니다. 첫 번째 치료 후 다시 일을 시작했을 때, 저는 삶에 대한 열정과 업무에 대한 호기심으로 가득 차 있었습니다. 원래 늘 목표 지향적이고 열정적이긴 했습니다. 그렇지 않았더라면 하버드에서 학업에 대한 압박감을 절대 견뎌 낼 수 없었을 것입니다. 하지만 이제는 완전히 조급해졌고, 긴박감에 휩싸여서는 속도감 있게 하루 일을 처리하고, 전보다 더 기꺼이 위험을 감수하려 하며, 의사 결정도 더 빨라졌습니다. 팀원들과 동료들의 경우엔 저를 따르는 게 항상 쉽지는 않았을 겁니다.

저는 운이 나빠 오래 살지 못할 경우에 대비해 지금 당장 제 삶과 일에서 최선의 성과를 끌어내야 한다는 생각이 지배적이었습니다. 반대로 일상의 평범함, 심지어 진부함조차 견디기 어려웠습니다. 헬레는 암이든 아니든 여전히 중요한 것이 무엇인지 정확하게 짚어 주었습니다. "당신은 아팠고 지옥 같은 시간을 보냈다는 건 저도 알아요. 하지만 지금은 나아졌잖아요. 그러니까 우리 둘 다 아이들이 먹을 음식과 입을 옷을 챙겨야 해요. 아이들이 숙제를 하고, 친구들을 만나고, 운동을 하고, 음악 레슨을 위해 연습할 수 있도록 돌봐 줘야 해요. 우리는 이 모든 것을 계속 유지해야 해요. 그리고 당신은 그게 계속 유지되도록 당신 몫을 감당해야 하고요."

많은 암 생존자가 하루하루를 선물처럼 느낍니다. 반대로 평범한 일상의 중요성은 완전히 사라집니다. 이미 삶의 끝이 다가오는 걸 봤는데 지금 식기세척기나 비워야 할까요? 빨래를 널어야 할까요? 그 괴리가 엄청나서, 죽음의 문턱에서 되돌아왔다는 생각에 삶의 진부함에서 벗어나야 할 것처럼 보입니다. 하지만 '삶은 계속된다'는 평범한 진리가 말하듯이, 더러운 접시를 설거지하거나 아이들을 태워다 주는 일도 삶에 포함됩니다. 헬레가 제게 '의무의 즐거움'을 상기시켜 주고 그걸 제가 더는 소홀히 하지 않도록 해 준 것은 절대적으로 옳은 일이었습니다.

제게 삶이 선물로 주어졌으니, 그걸 저는 다양한 방법으로 귀하게 여겼습니다. 마침내 제가 다시 할 수 있는 상태가 되자, 저는 연구 팀을 이끌고, 학생들을 가르치고, 환자를 돌보는 일에 열정을 쏟았습니다. 아이들이 야구를 할 때 응원하고, 아이들을 축구 연습장에 태워다 주고, 아이들이 참여한 비올라 연주회를 경청했습니다. 음악 연주에 대한 제 열정을 재발견했습니다. 개인적인 교류를 할 때 더욱 친근하게 다가갔고, 동료들에게 연락해 성공적인 출판에 대해 감사를 표하기도 하고 실습생들이 성공할 때마다 축하하기도 했습니다. 가족과 함께 더 많은 시간을 보내도록 신경 썼으며, 특히 휴가 때는 으레 함께 보냈습니다. 매년 봄과 여름엔 하이킹하러 다니고 모험 삼아 멋진 캠핑 체험도 했습니다. 함께 그런 걸 해내면서 아이들과 가까워질 수 있어서 기뻤습니다.

처음에는 제 새로운 속도에 적응하기 힘들어하는 사람들도 더러 있었지만 제가 일상으로 돌아와 업무에 복귀한 후의 추진력은 제 경력에 매우 긍정적인 영향을 미쳤습니다. 저는 연구 팀 규모를 확대하고 우리 연구 프로젝트에 더 많은 자금을 지원받았습니다. 방사선 치료가 끝난 지 3년 후에 저는 하버드-MIT 보건 과학 및 기술 프로그램의 책임자가 되었습니다. 저는 연구자, 과학자, 혁신가가 되고자 하는 의사들을 교육하는 일을 맡게 되었습니다. 그리고 2년 후, 즉 치료가 끝나고 5년이 지난 후에 저는 매사추세츠종합병원의 소화기 내과 과장이 되었습니다.

첫 치료 후 약 4, 5년이 지나서야 저는 '어깨 너머로 계속 살피는 것', 즉 암이 재발할까 봐 두려워하는 것을 멈출 수 있었습니다. 처음 2년 후 CT 스캔에서 폐 결절이 발견되는 등 무서웠던 순간도 있긴 했지만, 전반적으로는 불안감이 서서히 줄어들어 경계 태세를 늦추게 되었습니다. 치료로 손상을 입은 부분을 교정하기 위한 수많은 재건 수술을 포함하여 치료의 결과와 후유증은 여전히 겪고 있었습니다. 그래도 불안감이 사라지고 나니 현재에 온전히 집중할 수 있었습니다.

그래서인지 암이 재발했다는 진단은 너무나 갑작스럽게 들이닥쳐서 마치 함정에 빠진 것만 같았습니다. 저는 암 환자로서나 의사로서도나 얼굴에 새로 생긴 작은 여드름을 좀 더 심각하게 받아들였어야 했습니다. 그랬다면 곧바로 올바른 결론을 내릴 수 있었을 것입니다. 하지만 저는 그러지 않았습니다. 왜인지 그 이유를 정확히 말할 수는 없습니다. 아마도 '있으면 안 되는 게 있을 리 없다'는 생각에 따라 신체적 징후를 의도적으로 무시하는 이른바 인지 부조화 때문이었던 것 같습니다. 모두에게 해당하는 코로나19 팬데믹이라는 예외 상황이나, 삶에 대해 타협하지 않는 긍정적인 태도의 영향도 있었던 것 같습니다. 돌이켜 보면 훨씬 더 일찍 알아차렸어야 마땅합니다. 두 번째 진단을 받기 1년 전에 찍은 사진에서 제 얼굴에 미묘한 변화가 있었던 걸 나중에야 확인했지요. 하지만 뒤늦은 깨달음은 언제나 현명하기 마련입니다. 검사가 늦어진 덕분에 한 가지 좋은 점이 있었습니다. 모든 암세포를 사멸시키는 면역 요법을 시험하는 임상 시험에 등록할 수 있었습니다. 만약 정기 검진을 제때 받았더라면 즉 6개월 전에 검진을 받았다면, 아마 임상 시험에 참여할 기회를 얻지 못했을 것입니다. 그랬다면 어떻게 되었을지 누가 알겠습니까…….

이제 저는 정규직으로 복귀하여 큰 프로젝트들과 상당한 양의 업무를 처리해야 합니다. 우리는 여전히 코로나19 팬데믹의 영향권 안에 있으며, 이는 제 업무에도 현저한 영향을 미치고 있습니다. 아이들이 대단히 빠른 속도로 성장하고 있고 큰아이들은 벌써 성인이 다 되었다는 점을 제외하면 제 생활은 평소와 다름없이 계속되고 있는 셈입니다. 암 수술과 방사선 치료의 부작용 몇 가지가 아직 남아 있긴 하지만 제가 환자라는 생각조차 하지 않는 날이 많습니다. 면역 요법은 계속 시행하고 있습니다. 석 달마다 얼굴, 목, 가슴, 복부, 골반을 검사하기 위해 CT와 MRI 스캔도 시행하고 있고요. 모든 것이 계속 잘 진행되면 이 간격은 곧 연장될 것입니다. 이제 더는 스캔이 두렵지 않습니다. 치료 일정이 더는 예전처럼 저를 무력하게 만들지 않습니다. 계속 암의 징후가 보이지 않았기 때문에, 심지어 2022년 6월 7일에 마지막으로 좋은 스캔 결과를 받은 다음 날, 포트를 제거하기도 했습니다. 참으로 경사스러운 날이었습니다!

지금까지는 면역 요법에 대한 경험이 많지 않으며, 특히 제 암 유형에 대한 경험은 전혀 없습니다. 따라서 우리가 면역 요법을 얼마나 오래 계속해야 하는지는 정확히 알 수 없습니다. 그래서 제 담당 종양 전문의는 다음과 같이 진행하고 있습니다. 피부암 중에서 초기 흑색종을 수술 후에 면역 치료제인 펨브롤리주맙으로 치료했던 데이터를 사용합니다. 한 주기에서 다음 주기까지 제가 어떻게 느끼는지 관찰합니다. 그리고 제 건강 보험이 계속해서 약값을 계속 지급해 주기를 바랍니다. 이 모든 것이 적어도 2년은 계속될 것으로 예상합니다. 물론 더 길어질 수도 있겠지요. 그래도 저는 더 이상 통제력을 잃고 있다는 느낌은 들지 않습니다. 자유롭다고 느끼고 있고 희망에 차 있으며 낙관적이고 활력이 넘칩니다.

그런데도 때때로 잠에서 깨어 모든 것이 잘될지 의심하곤 합니다. 악몽을 꾸다가 깜짝 놀라 깨어나는 밤도 있습니다. 하지만 이러한 암울한 순간이 점점 줄어들고 있습니다. 다행스럽게도요. 왜 그런지 정확한 이유는 저도 모르겠습니다. 아마도 두 번의 암 경험에서 나온 종합적 판단 때문인 것 같습니다. 그것은 의학과 암 연구에 대한 절대적인 신뢰에서 비롯된 것이자, 이 치료법이 모든 암세포를 파괴했다는 사실, 어딘가에 숨어 있을 수 있는 암세포까지 포착해서 없앨 거라는 강한 믿음에 기반한 것입니다.

저는 종양학 병동을 정기적으로 방문하고 있을 뿐만 아니라 여러 외래 진료 클리닉에도 계속 진료 일정이 잡혀 있습니다. 면역 치료로 인해 입안에 생기는 만성 염증을 관리해야 합니다. 방사선으로 인한 타액 손실이 충치 진행을 촉진하지 않도록 정기적으로 치과도 다니고 있습니다. 다음 성형외과 수술 일정은 이미 잡혀 있으며, 그 후에도 일부 근육의 기능을 개선하고 얼굴의 대칭을 어느 정도 복구하기 위해 추가 수술이 계속 필요할 것입니다. 제 담당 성형외과 의사와 제가 평생의 동반자 관계를 형성한 것 같아서 위안이 되고 확신도 생겼습니다. 제가 미인 대회에 참가할 건 아니지만, 제 얼굴이 계속 제 기능을 할 수 있도록, 흉터로 인해 사람들의 시선을 분산시키거나 방해받지 않고 제 일을 하고 사람들 앞에 서서 말을 걸고 학생들을 지도할 수 있도록 보장받고 싶습니다.

암이 더는 제 일상생활을 지배하지 않게 되었는데, 처음 발병했다가 나았을 때보다 이번엔 훨씬 더 빨리 이 상태에 도달했습니다. 첫 발병 당시엔 거의 2년 동안이나 병원에서 의사로 일하지 못했습니다. 제 상황 때문에, 제 환자들이 임종 직전에 어려운 결정을 내려야 할 때 도와줄 수 있을 정도로 충분한 에너지와 설득력을 발휘할 수 없다고 느꼈기 때문입니다. 저 자신의 질병과 죽음의 위협에 너무 사로잡혀 있었습니다. 암에 두 번째 걸렸다가 나았을 때는 3개월 만에 다시 환자를 돌보기 시작했습니다. 본래 아픈 사람들을 돕기 위해 의학을 공부했던 것이기 때문에 제가 쓸모 있다고 느껴졌고 온전히 일할 수 있어서 기분이 좋았습니다. 제가 직접 두 번이나 병을 겪어 봤기 때문에 심지어 이전보다 더 잘할 수 있을지도 모릅니다.

의미에 관한 질문

저는 제 환자들에게 자기 삶을 움켜잡고 하루하루를 마치 마지막 날인 것처럼 살아가야 한다고 늘 말해 왔습니다. 삶에서 최선의 것을 만들어 내야 한다고요. 특히 불치병 환자들에게 죽음을 맞이하기 전에 미리 굴복하지 말라고 격려하고 싶었습니다. 진행성 폐암을 앓고 있던 저널리스트 마틴은 제 말을 실행에 옮겼습니다. 2000년 당시만 해도 치료 옵션이 매우 제한적이었고, 그는 지속적인 호흡 곤란과 만성 기침으로 고통받고 있었습니다. 다음 치료 일정을 잡을 때 그가 저에게 휴식 기간을 가질 수 있는지 물었습니다. 아내와 함께 카리브해의 섬에서 적어도 한 달은 쉬고 싶다고 했습니다. 해변에 앉아 바다를 바라보며 인생에 대해 생각해 보고 싶다고요. 그는 치료를 중단하고 싶진 않지만, 이 여행도 더는 미루고 싶지 않다고 했습니다. 저는 숨을 고르며 여행을 떠나지 말고 치료를 계속하는 게 더 좋겠다고 설득하고 있었는데, 그가 장난스럽게 웃으며 말했습니다. "박사님, 저에게 최선의 것을 만들어 내야 한다고 직접 말씀하셨잖아요. 그래서 바로 그걸 제가 지금 하려는 거예요."

그래서 마틴 부부는 6주 동안 카리브해로 여행을 떠나 손을 잡고 바닷가를 함께 거닐며 아이들과 자신들의 삶에 관해 이야기를 나누었습니다. 마틴은 만족스러워하며 돌아와서 그 여행과 파도, 짭짤한 바다 냄새, 마법같이 아름다운 일몰, 그리고 그 여행이 자신에게 얼마나 중요했는지에 관해 살아 있는 8개월 동안 만날 때마다 행복한 표정으로 이야기했습니다. 그 여행은 '꼭 가 봐야 하는' 명소들을 정말로 가 보는 여행이 아니었습니다. 마틴은 암 진단과 임박한 죽음을 받아들일 공간과 시간이 필요했던 겁니다.

첫 번째 발병 후에 치료를 마치고 일터에 복귀했을 때 저는 마틴 생각도 나고, 제가 담당하는 모든 환자에게 삶을 최대한 즐기고 의미 있게 만들라고 조언했던 것도 떠올랐습니다. 저는 과연 제 조언을 잘 따랐는지 비판적으로 돌아보았더니 그렇게 하지 못했다는 사실을 인정할 수밖에 없었습니다. 때때로 저는 미래에 너무 집중하느라 현재에 살고 있다는 걸 완전히 잊어버린 적도 있습니다. 제 삶을 미래로 미룰 수는 없다는 것을, 그것도 병에 걸린 상태에서는 더더욱 그래선 안 된다는 것을 뒤늦게야 비로소 깨달았습니다. 아버지를 떠올려 보기만 하면 되는 거였습니다. 아버지는 언젠가 은퇴하면 독일 북부로 이사해 새와 야생동물을 관찰하고 역사책을 읽으며 지내고 싶어 하셨습니다. 그게 아버지의 계획이었습니다. 아버지는 일흔

한 살의 나이로 돌아가셨는데, 그때도 아직 은퇴하지 않은 상태였습니다. 아버지가 간암을 이겨 내고 살아남았더라도 혹은 은퇴했더라도, 어머니의 치매 발병으로 인해 꿈을 실현하지는 못했을 것입니다.

아버지를 비롯해 많은 이의 사례가, 암을 두 번이나 앓고 난 지금의 저에게 전보다 훨씬 더 많은 경각심을 줍니다. 저는 우울해하거나 슬퍼하지 않으며 하루하루를 마치 마지막인 것처럼 강렬하고 활기차게 그리고 집중해서 살고 싶습니다.

그런데 날마다 마치 마지막인 것처럼 산다는 것은 어떤 의미일까요? 구체적으로 어떻게 해야 하는 걸까요? 아이들과의 약속을 지키고 집안일이나 정원 일을 하는 데에만 집중해야 할까요? 그것에 대해 곰곰이 생각해 봤지만 지금도 답을 찾았다는 확신이 들지 않고, 어차피 저는 좋은 모델도 아닙니다. 때로는 제가 '마지막 날 프로그램'을 한답시고 주위 사람들에게 사려 깊지 못한 행동을 하기도 했고, 때로는 미래에 대한 생각을 도외시하기도 했습니다. 이런 것은 장기적으로 지속할 수 없습니다. 그래서 저는 극단적인 것이 아닌 일상적인 것에서, 개인적인 만남에서 의미를 찾으려고 노력했습니다.

저는 사람들에게 다가가고 그들과의 관계에 투자할 때 제가 지금 여기에 있으면서 동시에 미래를 만들어 나간다는 생각이 마음에 듭니다. 제 결혼 생활과 가정생활에서도 그렇습니다. 저는 친구들 이야기에 귀 기울이고 그들과 함께하는 데 시간을 투자합니다. 연구실의 박사 과정 학생들에게도 시간을 투자합니다. 제가 가르치는 학부생들과 동료들에게도 마찬가지입니다. 또한 저는 동시에 저 자신을 위해서도 사색하고, 즐기고, 경탄하는 데 많은 시간을 할애합니다. 물론 날마다 그렇게 잘 풀리는 것은 아닙니다. 절대로 아닙니다. 어떤 날은 아무런 인상도 남기지 못한 채 그냥 무의미하게 지나가기도 합니다. 하지만 기회를 놓친 걸 슬퍼하기보다는 다음 날과 그다음 날의 약속을 기대합니다. 저는 흥미진진한 경험을 쫓는 것도 아니고, 인생에서 꼭 해야 할 일의 체크리스트를 머릿속에 그려 놓지도 않습니다. 구경이 중요한 것도 아니고 무언가를 얻으려는 것도 아닙니다. 저는 변화를 일으키고 추억을 만들려고 노력합니다. 그렇다고 호화로운 여행을 떠날 필요는 없습니다.

모든 암 환자의 여정은 충격, 상실감, 엄청난 두려움, 우울, 슬픔의 극한 순간으로 특징지어집니다. 아마도 절대적으로 최악의 상태일 시점이 있을 것입니다. 저도 그런 순간을 몇 번 경험했습니다. 가능하면 그런 순간에 관해 생각하지 않으려고 합니다. 그런 순간 중하나는 첫 수술 후 상처 가장자리가 양성이고 얼굴에 여전히 암세포가 남아 있으며 모든 화학 요법과 끔찍한 수술이 헛수고였다는 사실을 알게 된 순간이었습니다. 당장 치료 계획을 세울 수 없다는 사실로 인해 공포는 더욱 커졌습니다. 완전히 무력한 순간이었습니다. 지금도 그 기억을 떠올리면 여전히 전신이 떨리고 완전히 혼자 남겨진 것 같은 기분이 듭니다. 폐 CT 스캔 결과 전이가 심해 사망에 이를 확률이 높은 것 같다고 나왔을 때도 비슷했습니다. 그 순간은 제 인생에서 가장 끔찍한 한 달로 이어졌고, 매일 밤낮이 공포의 연속이었습니다. 암이 재발했다는 사실을 알게 된 날 아침도 분명 공포 목록에 포함될 만한 순간이었습니다.

그런 순간들은 어둡다 못해 암흑에 가깝지만, 그에 비해 행복하고 유쾌한 순간들은 그만큼 더 밝게 빛나는 것 같습니다. 마치 제 경험의 '다이내믹 레인지'*가 확장된 것 같습니다. 음악가로 친다면 우리는 시간을 대부분 메조 피아노와 메조 포르테 사이에서 보내는 셈입니다. 정말 조용한 것도 없고, 정말 시끄러운 것도 없고, 아주 낮은 것도 없고, 아주 높은 것도 없습니다. 이것은 인생 전체에 대한 비유입니다. 이러한 단조로움의 연속이 결혼식, 출산, 행복하고 기쁜 시간, 슬프고 절망적인 시간, 장례식, 상실 등 우리 삶에 윤곽을 부여하는 큰 사건들로 인해 중단됩니다. 질병, 특히 암은 우리 감정을 심화하는 것 같습니다. 어둠은 더 어두워지지만, 빛은 그에 비해 훨씬 더 강렬하게 빛납니다. 음악 용어로 표현하자면 우리 삶과 경험의 다이내믹 레인지가 확장되는 겁니다. 피아니시모에서 포르티시모까지, 아주 조용한 소리에서 지극히 큰 소리까지 다양합니다. 그래서 저는 길고 어두운 터널 한가운데에서도 행복과 기쁨의 순간을 기억합니다. 친구들과 함께 먹고, 놀고, 웃는 저녁 시간이 바로 그런 순간입니다. 치료 후 처음으로 10킬로미터 달리기를 해냈을 때 그 숨 막히는 감격의 순간도 그렇습니다. 물론 건강 검진에서 좋은 결과가 나왔을 때의 환희와 기쁨도 마찬가지입니다. 그때의 환희는 이루 말할 수 없습니다. 첫 수술 후 처음 촬영한 일련의 스캔이 아직도 기억에 생생합니다. 깨끗했습니다. 이를 축하하기 위해 헬레와

---

* 소리가 가장 작은 부분과 가장 큰 부분 사이의 차이를 가리키는 음악 용어. 음악이나 오디오의 품질과 표현력을 결정하는 중요한 요소다.

저는 즉흥적으로 그날 저녁 마침 보스턴에서 투어 중이던 헤르베르트 그뢰네마이어(Herbert Grönemeyer)의 콘서트에 갔습니다. 영어 버전 CD를 소개하는 콘서트였지만, 관객들은 독일어 원곡을 원했고, 그 덕분에 헬레와 저는 우리의 10대 시절을 떠올리며 목청껏 노래를 따라 불렀습니다.

얼마 전 화학과 면역 요법을 병행하여 암세포를 모두 제거했다는 사실이 밝혀졌을 때 저는 거의 영적인 안도감에 사로잡혔습니다. 좋은 소식이 담긴 전화를 받았을 때 제가 집에서 어느 방에 있었는지도 정확히 기억나고, 헬레에게 이 소식을 전하려고 계단을 내려오며 춤을 췄던 것도 생생하게 기억납니다. 저는 이 밝은 빛을 축하하고, 행복을 실컷 음미하며, 거의 매일 아주 작은 기쁨의 순간도 찾아내는 법을 확실히 배웠습니다.

저는 종종 질병에 더 깊은 의미가 있는지, 상실과 고통에도 의미가 있는지 질문을 받습니다. 질병이 사람이 성숙해지고 더 높은 수준의 통찰력에 도달하는 데 도움이 될 수 있다는 생각은 철학적 사고뿐 아니라 종교적 관념에도 존재합니다. 그러나 저는 그렇게 생각하지 않습니다. 제 태도는 훨씬 더 단순합니다. 질병에 관해 곰곰이 생각해 보면, 신이나 다른 형이상학적 설명이 굳이 필요치 않습니다. 제 생각에 질병에는 '이유'도 없고 근거도 없으며 더 큰 의미도 없습니다. 의도도 없습니다. 단지 통계적 편차, 유전자의 무작위적 돌연변이, 인지하지 못한 노출, 사건의 연속이 겹쳤을 뿐입니다. 저에게 질병은 실존적 의미도 없고, 중요성도 없습니다. 우리 자신을 증명하기 위해 시험을 당하고 도전을 받아야 한다는 생각은 잔인합니다. 질병에 어떤 의미가 있다면 자연재해, 학살, 전쟁에도 의미가 있어야 할 것입니다. 저는 그것을 인식할 만큼 철학자도 아니고 신자도 아닙니다. 저는 자신을 증명해야 하는 영웅이 아니며, 암에 걸렸다고 해서 영웅이 되는 것도 아닙니다. 저는 제가 경험한 것을 저에게 주어진 신성한 임무나 개인적 성장을 위한 선의의 기회 또는 필요한 기회로 보지 않습니다. 저를 비롯한 많은 사람, 암 환자, 다른 만성 질환 환자, 폭력이나 트라우마를 겪은 남성, 여성, 어린이 등이 경험하고 있는 것은 삶의 잔인한 현실입니다. 계획 없이 이 사람 또는 저 사람에게 뜻밖에 일어나는 우연한 사건일 뿐입니다.

저는 심지어 의사들이 질병의 의미에 관해 이야기하는 것을 들은 적도 있습니다. 저는 그것을 냉소적으로 봅니다. 왜 어떤 환자는 시험을 당하고 어떤 환자는 시험을 당하지 않는 건가요? 왜 성장, 용기 또는 결단력이 필요합니까? 결핵을 앓다가 28세라는 젊은 나이에 사망한 낭만주의 시인 노발리스(Novalis)는 이렇게 말했습니다. "질병, 특히 장기간의 질병은 인생의 지혜와 정신 형성을 위한 교육 과정이다." 아마도 앞서 이야기한, 삶에 대한 저의 태도 변화를 고려할 때 제 '심성'이 발달한 상황에 해당할 것입니다. 그러나 저는 그런 기회를 요청한 적이 없습니다. 저는 암 투병 중에 성장, 결단력, 영웅심, 용기를 보여 준 많은 환자를 존경합니다. 그러나 질병으로 인해 인간관계가 파괴되고 막대한 재정적 손실을 입은 환자도 많이 알고 있습니다. 그렇다면 이 환자들은 시험을 견디지 못해서 성장하지 못한 사람들일까요? 배짱이나 용기가 부족했던 사람들일까요? 실패한 사람들인 걸까요? 암이든 심장 질환이든 자가 면역 질환이든 어떤 환자도 이런 식으로 자신을 성장시키거나 증명할 기회를 달라고 청하지 않았습니다. 네, 환자로서 저는 제 능력과 강점, 잠재력을 질병의 도전에 대응하는 데 사용할 수 있으며, 심각한 질병을 통해 변화할 수 있고 변화할 것입니다. 하지만 그러한 고난이 인격을 형성하는 걸까요? 트라우마가 필연적으로 더 큰 강점으로 이어질까요? 상실이 우리가 더 나은 사람이 되는 데 도움이 될까요? 그럴지도 모르지만, 이는 매우 과장된 생각일 뿐입니다. 환자들이 가지고 있지만 결코 보여 줄 필요가 없었던 힘과 결단력을 질병이 끌어내는 겁니다. 저는 암에 맞서 용감하게 싸운 많은 영웅을 만났습니다. 그런데 그 영웅들도 그저 평범한 건강한 사람으로 사는 걸 더 좋아했을 겁니다.

코로나19 팬데믹이든 사고든 유전자의 무작위적 돌연변이든, 우연으로 삶이 바뀌는 경우가 많습니다. 과연 이런 우연에 정말로 의미를 부여할 수 있을까요? 우리의 환자, 우리의 이웃이 단기적 또는 지속적 업무 불능, 엄청난 고통과 고난, 죽음을 눈앞에 두고도 성장하기를 기대할 수 있고 또 그래야 할까요? 암에 대한 가장 결정적인 반응과 암과 싸우는 의미는 자신을 완벽하게 만드는 것에 있지 않고 생존하는 것에 있습니다. 목표는 깨달음이 아니라 생명입니다. 가족과 의사의 지원을 받는 환자들이 암과의 싸움에서 궁극적으로 원하는 것은 바로 살아남는 것입니다.

아래의 QR 코드를 스캔하면 라니아 마타(www.raniamatar.com)가 치료 중인 저를 찍은 사진들을 볼 수 있습니다. 저에게 이 사진들은 제 예전 얼굴에 대한 기억을 간직하고 새로운 얼굴과 친숙해지는 수단이었으며 지금도 그러합니다. 이 사진들은 잔인한 치료가 어떻게 좋은 결말을 가져올 수 있는지를 보여 주는 증거입니다. 이 사진들을 공개하기로 결정한 것은 비록 이 사진들이 상처와 아픔을 보여 주긴 하지만, 다른 사람들이 확신을 얻는 데 도움이 될 수 있기를 바라는 마음에서입니다.

언제 어떤 진단을 받았고 어떤 치료를 받았는지, 제 병력을 잊어버리기 쉽다는 것을 저도 알고 있습니다. 그래서 가장 중요한 단계와 수술이 나열된 연표를 작성했습니다. 시간순으로 정리한 이 목록은 무미건조해 보이지만, 각 사건은 발생 당시에는 무척 고통스럽고 스트레스가 컸습니다. 정말 엄청난 일이었지만, 여러 의사와 가족의 도움이 있었기에 극복할 수 있었습니다.

모든 것을 직접 경험했고 잘 기억하고 있는데도 목록이 무척 길어지는 것에 저도 놀랐습니다. 2013년 이후, 질병과 그 여파로 괴롭지 않았던 해는 사실상 없습니다. 암에 걸리면 누구나 오랜 시간의 치료가 필요하므로 미리 너무 자세히 알지 않는 것이 좋습니다. 그러지 않으면 용기를 잃고 '여행'을 시작하지 못할 수도 있습니다.

암 치료가 얼마나 성공적일지는 아무도 미리 알 수 없습니다. 그러나 제 개인적인 경험으로 볼 때 그만한 가치가 있다고 말할 수 있습니다.

제가 살아남았다는 것, 그게 중요한 것입니다.

2013년 2월 – 오른쪽 눈 아래 혈관 육종 진단

2013년 2월~5월 – 젬자(젬시타빈)와 탁솔(파클리탁셀)을 이용한 신보조 화학 요법 시행

2013년 5월 – 안면 재건술을 동반한 우측 안면부 암 수술

2013년 5월 – 병리 소견: 상처 가장자리에 암세포가 보임

2013년 6월~7월 – 방사선 치료: 17회, 총선량 51그레이(Gy)

2013년 9월~2015년 2월 – 3개월마다 MRI 및 CT 스캔

2014년 2월 – 성형 수술

2014년 8월 – 성형 수술

2015년 2월 11일 – CT상 다발성 폐 결절 보임

2015년 3월 10일 – 폐의 모든 이상이 완전히 소실됨

2016년 1월 – 성형 수술

2016년 4월 – MRI 및 CT 검사

2018년 1월 – MRI

2018년 2월 – 성형 수술

2019년 1월 – 성형 수술

2020년 11월 – 진단: 혈관 육종 재발(좌측 안면부에 혈관 육종 재발)

2020년 11월~2021년 3월 – 키트루다(펨브롤리주맙) 및 할라벤(에리불린) 임상 시험 중 완화적 수술 전 치료

2021년 3월 25일 – 응급 맹장 수술

2021년 3월 30일 – 안면 및 눈꺼풀 재건을 동반한 왼쪽 안면부 암 수술

2021년 4월 − 병리 소견: 암세포가 전혀 없음

2021년 5월~6월 − 방사선 치료: 22회, 총선량 55그레이(Gy)

2021년 8월부터 − 키트루다(펨브롤리주맙) 보조 요법

2021년 9월부터 − 3~4개월마다 MRI 및 CT 스캔

2022년 5월 − 성형 수술

2022년 10월 − 성형 수술

감사의 말

'감사의 말'을 쓰는 것은 이 책을 쓰면서 가장 좋았던 부분입니다. 일단 먼저 제가 이 자리에 존재하여 감사 인사를 전하고 이 글을 쓸 수 있다는 사실 자체가, 즉 제가 살아 있다는 것 자체가 감사의 이유입니다.

제가 살아 있다는 사실은 보스턴에 있는 다나파버암연구소의 의사, 간호사, 간병 팀 덕분입니다. 제 주치의이자 친구인 척 모리스는 항상 제 곁에 있어 주었습니다. 제임스 버트린스키와 제프 모건은 두 단계의 치료를 조율한 종양 전문의입니다. 간호사 캐시 폴슨과 멜리사 호호스도 마찬가지로 유능한 지원을 아끼지 않았습니다. 외과의사인 찬 라우트, 돈 아니노, 줄리언 프리바즈, 사이먼 탤벗은 제 얼굴에서 암을 제거한 후 재건해 주었습니다. 필립 데블린은 방사선 치료로 남은 암세포를 제거해 주었습니다.

앤디 와그너와 그의 아내 린은 필요할 때마다 항상 우리 곁에 있어 주었습니다. 트리시 크리텍은 제가 목소리를 낼 수 없을 때 저를 대변해 주었습니다. 캐럴라인 폭스는 치료받는 제 곁에 헬레가 없을 때 저를 도와주었고, 두 번째 치료를 받을 때의 캐슬린 코리처럼 음식 공급을 담당했습니다. 데이비드 코언은 제가 필요할 때마다 항상 곁에 있어 주었습니다. 제 멘토인 밥 메이어는 환자 치료의 원칙을 제가 저 자신에게도 적용할 수 있도록 해 주었습니다. 연구 동료이자 친구인 트리스타 노스는 제가 직접 실험실을 운영할 수 없을 때 실험실을 구해 줬습니다. 제 멘토이자 동료 트럼펫 연주자인 렌 존은 학문적 토론과 스포츠 행사 초대로 저의 주의를 분산시켜 주었습니다. 유전학 책임자인 딕 마스는 제롬 그루프먼의 책을 선물해 줬을 뿐만 아니라, 제가 여러 차례 마취에서 깨어날 때마다 매번 곁에 있어 주었습니다. 앤 라카스는 종양학 전문의로 수련 중인 우리 레지던트들과 제 치료에 관해 이야기할 기회를 주었습니다. 제 상사인 카트리나 암스트롱은 두 번째 투병 기간에 모든 면에서 제 편이 되어 주었습니다.

친구인 크리스토프 랑에와 넬레 바인커는 제가 방사선 치료를 받을 때 여름 방학 동안 아이들을 돌봐 주었고 힌리크와 수잔 스트뢰머는 라비니아를 보살펴 주었습니다. 조앤 이젠버그는 우리 아이들을 돌봐 주고 여러 번 음식을 마련해 주었습니다. 장모님 에디트 작세는 두 번의 투병 기간 내내 항상 저희를 응원해 주셨습니다. 제 동생 토비아스와 제수 나타샤는 멀리서나마 사랑을 느낄 수 있게 해 주었고, 제가 힘이 없을 때 어머니를 돌봐 주었습니다.

제 실험실 직원들은 계속 저를 도와주었습니다. 실험실 매니저인 크리스틴 알렉사는 모든 것을 조율해 줬습니다. 직원들은 저를 위해 티셔츠와 배지를 프린트해 주고 작은 선물도 마련해 포장해 주며 저를 행복하게 해 주었습니다. 무엇보다 제가 직접 방향을 제시할 수 없는 상황에서도 연구 작업을 계속 진행해 주었습니다.

매사추세츠종합병원의 임상 소화기 내과에서는 제가 있을 때보다 없을 때 모든 일이 더 잘 진행되었습니다. 에린 스튜어트, 피터 캐롤런, 브라이언 제이콥슨, 카린 앤더슨, 앤드리아 리드 및 모든 의사, 간호사, 직원 각자가 환자들에게 전적으로 집중함으로써 저를 지원해 주었습니다. 첫 투병 기간에 다나파버암연구소의 위장관 종양학과의 모든 동료가 제 편이 되어 주고 저와 제 환자들을 돌봐 주었습니다. 특히 제 클리닉 비서인 킴 브렘너는 모든 환자가 지속적인 보살핌을 받을 수 있도록 배려해 주었습니다.

하버드의대 보건 과학 및 기술 분야의 하버드–MIT 프로그램에서는 동료, 친구, 학생 들이 여러 방면으로 저를 지지해 주고 힘이 되어 주었습니다. 특히 준 카미하라, 대니얼 솔로몬, 릭 미첼, 매슈 프로시, 패티 커닝엄, 케이트 호긴스, 에머리 브라운, 에드 훈더트, 데이비드 골란, 조지 데일리에게 가장 큰 감사를 표하는 바입니다.

그리고 한스 요아힘 크노케와 스티븐 에머리는 저에게 음악을 돌려주었습니다.

롱우드심포니오케스트라와 팬매스챌린지에서 사귄 친구들은 연대감을 느끼게 해 주었고 저를 전적으로 지지해 주었습니다.

라니아 마타는 저를 사진의 중심에 세워, 모든 신체적 변화에도 불구하고 제가 현재 존재하고 있으며 저에게 과거와 미래가 있다는 것을 보여 줬습니다. 마타의 영향이 없었다면 이 책은 나오지 못했을 것입니다.

로볼트출판사의 편집자 율리아 포어라트는 제 경험을 책으로 기록해서 더 많은 사람이 접할 수 있게 하자는 아이디어를 내주고, 어려운 단계에서도 항상 이 책은 출간될 것이라고 믿어 주었습니다. 감사합니다.

제 번역가이자 편집자인 도리스 멘들비치에게 가장 큰 감사를 드립니다. 2년이 넘는 기간 내내 이 책을 만드는 데 동행하며 제 생각을 정리하는 데 도움을 주었습니다. 또 제 작업 방식을 통찰하고 마감 일정에 대한 압박과 최대한의 자유를 적절히 조합해 진행해 주었습니다.

아내 헬레와 제 아이들 라비니아, 펠릭스, 레안더, 탈리아에게 저의 모든 사랑과 감사를 전합니다. 가족들도 저만큼이나 제 병에 연연하지 않았습니다. 가족들은 제 곁을 절대 떠난 적이 없습니다. 우리 모두의 인생에 여전히 행복한 시간이 많이 기다리고 있기를 간절히 바랍니다.

볼프람 괴슬링

오늘은 의사가 아니라 환자입니다

하버드 의과대학의 세계 최고 암 전문의가 희귀암을 두 번이나 극복하고 들려주는 진짜 솔직한 이야기

초판 1쇄 인쇄 2024년 2월 26일
초판 1쇄 발행 2024년 3월 1일

지은이 볼프람 괴슬링
옮긴이 이은주

펴낸이 김영철
펴낸곳 국민출판사
등록 제6-0515호
주소 서울특별시 마포구 동교로12길 41-13(서교동)
전화 02)322-2434
팩스 02)322-2083
이메일 kukminpub@hanmail.net

ⓒ 국민출판사, 2024
ISBN 978-89-8165-648-5 (03850)